Anja Jantschik

Klopfzeichen

Anja Jantschik

Klopfzeichen

einhorn

Gesamtherstellung
einhorn-Verlag+Druck GmbH Schwäbisch Gmünd

Lektorat
Sina Wamsler

Projektleitung, Satz und Umschlaggestaltung
Jens Giese, einhorn-Verlag

Die Handlung des Krimis ist von der Realität inspiriert, aber gänzlich frei erfunden.

ISBN 978-3-95747-099-7

1. Auflage Juli 2020
Printed in Germany

www.einhornverlag.de

Dieses Buch widme ich
der besten Schwester auf der Welt: Heike.

Kapitel 1

Der Abendtermin war fürchterlich gewesen. Nicht, weil der Laudator eine lausige Rede gehalten hatte. Auch nicht, weil die angepriesenen Kunstwerke Ira an Bilder von Kleinkindern erinnert hatten. Es ging vielmehr um eine Fehlentscheidung bezüglich ihres Schuhwerks für diesen vermeintlich kurzen Abstecher zu einer Vernissage. Die schwarzen, hochhackigen Pumps waren die einzigen, die sie passend zu ihrem Kleid gefunden hatte. Während Ira zum Auto ging, besser gesagt stolperte, spürte sie jede Zehe einzeln.

»Und wegen dieser sogenannten Kunst habe ich mir die Füße wund gestanden«, seufzte sie, während sie in ihrer Tasche nach dem Autoschlüssel tastete.

Hinter ihr knackte es. Die Journalistin drehte sich um. Aber sie war augenscheinlich allein unterwegs. Es war niemand zu sehen. Dennoch bekam sie ein flaues Gefühl im Magen. Wie schon oft an den vergangenen Abenden. Beunruhigt wandte sie den Kopf wieder herum und beschleunigte ihre Schritte.

Endlich hatte sie die Autoschlüssel in der Tasche gefunden und zog sie heraus. »Jetzt ist mir wohler«, flüsterte sie. Noch drei Autos, dann war sie an ihrem angekommen. Ein Sportwagen sauste mit überhöhter Geschwindigkeit an ihr vorbei. Aus dem Auto klang wummernder Bass. »Na, die Dezibel hält der nicht mehr lange aus, bald ist er taub«, kommentierte sie, während sie dem Auto kopfschüttelnd nachsah.

Das Wummern verklang, es wurde wieder still. Nur das Klacken ihrer Schuhe auf dem Asphalt war zu hören.

Es war ungewöhnlich dunkel. Der Mond ließ sich nicht blicken. Den ganzen Tag über war der Himmel über Gmünd wolkenverhangen gewesen. Daher hatte sich die Sonne wohl vorzeitig schlafen gelegt.

Als Ira an ihrem Wagen ankam, vernahm sie erneut ein Geräusch. Sie drehte sich rasch um. Aber wieder sah sie niemanden. Langsam ließ sie den Blick über die Straße schweifen, während sie aufmerksam lauschte. Dabei versuchte sie, ihr schnell pochendes Herz zu ignorieren.

»Blöde Kuh. Was bist du denn so ängstlich? Da ist nichts«, sprach sie vor sich hin. Energisch drückte sie auf die Fernbedienung, und ihr Auto wurde hörbar entriegelt. Gleichzeitig leuchteten die Scheinwerfer auf. Die Journalistin freute sich über diesen hellen Schein in der Dunkelheit und entspannte sich. Sie langte zum Türgriff und machte den Wagenschlag auf. Zügig setzte Ira sich auf den Sitz, warf die Tasche neben sich auf den Beifahrersitz und schloss die Tür. Für ein kleines Weilchen lehnte sie den Kopf an die Stütze und schloss die Augen.

»Wahrscheinlich bin ich nur etwas überarbeitet«, überlegte sie. Die vielen Termine in den vergangenen Wochen machten sich jetzt wohl bemerkbar: Sie hatte ein dünnes Nervenkostüm.

»Ich muss dringend mal Pause machen«, murmelte sie, während sie den Wagen startete und langsam aus der Parklücke rollen ließ.

»Schön, dass ich nicht aktuell schreiben muss. Ich gönn' mir ein Gläschen Rotwein und geh' gleich ins Bett«, beschloss sie, während sie langsam in Richtung Schmiedturm fuhr.

»Und ich sollte aufhören, vor dem Schlafen noch Krimis zu lesen. Die machen mich nur ängstlich«, nahm sie sich vor. Dabei grinste sie allerdings sofort – denn ein Abend ohne Krimilektüre war bei ihr ein Ding der Unmöglichkeit. Und der aktuelle Schweden-Krimi, der auf ihrem Nachtkästchen nur darauf wartete, wieder zur Hand genommen zu werden, war sehr spannend.

»Ich hatte einfach zu viel um die Ohren. Deshalb seh' und hör' ich überall Gespenster. Von mir will niemand was«, beruhigte Ira sich selbst. Dabei blickte sie in den Rückspiegel und lächelte sich an.

Hätte sie ihre Aufmerksamkeit, wie jeder andere Fahrzeuglenker auch, ordentlich auf den rückwärtigen Verkehr ausgerichtet, hätte sie ihren Irrtum bemerkt. Denn gerade hatte sich ein Schatten von einer Hauswand gelöst. Der gehörte zu einem Mann, der ihr finster nachblickte und dabei mit bedrohlicher Stimme ankündigte: »Ich krieg' dich schon. Ich muss nur Geduld haben …«

Doch die Journalistin bekam von dieser Drohung nichts mit. Sie hatte das Radio aufgedreht, sang falsch, aber lautstark im Duett mit Tina Turner »What's love got to do with it« und lenkte dabei ihren Wagen in den Kreisverkehr und weiter in Richtung Mutlanger Berg.

Kapitel 2

Iras Blick fiel auf die Anzeigetafel der Tankstelle. Sie nickte zufrieden. Wie erwartet war der Preis wieder um ein paar Cent gefallen. Logisch. Wer fuhr schon am späten Abend noch zum Tanken? »Gut, dann kriegst du jetzt was zu trinken«, kündigte die Journalistin in liebevollem Tonfall ihrem Wagen an und lenkte ihren roten Chevy Pickup in die Einfahrt der Tankstelle. Nicht, dass vier Cent auf den Liter sich stark auf den Gesamtpreis ausgewirkt hätten, aber in Ira wohnte nun mal eine schwäbische Seele.

Sie fischte ihren Geldbeutel aus der Tasche, öffnete die Tür und glitt von ihrem Sitz. »Aua!«, entfuhr es ihr. Beim Fahren hatte sie ihre ob der hochhackigen Pumps schmerzenden Füße glatt vergessen. Aber als sie nun auf dem Asphalt ankamen, meldeten sich die geschwollenen Zehen wieder.

»Diese Schuhe fliegen hochkant raus«, beschloss Ira, während sie zum Stutzen griff und den Tankvorgang startete. In Gedanken versunken, ließ sie ihren Tank volllaufen.

»Vielleicht schreib' ich den Artikel über die Vernissage doch gleich?«, überlegte sie. Schließlich hatte sich die Journalistin fest vorgenommen, nichts mehr auf Halde zu haben, sondern sofort ihre Arbeit zu erledigen. Sonst lief sie Gefahr, den richtigen Block auf ihrem überquellenden Schreibtisch nie wieder zu finden – was sie in der Vergangenheit wiederholt in die Bredouille gebracht hatte. Denn ihre Blöcke hatten alle dasselbe Format, sie glichen sich wie ein Ei dem anderen. Dann die passenden Stichworte und Daten zu finden, die sie auf Termin notiert hatte, war denkbar schwer.

Als der Tank voll war, steckte sie den Stutzen wieder in die Säule zurück, schloss den Tankdeckel und eierte auf den hochhackigen Schuhen zum Bezahlen.

»Blöde Dinger«, motzte sie dabei leise vor sich hin, während sie durch die Tür ging und die Kasse ansteuerte. Die Mitarbeiterin dahinter identifizierte sie bereits von weitem als Stammkundin. Ihr Blick fiel auf Iras Schuhe, und sie bemerkte mit Kennerblick: »Na, Schuhe, die einen umbringen?«

Ira nickte bestätigend. »Aber ich bin ja gleich zuhause. Dann werde ich sie endlich los«, versicherte sie. Die Journalistin nahm noch ein Päckchen Zigaretten mit, zahlte und ging wieder zurück zum Wagen.

Beim Einsteigen öffnete sie bereits das Handschuhfach und ließ den Tankbeleg darin verschwinden. Er gesellte sich zu den vielen anderen, die sich dort tummelten. Erst zur Quartalsabrechnung für die Umsatzsteuer würden die Kassenzettel wieder Tageslicht erblicken. Zwar hatte Iras Freund Peter Brand ihr immer wieder nahegelegt, die Belege mit einer Klammer zu fixieren, damit sie nicht so durcheinander und teilweise verknüllt im Handschuhfach lagen, aber bei Ira verhallten solche Vorschläge stets im Nirwana.

»Ich bin keine Buchhalterin, sondern freie Journalistin. Also ein Freigeist. Das Genie überblickt das Chaos«, gab sie immer mit ernstem Blick als Antwort zurück. Was der Herr Kommissar dann stets mit einem Laut kommentierte, dem Grunzen eines schwäbischhällischen Landschweins nicht unähnlich.

Ira überquerte die Ortsgrenze von Heckenbach. Sie würde in eine dunkle Wohnung kommen, denn Peter war auf Fortbildung. Wo, das hatte sie vergessen. Wieder mal nur halb hingehört, da sie über einen Text nachdachte. Ira wusste nur, dass er am nächsten Tag abends wieder zuhause sein würde. Und um welche Fortbildung es sich handelte? Auch hier konnte sich die Journalistin nur noch vage erinnern, dass der Hauptkommissar etwas von »Calgon« gesagt hatte. Es würde sich bei dem Seminar, das irgendwo in Bayern war, wohl um neue Gesetze und deren korrekte Anwendung oder so ähnlich handeln. Die Fortbildungsveranstaltung hieß natürlich nicht »Calgon«. Aber das war nun mal Polizistenjargon. Und hatte etwas mit Entkalkung des Gehirns zu tun.

Egal, Ira freute sich auf das Wiedersehen, denn sie war nicht dafür geschaffen, allein zu sein. Und der Alltag eines Kommissars bei der Kripo war nicht uninteressant. Da Iras zweiter Vorname »Neugierde« lautete, wurde sie stets hellwach und lauschte sehr aufmerksam, wenn ihr Partner von einem neuen Fall berichtete. Nicht nur einmal war sie in der Vergangenheit bei der Aufklärung von Mordfällen behilflich gewesen. Aber im Moment schienen alle bösen Jungs und Mädels Urlaub zu machen; es gab keinen Mord oder Einbruch oder ähnlich geartete Verbrechen aufzuklären. Daher hatte Peter sich auch entschieden, das Seminar anzutreten. Die beiden Kollegen Malte Tennemann und Hermann Wöllnert hielten derweil auf dem Gmünder Revier die Stellung.

Als Ira ihren Wagen in die Hofeinfahrt ihres Hauses lenkte, fiel ihr Blick wie immer hinüber zu Jims

Werkstatt. Der Amerikaner war Iras bester Freund und hatte sich über der Werkstatt eine Wohnung eingerichtet, in der noch Licht brannte. Ira jubilierte: »Jim ist da! Dann kann ich noch ein wenig zu ihm hinübergehen.« Denn sie hatte keine Lust, allein zu sein. »Für einen Absacker ist es nie zu spät«, war sie sich sicher, während sie auf die Uhr blickte. »Halb zehn, das geht locker«, befand sie.

Wenige Augenblicke später klingelte sie bereits bei ihrem väterlichen Freund an der Haustür, nachdem sie sich mit ihren schmerzenden Füßen die Treppe zu seiner Wohnung hochgequält hatte.

»Darling, come in«, öffnete Jim auch schon schwungvoll die Tür. Er wusste, dass Peter auf Fortbildung war und hätte wetten können, dass Ira ihm nach ihrem Termin noch einen Besuch abstatten würde. Er strahlte sie an. »Hast Du Hunger, Sweetheart?«, erkundigte er sich fürsorglich.

»No, my dear. Ich hatte wunderbare Häppchen auf der Vernissage. Und spür' jetzt noch den Schnittlauch zwischen den Zähnen«, versicherte Ira kopfschüttelnd.

»Dann etwas ... zu ... trinken«, antwortete Jim gedehnt. Denn sein Blick war in den Hof gefallen, wo gerade ein Auto mit ausgeschaltetem Licht langsam einfuhr.

»Wer ist das?«, fragte er und deutete auf das Fahrzeug. Ira drehte sich um und beobachtete, wie das Fahrzeug, immer noch ohne Licht, rückwärts aus dem Hof hinausfuhr. Wieder überkam sie ein ungutes Gefühl. Doch sie ignorierte es und sagte betont heiter: »Ist doch egal. Hat sich wohl verfahren. Gibt's für eine fleißige Journalistin einen guten Tropfen bei dir?«

»Yes, Ma'am«, nickte Jim, ließ aber nochmals den Blick über den Hof schweifen. Dann wandte er seinen Blick ab und musterte Ira misstrauisch, die flugs an ihm vorbei durch die Tür in die Wohnung geschlüpft war. Er hatte das Gefühl, dass sie gerade etwas zu munter geantwortet hatte.

»Stimmt was nicht?«, wollte er wissen, als er die Tür schloss und Ira ins Wohnzimmer folgte.

»Nö, alles okay«, stellte diese mit einer lässigen Handbewegung fest. Nicht mehr allein im Auto, sondern an der Seite ihres Freundes in dessen gemütlicher Wohnung entspannte sie sich schnell. Und sah ein, dass sie vorhin in der Hinteren Schmiedgasse wohl etwas überreagiert hatte. Es war wirklich alles in Ordnung.

Mit einem zufriedenen »Feierabend!« ließ sich Ira auf das Sofa plumpsen. Dabei streifte sie ihre Schuhe ab, zog die Beine hoch und winkelte sie auf der Sitzfläche an.

»Whisky für alle«, rief sie aus.

»Es gibt hier ja nur uns zwei Hübschen«, antwortete Jim grinsend.

»Eben«, konterte Ira spitzbübisch. Und bekam erstaunliche Ähnlichkeit mit einem Kobold.

Der Amerikaner amüsierte sich köstlich. So mochte er seine Ira, die ihm nach dem Tod seiner Frau, die ihre beste Freundin gewesen war, zu neuem Lebensmut verholfen hatte.

»Schottischen oder amerikanischen?«, erkundigte er sich lauernd, während er vorsorglich den Kopf einzog. Denn die Journalistin hatte ihm immer wieder deutlich zu verstehen gegeben, dass es nur einen wahren Whisky gebe. Und der komme nun mal aus Schottland. Ira beantwortete die Frage nicht, sondern warf Jim stattdessen einen vernichtenden Blick zu. Dabei kniff sie ihre sonst so großen Augen zu engen Schlitzen zusammen.

Jim lachte laut, während er in die Küche ging und einen doppelten Glenmorangie für Ira eingoss. Sich selbst gönnte er das Lebenswasser aus Kentucky. Ein bisschen Patriotismus musste schon sein. Wobei er im Leben nicht mehr zurückkehren würde nach good old America. Germany war seine wahre Heimat. Und wurde nicht von einem infantil-trotzigen Multimillionär regiert. Er hatte seit langem mit seiner Heimat abgeschlossen. Außerdem musste ja jemand auf Ira aufpassen. Peter war viel zu sehr mit seiner Arbeit beschäftigt.

Wenig später nahm er neben Ira Platz, reichte ihr das Glas, und sie prosteten sich zu. Die Journalistin nahm einen tiefen Schluck, schloss genießerisch die Augen und stellte fest: »Der einzig wahre.«

Jim tat es ihr nach und gab ihr recht: »Stimmt.« Beide lachten. Dann kuschelte sich Ira an den Amerikaner. Sie war so froh, dass er ihr treu zur Seite stand.

»I love you«, flüsterte sie liebevoll.

Jim lächelte und fuhr ihr zärtlich übers Haar. »My little girl«, brummte er zufrieden. Ihm war ebenfalls bewusst, dass ihre Freundschaft etwas ganz Besonderes war. So chaotisch Ira auch war, sie gab ihm Halt. Und im Gegenzug passte er auf sie auf – was so manches Mal dringend nötig war, da Peter wegen seines Berufs selten zuhause war.

Oder er mimte den Hausmeister. Schließlich arbeitete er meist sowieso in seiner Werkstatt und war ein leidenschaftlicher Schrauber. So konnte Jim auch Klempnerdienste oder Ähnliches übernehmen. In einem alten Haus wie Iras gab es immer etwas zu reparieren.

»Was hatte das Auto hier zu suchen?«, fiel ihm plötzlich der Wagen wieder ein, der ohne Licht in den Hof gefahren war, um dann sofort wieder rauszufahren. Da sich Iras Haus mit seiner großen Hoffläche und den diversen Schuppen mit Werkstatt außerhalb von Heckenbach befand, verirrte sich eigentlich niemand ohne Grund hierher.

Ira wiegelte ab: »Der hat sich bestimmt verfahren. Lass gut sein.« Doch ihr Ton klang nicht so überzeugend, wie er hätte sein sollen. Jim sah auf ihren Kopf, der an seiner Schulter lehnte.

»Sure?«, hakte er nach. Die Journalistin nickte. Doch der Amerikaner spürte, dass da noch etwas im Raum schwebte. »Was ist los?«, fragte er hartnäckig.

»Nichts«, antwortete Ira sofort mit trotzigem Gesichtsausdruck. »Ich habe in letzter Zeit das Gefühl, das mir jemand folgt. Aber ich wüsste nicht wer. Also ist das Quatsch. Ich hab' einfach zu viel gearbeitet und werde deshalb hysterisch«, wiegelte sie ab.

Jim betrachtete sie eingehend. Ira war eher das Gegenteil von hysterisch. Selbst als sie eine Leiche aufgefunden hatte, war sie in der Vergangenheit ruhig und besonnen geblieben. Und viel Arbeit war sie gewohnt. Was war also los?

»War es das Auto von vorhin?«, bohrte er nach.

»Keine Ahnung – ich hab' zwar ständig ein komisches Gefühl, aber ich weiß nicht, wer mir folgt. Wenn ich mich umdrehe, sehe ich niemanden«, schilderte Ira ihr Erlebnis in der Hinteren Schmiedgasse. »Vergiss es, von mir will keiner was«, wischte sie die trüben Gedanken mit einer Handbewegung weg. Sie prostete dem Amerikaner erneut zu. »Guck nicht so, es ist alles in Ordnung«, versicherte sie ihm.

Doch Jim blieb misstrauisch. Er spürte instinktiv, dass Ira beunruhigt war. Auch wenn sie es zu überspielen versuchte. Er nahm sich vor, ein Auge auf sie zu haben. Schließlich hatte sie durch ihr Mitwirken so manchen bösen Buben – und auch manches Mädel – hinter Gitter gebracht. Und man konnte ja nie wissen, ob nicht jemand insgeheim Rachepläne hegte. Und auch sonst steckte Ira gern ihre Nase in Dinge anderer Menschen. Das vertrug nicht jeder.

Ira beobachtete die Sorgenfalten auf Jims Stirn, die sich während seines Gedankengangs immer tiefer eingruben. Ärgerlich raunzte sie ihn an: »Hör' auf jetzt. Es ist wirklich alles in Ordnung!«

Die Zukunft sollte allerdings zeigen, dass sie sich mit dieser Annahme gründlich auf dem Holzweg befand.

Kapitel 3

»Morgen geh' ich wieder zu Graf Bobby«, wechselte Ira das Thema und schaute zu Jim hoch. »Bin gespannt, wie es weiter geht. Momentan sind wir dabei, die Schlossrenovierung aufzuarbeiten«, berichtete sie.

»Oh, very good«, antwortete Jim. Er freute sich darüber, dass Ira einen Ausgleich zu ihren Berichten über Gemeinderatssitzungen, Haushaltsdebatten und Pressegesprächen gefunden hatte, die sie für den Stauferboten als Journalistin absolvierte.

Momentan saß sie an einer Biografie über einen Baron. Der war erfolgreicher Unternehmer gewesen und traf sich seit geraumer Zeit mit Ira zu Gesprächen. Aus diesen Unterhaltungen sollte sich die Biografie entwickeln. Eine reizvolle Aufgabe, die der Journalistin sichtlich guttat. Denn immer, wenn sie davon berichtete, strahlte sie übers ganze Gesicht. »Er lässt mir freie Hand bei den Formulierungen. Das macht einfach Spaß«, hatte sie immer wieder festgestellt.

Allerdings brachten die Gespräche, die sich nicht nur um das Berufs-, sondern auch um das Privatleben des Adligen drehten, viel Arbeit mit sich. Denn es war an Ira, die Zeit- und Gedankensprünge in seinen Schilderungen chronologisch zu ordnen. Zudem musste sie sich an den Umgang mit diversen Verwandtschaftsgraden gewöhnen, Namen und Titel behalten. Und manches Mal einschreiten, wenn der Baron wieder ausschweifend über eine Kleinigkeit berichtete, während er in Erinnerungen schwelgte.

Dem alten Herrn tat es gut, mit der quirligen Journalistin Zeit zu verbringen. Zwischen den beiden hatte sich schon fast eine Freundschaft entwickelt. Seine Kinder hatten den Baron auf die Idee gebracht, seine Biografie schreiben zu lassen. Vor allem die jüngste Tochter machte Druck, denn er war bereits über 80. »Du musst deine Geschichte für die Nachwelt, vor allem für deine Enkel und Urenkel aufschreiben«, hatte sie ihn immer wieder gebeten. Da diese Tochter eine Bekannte von Ira war, hatte die Journalistin den Auftrag erhalten, beziehungsweise gerne angenommen. In einem ersten Gespräch, in dem sich beide beschnupperten, hatte sich gezeigt, dass die Chemie zwischen dem Adligen und ihr stimmte.

Seit vielen Monaten fuhr Ira daher regelmäßig zu dem betagten Baron ins Schloss und ließ sich sein Leben erzählen. Angereichert mit manchmal lustigen, manches Mal auch traurigen Anekdoten. Natürlich kam ihr da manches zu Ohren, was nicht für jedermanns Lauscher bestimmt war. Aber sie war diskret genug, allzu Delikates und Heikles unter den Tisch fallen zu lassen. Oder es in entschärfter Form zu Papier zu bringen.

Ihr Auftraggeber war zufrieden mit ihrer Arbeit. Bereits nach drei Kapiteln hatte er festgestellt: »Das wird ein tolles Buch!« Er war sich bewusst darüber, dass er impulsiv war, ab und zu heftig aus dem Nähkästchen plauderte. Doch diese Journalistin wusste damit umzugehen. »Contenance« war für sie kein Fremdwort. Das schätzte er besonders an ihr. Dass sie ihn kurzerhand Graf Bobby getauft hatte, amüsierte ihn zusätzlich. Der Grund: Er erinnerte sie an Peter Alexander.

Außerdem hatte Ira ihm zugesichert, dass sie über ihn und seine Biografie nicht mit Dritten reden würde.

Vor allem aber mochte er an ihr, dass sie sich in dem Schloss wohl fühlte. Seine Kinder, vor allem sein Sohn, sprachen gern von dem »alten Kasten« mit jeder Menge Plunder als Inhalt. Ira jedoch konnte sich gar nicht sattsehen an den meterhohen Gobelins. Ließ ihre Finger gern über die Intarsien und Drechselarbeiten gleiten, die sich an manchem Möbelstück fanden. Das Silber hatte es ihr besonders angetan: Sie konnte minutenlang völlig verzückt eine silberne Zuckerdose betrachten. »Diese Frau weiß zu schätzen, was sie hier sieht«, freute sich der Baron dann immer.

Und so tauchte Ira immer tiefer in die Welt der Blaublüter und des Unternehmertums ein. Was zunächst eine Herausforderung war, fesselte sie immer mehr. »Bald kennen Sie sich besser in meinem Leben aus als meine Kinder«, hatte der Baron einmal gewitzelt. Und dabei nicht ganz Unrecht gehabt. Schließlich musste sich die Journalistin intensiv mit Jahreszahlen, Namen und Ereignissen einer Familien- und Unternehmerdynastie befassen, um diese dann richtig wiederzugeben. Ihr Auftraggeber war die Korrektheit in Person. Da musste alles passen.

Was Ira am besten gefiel, war die Tatsache, dass der Baron auch von den Schattenseiten in seinem Leben erzählte, und dabei nichts schönredete, sondern ehrlich schilderte, was sich ereignet hatte. Darauf legte er Wert, und Ira wollte dafür sorgen, dass es eine sehr authentische Biografie werden würde. Sie gab sich alle Mühe. Und brachte die nötige Geduld auf. Denn es war nicht selten, dass Graf Bobby nach dem Gegenlesen eines Kapitels noch eine kleine Anekdote einfiel, die aus seiner Sicht unbedingt eingeflochten werden sollte.

Ira erzählte Jim, dass sie nun bereits im letzten Drittel der Biografie angekommen war. Und es für sie spannend blieb, wie es wohl weitergehen würde.

»Das tut dir richtig gut, my sweetheart«, freute sich der Amerikaner. Dabei unterdrückte er ein Gähnen. Was Ira dazu veranlasste, auf die Uhr zu sehen. »Oh, es ist Zeit, schlafen zu gehen«, rief sie überrascht. Sie trank ihren Whisky aus, stellte das Glas auf den Tisch und erhob sich vom Sofa. Halb elf war für Ira eigentlich noch nicht die Zeit, um ins Bett zu gehen. Aber dem Adligen war es nun einmal am liebsten, wenn sie bereits um neun Uhr morgens vor der Tür, besser gesagt vor dem Schlosstor stand. Was für die Journalistin bedeutete, dass sie zwei Stunden vorher aufstehen musste, um zum Wachwerden genügend Kaffee in sich hineinzuschütten. Früh aufzustehen war eben nicht ihre Stärke. Aber für Graf Bobby tat sie das gern.

Ira schnappte sich ihre Pumps. Liebevoll beugte sie sich über den Amerikaner und küsste ihn auf die Nasenspitze, wie sie es immer tat. »Good night«, rief sie über die Schulter, als sie bereits in Richtung Wohnungstür verschwand.

»Good night, my Darling«, rief ihr der Amerikaner hinterher. Ira zog die Haustür hinter sich zu und hüpfte die Treppe hinunter – in Feinstrümpfen, denn in ihre unbequemen Schuhe würde sie in hundert Jahren nicht mehr hineinschlüpfen. Die waren dazu verdonnert, in irgendeiner Ecke im Keller ein karges Schattendasein zu führen.

Jim stand auf und beobachtete amüsiert durchs Fenster, wie Ira vorsichtig über den Hof ging und dabei immer wieder auf kleine Steinchen trat. Es sah einfach zu komisch aus, wie sie da unfreiwillig herumhopste. Es war offenbar kein Vergnügen, in Feinstrümpfen – also eigentlich barfuß – auf Asphalt zu gehen.

Schließlich hatte Ira aber unbeschadet ihre Haustür erreicht, schloss auf und ging hinein. »Good night, my Darling«, murmelte Jim vor sich hin und schlurfte gemächlich ins Bad.

Kaum in ihrer Wohnung angekommen, läutete das Handy in Iras Tasche. Sie angelte es heraus und sah aufs Display. Es war Peter. »Ah, der Herr Kommissar will seine Gute-Nacht-Geschichte«, neckte sie ihn. Dann nahm sie das Gespräch an und sagte mit roboterähnlicher Stimme: »Willkommen beim automatischen Anrufbeantworter von Ira Sander. Sie kann momentan nicht von der Tastatur weg, bitte sprechen Sie …«

Weiter kam sie nicht, denn Peter lachte ins Telefon: »Von wegen, du Witzbold. Na, wie ist es dir heute ergangen?«

Ira erzählte ihm von ihrem Vernissage-Termin und den schmerzenden Füßen. Und dass sie bei Jim für einen Whisky vorbeigeschaut hatte. »Jetzt bin ich hundemüde«, schob sie nach.

»Geht mir auch so«, bemerkte der Kommissar. Die endlosen Referate auf seiner Fortbildung waren nicht vergnügungssteuerpflichtig und hatten oft die Wirkung von Baldrian: stark einschläfernd. »Morgen bin ich wieder da. Schätze mal, gegen 22 Uhr. Hast du morgen frei?«, erkundigte er sich.

Die Journalistin unterrichtete ihn: »Nein. Ich bin morgen Abend in der Gemeinderatssitzung in Alfdorf. Aber bis du eintrudelst, hab' ich bestimmt Feierabend.«

»Ich freu' mich auf dich«, sagte Peter. Ira wollte etwas erwidern, aber Peter rief dazwischen: »Oh, Hermann ruft an. Da geh' ich ran. Muss wichtig sein, wenn er sich so spät noch meldet. Tschüss.« Und schon hatte er aufgelegt.

Ira blickte verdutzt auf ihr Handy. »Ich dich auch«, sagte sie grinsend und schaltete das Handy aus. Tja, Peter war eben genauso romantisch veranlagt wie sie. Wenn das Geschäft rief, war alles andere vergessen. Vielleicht schätzte sie ihn deshalb so sehr? Denn was dies anbelangte, waren sie Seelenverwandte.

Ira legte ihre Arbeitstasche auf ihren Schreibtischstuhl und verschwand im Bad. Den Artikel über die Vernissage würde sie morgen früh schreiben, bevor sie zu ihrem Grafen Bobby fahren würde. »Da reicht's auch noch, muss ich halt den Wecker stellen«, murmelte sie vor sich hin, während sie zur Zahnbürste griff. Sie freute sich aufs Bett, und der doppelte Whisky tat sein Übriges.

»Hast du es Ira gesagt? Und warum erfahren wir das erst jetzt?«, blaffte zur selben Zeit Peter wütend ins Handy. Hermann hatte ihm gerade erzählt, dass ein Straftäter, den man vor allem dank Iras Mithilfe zur Strecke bringen konnte, bereits vor drei Wochen wieder auf freien Fuß gesetzt worden war. Peter erinnerte sich noch gut daran, was der Täter damals bei seiner Verhaftung gesagt hatte: »Das werde ich dieser Schlampe nie verzeihen. Ich vergesse nie …!«

Und jetzt war dieser Hans-Paul Straken wegen guter Führung mit Bewährungsauflagen aus der Haft entlassen worden.

»Vielleicht hat er sich ja gebessert«, hörte sich Hermann Wöllnert sagen – zweifelte aber selbst daran.

»Und Schweine können fliegen«, gab Peter prompt zurück.

»Nein, da muss man aufpassen. Ich bin morgen Abend wieder zurück. Dann berichte ich Ira davon. Versuche du herauszubekommen, ob der Kerl wieder im Altkreis Gmünd wohnt«, forderte der Kommissar seinen Kollegen auf. Und ließ noch eine Schimpftirade auf die Justiz los, die leider immer wieder Straftäter frühzeitig aus der Haft entließ.

»Von wegen guter Führung«, motzte der Kommissar ins Handy. Was brachte es, wenn die Polizei ganze Arbeit leistete und einen Täter überführte, aber gute Anwälte, Psychologen und überfüllte Gefängnisse für eine vorzeitige Entlassung sorgten?

»Okay, ich meld' mich gleich bei dir, wenn ich seinen Wohnort hab'«, versprach Hermann und beendete das Gespräch.

Peter schaltete sein Handy aus. Auf einen Tag mehr oder weniger kam es jetzt auch nicht an. Er würde Ira morgen von dem entlassenen Straftäter berichten. Und sie auffordern, ein wenig vorsichtig zu sein. »Bis dahin wird schon nichts passieren«, beruhigte er sich.

Als Peter diese Gedanken durch den Kopf gingen, hatte Ira gerade ihre Nachttischleuchte ausgemacht und sich in ihre Zudecke gekuschelt.

Im selben Augenblick wurde der Motor eines Autos, das rund 50 Meter entfernt auf einem Feldweg parkte, angelassen. Langsam rollte der Wagen, immer noch ohne Licht, auf dem Feldweg in die finstere Nacht davon.

Kapitel 4

Ira räkelte sich im Bett und genoss die Wärme der Sonnenstrahlen, die auf ihre Bettdecke und ihr Gesicht fielen. Der Blick auf die Uhr zeigte, dass es erst kurz nach halb acht war. Sie wuschelte ihre Haare kräftig durch, bis diese in alle Himmelsrichtungen standen. Ein Ritual, das bei ihr einfach zum Aufwachen dazugehörte.

Dann schwang sie ihre Beine aus dem Bett und tapste barfuß in die Küche. Dabei reckte und streckte sie sich, gähnte herzhaft und legte ein Pad in die Kaffeemaschine. Das gebrauchte vom Vortag, das noch im Sieb schlummerte, warf sie gekonnt über die Schulter. Es landete mitten im Spülbecken. Noch ein Ritual, über das sich Peter herrlich aufregen konnte. Aber er war ja nicht da. Er würde erst am Abend kommen – und da war die Spüle längst wieder gereinigt.

Zufrieden hörte sie der Kaffeemaschine zu, wie diese fröhlich vor sich hin gurgelte, um dann eine braune Flüssigkeit in einen Becher zu füllen. Hätte auch prima geklappt, wenn denn dort einer gestanden hätte. »Ups«, entfuhr es Ira. Schnell drückte sie den »Stopp«-Knopf und stellte einen Kaffeebecher unter den Spender. Dann drückte sie wieder die »On«-Taste, und schon gelangte die Flüssigkeit dort hinein, wo sie hingehörte.

»So, jetzt schreib ich gleich meinen Vernissage-Text«, nahm sie sich vor, während sie den Kaffeebecher noch mit Milch und Zucker bestückte. Sie trug ihn zum Schreibtisch und setzte sich. Es war ihr schnuppe, dass sie weder gewaschen, noch ordentlich angezogen war. Barfuß, nur mit Pyjamahose und T-Shirt bekleidet, machte sie es sich auf ihrem Stuhl bequem und nahm einen kräftigen Schluck Kaffee.

»So, los geht's«, kündigte sie laut an. Ihrer Arbeitstasche neben dem Schreibtischstuhl entnahm sie den Block, legte ihn neben die Tastatur, und nach kurzem Studium ihrer Aufzeichnungen tippte sie bereits los.

Während Ira ihren Text nochmal durchlas, klingelte es an ihrer Haustür. Sie zuckte zusammen. Da sie selten Besuch bekam, schreckte sie jedes Mal hoch, wenn es an der Tür klingelte.

Die Uhr am PC-Monitor zeigte, dass es erst kurz nach acht war. »Wer will denn so früh was von mir?«, wunderte sich die Journalistin. Sie hob den Kopf und blickte aus dem seitlichen Fenster zum Parkplatz hinaus. Da stand ein getunter Mercedes. »Ah, das ist Viktoria«, identifizierte die Journalistin anhand des Autos sofort die Fahrerin. Sie eilte zur Wohnungstür. Schnell hopste sie die Stufen zur Haustür hinunter und machte diese mit einem freudigen »Guten Morgen!« schwungvoll auf.

»Oh, hab' ich dich aus dem Bett geholt? Tut mir leid«, entschuldigte sich Viktoria erschrocken, die auf der Fahrt ins Unternehmen nur kurz etwas bei Ira abgeben wollte.

»Nö, wieso? Ich hab' bereits einen Artikel geschrieben. Ich hab' heute meinen fleißigen Tag«, versicherte Ira. Allerdings wunderte sie sich, warum ihre Freundin sie plötzlich belustigt musterte.

Dabei war der Anblick, der sich der Geschäftsfrau bot, wirklich nicht alltäglich: Ihr stand eine Frau mit völlig wirren Haaren, einer viel zu großen Pyjamahose und einem T-Shirt mit ausgeleiertem Kragen gegenüber. Dazu noch barfuß, obwohl es draußen ziemlich frisch war.

Verdutzt sah Ira an sich herunter. Dann grinste sie. »Tja, wir sind halt Gegensätze. Und die ziehen sich an«, stellte sie amüsiert fest. Denn Viktoria sah mit ihrem Kurzblazer, der Bluse und der Jeans samt Sneakers und einer schönen Perlenkette mal wieder aus wie aus dem Ei gepellt. Beide lachten.

»Ich wollte dir nur kurz die Salatschleuder für Peter bringen. Ist gestern gekommen«, sagte die Unternehmerfrau und reichte der Journalistin einen Karton.

»Oh, klasse. Dann kann ich sie verstecken. Peter ist nicht da. Der wird sich freuen«, jubelte Ira. Sie schnappte sich den Karton.

»Komm' bitte kurz rein. Dann kann ich dir gleich das Geld geben«, forderte Ira Viktoria auf, ihr ins Haus zu folgen.

Der Herr Kommissar hatte einmal erwähnt, dass diese Salatschleuder die beste der Welt sei, man diese jedoch in keinem Geschäft kaufen, sondern nur bestellen könne. Ira hatte schnell reagiert und von Viktoria das begehrte Objekt bestellen lassen. Jetzt konnte Weihnachten kommen! Peter würde staunen, denn mit Sicherheit hatte er diesen Wunsch längst wieder vergessen. Schließlich war es erst Spätherbst und noch eine Weile hin bis Heiligabend.

Ira lächelte vor sich hin, als sie mit Viktoria das Wohnzimmer betrat. Während sie ihren Geldbeutel holte, tat ihre Freundin das, was sie immer in Iras Wohnzimmer machte: Sie stellte sich vor ein großes

Bild an der Wand und versenkte ihren Blick darin. Das Motiv war ein Giraffenkopf, der dem Betrachter freundlich entgegenblickte.

»Das Bild ist einfach toll«, stellte die Unternehmerfrau zum gefühlt hundertsten Mal begeistert fest. Ira schmunzelte und nickte. Seit langem schon suchte sie nach genau diesem Bild, um es Viktoria zum Geburtstag zu schenken. Leider hatte sie dieses Motiv bislang nirgends entdeckt. Aber sie würde dranbleiben, nahm sie sich erneut fest vor.

Ira reichte ihrer Freundin das Geld und dankte ihr nochmals fürs Bestellen und Liefern.

»Wann kommt Peter wieder?«, erkundigte sich Viktoria.

»Heute Abend ist er wieder da«, antwortete Ira.

»Dann könnten wir doch am Wochenende mal wieder eine Gesprächsrunde mit Diskussion machen«, schlug die Freundin vor. Ira überlegte kurz. Nein, kommendes Wochenende würde sie abends keine Termine haben.

»Fein, ich schlag' es Peter vor.«

»Gut, wir hören uns noch …«, nickte Viktoria und ging zur Tür.

»Würde es auffallen, wenn ich das Bild mit der Giraffe jetzt einfach mitnehme?«, erkundigte sie sich mit listigem Blick.

»Ja«, antwortete Ira trocken.

Viktoria zuckte mit den Achseln: »War ein Versuch …« Lachend ging sie die Treppe zur Haustür hinunter. »Ich find' allein raus«, verabschiedete sie sich.

Ira war oben am Treppenabsatz stehengeblieben und wünschte noch einen guten Tag. Dann ging sie wieder in ihre Wohnung. »Gesprächsrunde mit Diskussion. So, so«, grinste sie schelmisch. Hörte sich so hochtrabend an, war aber nichts anderes als ein geselliger Abend mit lustigen Gesprächen, bei dem man sich in aller Ruhe manch' gutes Tröpfchen hinter die Binde gießen würde. Sie würde dann gemeinsam mit Peter in einem beeindruckenden Balance-Akt wieder nach Hause schwanken. Zu Fuß, denn Autofahren konnte man im Anschluss an diese »Gesprächsrunde« erfahrungsgemäß nicht mehr. Gott sei Dank wohnten Viktoria und ihr Mann Friedrich nur zwei Straßen von Peter und ihr entfernt.

Ira ging ins Schlafzimmer und platzierte die Salatschleuder im hintersten Eck ihres Kleiderschranks. »Hier wird Peter sie nicht entdecken. Die Überraschung ist perfekt«, blickte sie zufrieden auf das Versteck.

Allerdings würde die Journalistin diese Überraschung nicht wie geplant für ihren Schatz unter den Weihnachtsbaum legen. Der Grund: Bis dahin hatte sie das gute Stück im Schrank längst vergessen – mehr Hoffnung bestand am ersten Weihnachtsfeiertag ... Typisch Ira.

»So, jetzt maile ich den Artikel und dann ab unter die Dusche«, nahm sie sich vor. Denn sie hatte ja ihren Termin bei Graf Bobby, und eine halbe Stunde Fahrt musste sie einkalkulieren.

»Und wenn ich wieder da bin, mach' ich klar Schiff. Nach Blumen will ich auch noch schauen. Peter soll es ja schön haben, wenn er wieder heimkommt«, überlegte Ira. Sie freute sich sehr auf den Abend. Fast eine Woche war er auf Fortbildung gewesen. Und sein Schnarchen konnte einem wirklich fehlen.

Das Klingeln des Handys riss sie aus ihren Gedanken. »Hoppla, heute bin ich aber begehrt«, dachte sie. Der Blick aufs Display zeigte, dass es Hermann Wöllnert, Peters Kollege, war. »Was will der denn?«, wunderte sich die Journalistin und ging ran.

»Guten Morgen. Na, alles klar?«, erkundigte sich Hermann fröhlich am anderen Ende der Leitung.

»Ja. Alles gut. Warum fragst du?«, gab Ira zurück.

»Och, ich weiß doch, dass du Strohwitwe bist. Da muss ich mich doch um dich kümmern«, stellte der Kommissar betont lässig fest.

Die Journalistin runzelte die Stirn. »Die Frage ist doch, ob bei dir alles in Ordnung ist?«, antwortete sie misstrauisch.

»Logo. Ich wollte auch noch fragen, ob Peter heute oder morgen kommt?«

»Heute Abend. Morgen ist er wieder im Einsatz«, antwortete Ira. »Also, das solltest du doch wissen, schließlich seid ihr Kollegen!«

»Ich werde alt und hör' manchmal nur noch mit halbem Ohr hin«, lachte Hermann ins Handy. »Und, was liegt heute bei dir an?«, fragte er neugierig.

»Ich hab' jetzt gleich einen Termin, deshalb muss ich auch auflegen. Und heute Abend bin ich in Alfdorf«, antwortete Ira rasch. Dabei überlegte sie, ob Hermann sie jemals gefragt hatte, was sie vorhatte.

»Also, Süße, viel Erfolg. Und pass auf dich auf. Wenn was ist, einfach anrufen. Peter ist ja nicht erreichbar. Handy ist aus im Seminar. Weißt du ja«, beendete Hermann das Gespräch.

Verblüfft blickte Ira auf ihr Handy, das nur noch ein »tuuut, tuuut …« von sich gab. »Was plagt den denn?«, fragte sie sich und legte das Handy weg. Kopfschüttelnd ging sie ins Bad, um sich zu stylen.

Was sie nicht wusste: Hermann hatte mittlerweile herausgefunden, dass der entlassene Hans-Peter Straken nur sechs Kilometer von Ira entfernt wohnte. Beunruhigt ob dieser Nähe, hatte er Ira angerufen, um zu checken, ob bei ihr alles in Ordnung war. Am Nachmittag würde er sie nochmals anrufen. So hatte er es mit Peter vereinbart. Allerdings würde er sie dann nicht erreichen.

Ira hüpfte unter die Dusche. 20 Minuten später trug sie ihren Kajal auf, spendierte ihrem Haar ein wenig Spray und war schließlich salonfähig. Zufrieden grinste sie in den Spiegel: »Ist doch gar nicht schlecht.« Der Blick auf die Uhr zeigte, dass sie noch zehn Minuten Zeit für eine schnelle Zeitungslektüre hatte.

Wenig später saß sie bereits am Tisch im Esszimmer und überflog die Artikel. Da sie bereits am Abend immer die Online-Artikel als kleine Bettlektüre las, waren ihr die meisten Texte bekannt. »So«, schlug Ira die Zeitung zu, »jetzt fahr' ich los.« Und nur wenige Minuten später saß sie im Auto, um zu ihrem hoch geschätzten Blaublüter zu fahren.

»Ist sie nicht misstrauisch geworden?«, erkundigte sich zur selben Zeit ihr Partner Peter bei seinem Kollegen Hermann. Die beiden telefonierten in der Pause zwischen den Vorträgen, zu denen Peter sich angemeldet hatte. Am späten Nachmittag würde er wieder die Heimreise antreten.

»Nö, glaub' ich nicht. Warum sollte ich mich nicht mal nach ihrem Befinden erkundigen«, antwortete der Gefragte.

»Heute Abend bin ich ja wieder da. Dann kann ich auf mein Mädel selbst aufpassen. Und bis dahin ist sie eh auf ihren Terminen unterwegs. Hoffen wir mal nicht, dass Straken tagsüber was vorhat«, überlegte Peter laut.

Hermann stimmte ihm zu. »Vielleicht reagieren wir zwei Hübschen auch ein wenig über. Der ist bestimmt froh, dass er wieder raus aus dem Gefängnis ist. Warum sollte er denn was anstellen – dann kommt er ja gleich wieder rein.«

»Eben. So, jetzt geht mein Seminar weiter. Wir hören uns später«, gab Peter zurück, beendete den Anruf und marschierte in den Seminarraum. Der Referent war allerdings noch nicht da.

Peter hatte eine Idee. Er nahm das Handy nochmals zur Hand und sandte eine WhatsApp an Jim. Die lautete: »Alles okay daheim? Ist bei Ira alles in Ordnung?« Dann schaltete er den Handybildschirm wieder aus, denn in diesem Moment betrat der Leiter des Seminars den Raum. Der Kommissar schob das Handy in die Brusttasche seiner Jacke. Wie er Jim kannte, würde der sich erst in einiger Zeit melden. Denn der Amerikaner gehörte nicht der Generation an, die ständig online war. »Was hat man vor der Zeit von WhatsApp, Twitter, Instagram und Facebook gemacht?«, fragte er so manches Mal und schüttelte den Kopf, wenn er Lucky Luke, seinen jungen Gehilfen in der Werkstatt, dabei beobachtete, wie der auf sein Handy starrte.

Doch schon vibrierte das Handy in Peters Jackentasche. »Nanu, Jim ist doch sonst nicht so schnell«, wunderte sich der Kommissar. Erneut zog er es raus und las die eingegangene Nachricht. Diese war tatsächlich von Jim und lautete: »Ich bin mir nicht so ganz sicher, ob alles in Ordnung ist. Erzähl' ich dir heut' Abend. Ira tut es ab, aber da ist was im Busch. Wenn du wieder daheim bist, schau' bei mir vorbei. Ira ist heute Abend ohnehin auf Termin. Ich bin allerdings auch erst gegen 22.30 Uhr wieder daheim.«

Die Sorgenfalten auf Peters Stirn gruben sich bei jedem gelesenen Wort tiefer ein.

»Ich würde mich sehr freuen, wenn mir jeder der Anwesenden seine ungeteilte Aufmerksamkeit schenken würde ...« rissen ihn die scharfen Worte des Referenten aus seinen Gedanken. Mit reumütigem Blick steckte er das Handy wieder in die Tasche und hob zur Entschuldigung die Achseln. Der Vortragende war zufrieden. Ganz im Gegensatz zum Kommissar. Denn der schien jetzt zwar aufmerksam zuzuhören, doch seine Gedanken waren bei Ira und Jim. Er wusste, dass der Amerikaner einen siebten Sinn hatte, wenn es um die Journalistin ging. »Was ist da los?«, fragte sich Peter. Und hoffte, dass dieser und auch der folgende und letzte Vortrag dieser Fortbildung möglichst schnell vorbeigehen würden.

»Ich will heim«, seufzte er leise. Dabei fiel sein Blick auf den Kollegen neben ihm. Er war ebenfalls von der Kripo und arbeitete in Stuttgart – wie Peter früher. Da er sich jedoch immer wieder mit der Obrigkeit angelegt hatte, hatte er sich schließlich im Gmünder Polizeirevier wiedergefunden. Quasi strafversetzt. Aber eigentlich war genau dieser Umstand sein Glück gewesen, denn so hatte er Ira kennen und lieben gelernt.

Der Kollege neben ihm war nicht mit seinem Handy beschäftigt, dafür aber ins Land der Träume abgewandert. Während der Referent die Polizisten über die neue Rechtslage unterrichtete, übte sich Peters Nebensitzer im »Kleine-Bläschen-vor-dem-Mund-Machen«. Dabei gab er leise »blubb, blubb«-Geräusche von sich, die die kleinen Bläschen erzeugten, wenn sie platzten.

Peter beobachtete den Vorgang fasziniert. Der Gute war im Tiefschlaf und saß dennoch in komplett aufrechter Haltung. »Der könnte glatt bei der Stadtverwaltung arbeiten«, dachte der Kommissar gehässig. Als hätte der Schläfer diese Gemeinheit gehört, stoppte er mit der Bläschenproduktion und dem gurgelnden Geräusch. Stattdessen bildete sich in seinem schlaffen Mundwinkel ein kleines Speichel-Rinnsal, das sich auf die Reise in Richtung Kinn machte.

Peter konnte seinen Blick nicht abwenden. »Besser als Kino«, befand er. Was der Vortragende da vorne gerade ausführte, interessierte ihn nicht die Bohne. Die Rechtslage für die Polizei änderte sich ohnehin ständig; immer mehr wurden sie reglementiert. Sollten sie Straftäter demnächst auch noch mit Samthandschuhen anfassen, während sie selbst immer öfter Opfer von Übergriffen wurden. Beleidigungen und Beschimpfungen sowie Bespucken waren ohnehin an der Tagesordnung. Ebenso wie der Beförderungsstau oder auch der geringe Betrag auf dem Gehaltszettel. Kein Wunder, dass da der Nachwuchs in den Polizeiakademien fehlte.

Folglich war der Sitznachbar mit seinen Schlafgewohnheiten für den Kommissar doch um einiges interessanter als das Referat. Und ließ Peter sogar Jims beunruhigende Nachricht kurz vergessen.

Der Gmünder Kommissar machte sich einen Spaß daraus, den Kollegen leicht zu stupsen. Just in dem Moment hatte der Redner eine kleine Kunstpause zwischen seinen Worten platziert, um die Aufmerksamkeit der Zuhörer zu steigern. Pech für Peters Sitznachbarn, denn der fuhr durch Peters Berührung wie von der Tarantel gestochen aus seinem Schlaf hoch und sagte laut »Ja« in die Stille hinein.

Dabei fuhr er sich mit dem Handrücken übers Kinn. Der feuchte Speichel auf der Haut war wohl unangenehm. Peter hatte große Mühe, ein Lachen zu unterdrücken. Die Köpfe der Kollegen fuhren herum, alle Augen richteten sich auf den »Ja«-Sager.

»Sie wollten etwas erwidern?«, erkundigte sich der Referent hörbar verärgert.

»N-nein ...«, stotterte der Gefragte verlegen und setzte sich schnell wieder. Man hätte nicht geglaubt, dass es sich hier um einen 46-jährigen Kriminalhauptkommissar aus Stuttgart handelte, denn im Augenblick hatte er mehr Ähnlichkeit mit einem Sechsjährigen, der dem Lehrer auf Nachfrage die Hausaufgaben nicht vorlegen konnte.

Der Referent fuhr mit seinen Ausführungen fort. Peter gluckste leise vor Vergnügen. »So ein Seminar kann richtig Spaß machen«, kommentierte er flüsternd, erntete jedoch einen vernichtenden Blick vom Kollegen. Denn der hatte zwei und zwei zusammengezählt und kombiniert, dass Peter ihn irgendwie aus dem Schlaf gerissen hatte.

»Sind Sie immer so kollegial?«, zischte er Peter an. »Nein, nur wenn mir langweilig ist«, konterte der wie aus der Pistole geschossen. Und erntete dafür ein verächtliches »Pfff...«

Ira fuhr mit ihrem Auto durchs Kochertal. Die zwei Stunden bei Graf Bobby waren wie im Flug vergangen. Es war kurz vor zwölf, und sie hatte beschlossen, noch in der Redaktion vorbeizuschauen. Sie wollte die

Unterlagen für die Alfdorfer Gemeinderatssitzung am Abend abholen. Und außerdem war sie in Stimmung, nach einem Sommerkleid Ausschau zu halten. Das brauchte sie dringend, da ihr Kleiderschrank nicht das hergab, was sie für den Urlaub mit ihrem Cousin benötigte.

Leopold hatte ihr zum Geburtstag eine Woche Urlaub auf Mauritius geschenkt. Und so würde sich ihr Traum erfüllen, einmal diese Insel im Indischen Ozean zu besuchen. Gemeinsam mit Leopold, denn der genoss die gemeinsamen Urlaube ebenso wie sie. Ähnliche Interessen und vor allem derselbe Humor versüßten ihnen stets den Aufenthalt. So hatten die beiden bereits New York, Sankt Petersburg oder auch Monaco erobert.

Leo hatte zwar immer wieder wechselnde Freundinnen, doch am liebsten fuhr – oder flog – er mit Ira in Urlaub. Mit ihr konnte man Pferde stehlen, und sie war mindestens so verrückt wie er. Egal, ob es nun um eine Banana-Boat-Fahrt, einen Gang mit der Machete durch den Dschungel oder um die Degustation guter Weine ging, Ira war stets zu allem bereit. Leopold, der in der Hotelbranche eine leitende Position innehatte, nutzte für die Aufenthalte sein weltweites Netzwerk. Und so landeten sie stets in erstklassigen Häusern zum kleinen Preis. Was für Ira immer bedeutete, dass sie ordentlich gekleidet sein musste – das war der Preis, den sie für diese Aufenthalte zahlen musste. Sprich, eine Woche feminines Auftreten statt verzogener T-Shirts oder Männerhemden, Boots und ausgewaschener Jeans. Aber diesen Preis zahlte sie gern und machte sich vor dem jeweiligen Dinner einen Spaß daraus, sich besonders aufzubrezeln. Was Leopold gefiel. »Mit dir kann man ja richtig angeben«, war eines seiner größten Komplimente.

Hinzu kam, dass Ira diverser Fremdsprachen mächtig und bei Treffen mit Hotelmanagern oder anderen Kollegen von Leopold nicht nur süßes Beiwerk war, sondern sich eifrig an den Konversationen bei Tisch beteiligte. Noch ein Pluspunkt, den ihr Cousin sehr an ihr schätzte. Nur, wenn ihr Beruf zu sehr durchschien und ihre Fragen immer bohrender wurden, warf er ihr einen warnenden Blick zu, der Ira dann Einhalt gebot.

Peter hingegen hasste Fliegen – was Fernreisen mit seiner Liebsten unmöglich machte. Und noch viel mehr als die Fliegerei hasste er Orte, an denen es kein gutes Bier gab. »Da bin ich raus«, winkte er stets ab.

Der Kommissar war froh, dass Ira ihr Fernweh mit Leopold stillen konnte, den er im Übrigen für einen feinen Kerl hielt. Gern schaute er sich danach die Fotos an, die Ira während ihrer Reisen geschossen hatte. Dieser Blick auf die große weite Welt reichte ihm vollkommen. Da musste er nicht auch noch selbst hinfahren. Er gönnte Ira jede Minute ihres Urlaubs, in dem sie ihren historischen, kulturellen und kulinarischen Interessen nachgehen konnte, während er selbst mit Jim an Bier- oder Whiskyproben teilnahm. Was aus seiner Sicht ebenso hochgradig kulturell war. So hatte jeder das, was er wollte. Das Leben konnte so einfach sein!

Ira war gut durch den Verkehr gekommen und parkte neben der Redaktion ein. Dabei fiel ihr Blick auf ein Pärchen, das eng umschlungen im hinteren Außenbereich der Redaktion stand.

»Liebe kann so schön sein«, grinste Ira und winkte zu den beiden hinüber. Den gutgekleideten Mann sah sie nicht richtig, da er ihr den Rücken zudrehte, aber die Frau identifizierte sie als Redakteurin Mara. Sie kam ursprünglich aus Nordrhein-Westfalen und hatte erst vor gut einem Monat beim Stauferboten in Schwäbisch Gmünd angefangen.

»Schön, dass sie Anschluss gefunden hat«, freute sich Ira. Nachdem sich die beiden voneinander gelöst hatten, ging der Mann zügig davon und Mara erblickte Ira. Die stieg aus dem Wagen und grüßte strahlend.

»Na, Süße, verliebt?«, erkundigte sie sich spitzbübisch.

Maras Teint färbte sich leicht rötlich, als sie antwortete: »Ja, das ging irgendwie sehr schnell.« Die beiden gingen durch die Tür und die Treppe hoch zur Redaktion. An Mara haftete noch ein Hauch des exklusiven Parfums ihres Freundes. »Dasselbe, das Leopold benutzt«, dachte Ira, während sie den Duft einsog. »Montblanc«, sagte sie laut und nickte. Mara sah sie fragend an, doch Ira erklärte sich nicht.

Dafür stellte sie fest: »Du siehst glücklich aus. Das freut mich.« In der Redaktion angekommen, hielt sie Mara die Tür auf und machte eine einladende Handbewegung in den Raum. Die junge Redakteurin schlüpfte lächelnd an ihr vorbei und verschwand in ihrem Büro. Ira wiederum ging ins Sekretariat zu Annegret.

»Ah, da bist du ja«, rief diese ihr entgegen, und winkte mit einem ganzen Stapel an Unterlagen für die Gemeinderatssitzung. Ira griff dankbar nach dem Packen Papier.

»Alles klar?«, fragte sie Annegret.

»Klar, der ganz normale Wahnsinn«, gab diese zurück. Das Telefon klingelte und beendete abrupt ihr Gespräch, bevor es überhaupt richtig begonnen hatte. Ira nickte Annegret zum Abschied zu, drehte sich um und marschierte wieder zur Redaktion hinaus.

Sie wunderte sich immer, wie Annegret diese Hektik aus- und dabei den Überblick behielt. In der Redaktion ging es manchmal zu wie im Affenstall. Ein Umstand, den Ira aus der Großredaktion in Stuttgart kannte, und ein Grund, weshalb sie sich für die Selbstständigkeit entschlossen hatte und nach Gmünd gekommen war. Sie nahm Termine wahr, schrieb Reportagen und führte Interviews. Sie war aber nicht in den Redaktionsalltag eingebunden, musste sich nicht am Kampf um die Zeilenanzahl und Größe der Bilder beteiligen. Das hatte sie in Stuttgart hinter sich gelassen.

Ihr Büro war nun seit vielen Jahren äußerst dezimiert: Ein Schreibtisch in ihrem Haus in Heckenbach, wo sie agieren konnte, wie ihre innere Uhr es vorgab – abgesehen natürlich von den Berichterstattungen über Abendveranstaltungen. Die mussten, bis auf wenige Ausnahmen, noch am selben Abend geschrieben und in die Redaktion gemailt werden.

Aber sonst konnte sie selbst bestimmen, wann sie sich ans Schreiben machte. Hauptsache, sie hielt die Deadline ein. Und diesbezüglich war Ira die Zuverlässigkeit in Person.

Als »Freie« war sie für die Redaktion wertvoll, hatte sie doch ihr Ohr am Geschehen, den Finger am Puls der Bevölkerung. Da gab es immer wieder Tipps zu Themen, die sie aufgreifen konnte. Das konnte auch schon mal an einer Supermarktkasse oder beim Friseur sein. Besondere Umschlagplätze waren zudem die Wartezimmer in den Arztpraxen.

Ira war ein äußerst kommunikativer Typ und hatte über die Jahre ein großes Netzwerk gesponnen. Somit bekam sie viele Neuigkeiten mit. Und ungewöhnliche Arbeitszeiten machten ihr nichts aus. Ein Punkt, den vor allem der »Boss«, wie Ira den Redaktionsleiter bezeichnete, schätzte. Klar, dass sie als Freie keinen Chef hatte, aber sie hatte seit langer Zeit einen besonders engen Draht zu ihm. Gemeinsam hatten sie viele Redakteure, Praktikanten, Sekretärinnen und Volontäre kommen und gehen sehen. Ira und er waren die festen Größen. Die meisten Redakteure ihrer ersten Jahre in Gmünd genossen mittlerweile ihren Ruhestand.

»So, dann geh' ich jetzt noch shoppen«, beschloss die Journalistin, während sie die Treppe hinunterging. Gesagt, getan, parkte sie bereits fünf Minuten später im Parkhaus des Modemarkts ein. In diesem würde sie wenig später eine interessante Begegnung bei den Umkleidekabinen haben – denn auch die Frauen von Stadträten gehen mal einkaufen.

Ira betrachtete verzückt das Kleid in ihren Händen. Der fließende Stoff fühlte sich herrlich an, und das dezente Farbspiel gefiel ihr sehr. Und dennoch war sie unsicher, ob ihr dieser Schnitt auch stehen würde. Kurz entschlossen ging sie mit dem Kleid zu den Umkleidekabinen. Zwei waren frei. Ira wählte die hinterste und zog den Vorhang vor.

Da hörte sie, wie sich zwei Frauen näherten. Die eine sagte: »So, das probierst du jetzt an. Auch wenn es mehr kostet, als du ausgeben wolltest. Basta.«

Die andere erwiderte: »Na gut. Es ist ja auch wirklich schön. Mal sehen, ob ich reinpass'. Ich hab' ein bisschen zugelegt um die Hüften …«

Die Journalistin hörte, wie in der Kabine nebenan der Vorhang energisch zugezogen wurde. Sie selbst schlüpfte in das ausgesuchte Kleid. Kritisch beäugte sie sich im Spiegel. Kein Zweifel, die Farben standen ihr gut. Und auch die Länge war angenehm: Das Kleid reichte ihr bis knapp über die Knie, umspielte diese ein wenig. »Ob es wohl Leopolds hohen Ansprüchen genügt?«, überlegte Ira grinsend.

Da meldete sich die Stimme aus der Nachbarkabine, diesmal in jammerndem Tonfall: »Das Kleid ist einfach toll. Wenn es nur nicht so viel kosten würde …«

Die Antwort von außerhalb der Kabine kam prompt: »Man gönnt sich ja sonst nichts. Sei kein Frosch, wenn du schon mal was findest, was dir gefällt!«

»Hast du mal was von haushalten gehört? Ich glaube, unsere Stadtverwaltung färbt auf dich ab!«

»Warum denn das?«

»Na, die haben doch eine Million Euro mehr für die Interkommunale Gartenschau ausgegeben als vereinbart. Statt 2,5 Millionen Euro wurden 3,5 Millionen verballert. Und dann hat die Verwaltung es glatt versäumt, den Gemeinderat rechtzeitig darüber zu informieren!«

Bei dem Wort »Gemeinderat« horchte Ira auf. Sie hatte ohnehin bereits eine der Stimmen identifiziert und glaubte nun auch die andere aus der Kabine zuordnen zu können.

Ja, das war der Hammer gewesen: Die Stadt hatte mit den Gemeinderäten vereinbart, wie viel für die Gartenschau ausgegeben werden sollte. Aber letztlich hatte man dann doch eine Million Euro mehr bezahlt als veranschlagt.

»Also weißt du, der Vergleich hinkt. Du verdienst schließlich genug und hast nicht knapp 100 Millionen Euro Schulden«, meldete sich die Stimme aus dem Vorraum.

»Aber trotzdem. Ich weiß nicht recht. Das Kleid ist eigentlich echt zu teuer.« Doch nach einer kurzen Pause hörte Ira aus der Kabine einen tiefen Seufzer und die Worte: »Also gut. Ich kauf' es trotzdem. Es ist einfach zu schön.«

Ira grinste. Ja, das war typisch. Auch die Mehrausgaben der Stadt waren letztlich von den Stadträten abgenickt worden. Und die Stadtoberen hatten hoch und heilig versprochen, dass so etwas nie wieder vorkommen werde. Klar, es würde ja auch bis auf weiteres keine Gartenschau geben. So manches Mal beschlich Ira das Gefühl, dass die Gemeinderäte mitsamt der

Stadtverwaltung eine neue Betreuungsart brauchten. Nicht für unter Dreijährige, nicht für über Dreijährige, sondern für über 20-Jährige – aber eben doch mit Zuständen wie im Kindergarten. Und die Erziehertruppe musste dann aus Kreisen des Regierungspräsidiums stammen.

Die Neuigkeiten entnahm Ira immer nur der Zeitung oder erfuhr es von den Kollegen, denn in die städtischen Sitzungen ging sie äußerst selten. Immer wieder wunderte sie sich darüber, wie die Verwaltung in der Stadt agierte. Da wurde schon mal ein Bauantrag über mehrere Monate auf Halde gelegt, weil vermeintlich noch Unterlagen fehlten. Oder aber der nötige Bebauungsplan längst noch nicht rechtskräftig war ob des massiven Personalmangels. Aber im Vorfeld hatte das zuständige Amt dem Bauherrn selbst signalisiert, dass diese Unterlagen nicht nötig seien. Kostspielige Bauverzögerungen waren dann die Folge.

Auch war es schon vorgekommen, dass die Stadt selbst einen Bebauungsplan nicht realisieren konnte, weil ein Gutachten nicht vollständig war. Obwohl der Investor seit Jahren auf heißen Kohlen saß und sein Vorhaben realisieren wollte. Wenn die Stadtverwaltung darauf angesprochen wurde, wurde meist »Personalnot« als Erklärung ins Feld geführt. Aber man hatte augenscheinlich genügend Personal, das man in die Umlandgemeinde im Süden schicken konnte, um dort Gewerbetreibende mit allerlei Vergünstigungen zu einer Umsiedlung in die Stadt zu bewegen. Seltsames Gebaren, wie Ira fand. Auf dem Land hätten all diese Dinge den Kopf des Verwaltungschefs gekostet.

Für diese Art der Politik fehlte ihr jegliches Verständnis. Und was alldem noch die Krone aufsetzte, war das nachsichtige Verhalten der Bürgerschaft: Wenn ein riesengroßes Fest gefeiert wurde, waren schnell wieder alle Versäumnisse und Verfehlungen vergessen. Da fiel der Journalistin immer das gute, alte Rom ein und sie kommentierte manche Verfehlung, die so überspielt wurde, stets mit den Worten: »Brot und Spiele. Die gute, alte Zeit!« Da wurde der Eitelkeit wieder geschmeichelt, da bekam mancher Kritiker plötzlich eine wichtige organisatorische Rolle und stand bei einer Veranstaltung im Vordergrund. Und siehe da, schon verhallte alle Kritik und man übte sich in kollektiver Selbstbeweihräucherung. Und zack, konnte die Verwaltung wieder machen, was sie wollte. Eine Politik, die augenscheinlich immer wieder funktionierte. Faszinierend, Iras Meinung nach.

Die Frauen entfernten sich von den Umkleidekabinen. Ira zog den Vorhang etwas zurück und spickte hinaus. Ja, es waren die beiden besseren Hälften von zwei ihr bekannten Stadträten, wie vermutet. Sie schloss den Vorhang wieder und betrachtete sich nochmals im Spiegel. Ja. Dieses Kleid würde sie nehmen. Nur musste sie sich noch etwas für die Füße ausdenken. Die Journalistin blickte nach unten auf ihre selbstgestrickten, groben Socken. Nein, die passten wirklich nicht zu diesem schönen Sommerkleid! Sie zog sich wieder um und ging zu den Kassen. Dort traf sie wieder auf die beiden Damen. Die eine kramte mit verzweifeltem Gesichtsausdruck in ihrer Tasche. Endlich zog sie einen Gutschein heraus, den Stammkunden immer wieder von diesem Modehaus zugeschickt bekamen.

»Da ist er ja! 20 Prozent auf Ihr Lieblingsstück«, las sie der Kassiererin triumphierend vor und legte den Gutschein auf den Tresen. Diese nickte und zog die Prozente vom Preis des Kleides ab.

»Toll, schon wieder gespart. Jetzt war es doch nicht ganz so teuer«, jubelte die Kundin.

»Wenn eure Männer nur genau solche Pfennigfuchser bei den Steuergeldern der Bürger wären …«, dachte Ira. Die beiden Frauen verließen das Modehaus. Die Journalistin blickte ihnen nach, während sie ihr Kleid auf den Tresen legte. Eine der Frauen spürte wohl ihre Blicke und drehte sich am Ausgang um. Sie erkannte Ira und rief zu ihr herüber: »Hallo Frau Sander, ich hab' Sie ja gar nicht gesehen!«

Die Journalistin lächelte und winkte zurück. Dabei kam sie sich vor wie eine Pharisäerin.

Um ihr Gewissen wieder zu beruhigen, nahm sie sich vor, in Großdeinbach am Dorfladen anzuhalten. Genossenschaftlich und ehrenamtlich geführt, hatte der Dorfladen erst kürzlich seinen dritten überregionalen Preis erhalten, den letzten bei der »Grünen Woche« in Berlin.

»Der Dorfladen ist eine Institution«, hatte ein Grünen-Stadtrat erst kürzlich wieder in der Ortschaftsratssitzung in Großdeinbach betont, gleichzeitig aber moniert, dass die Bevölkerung dennoch nicht genügend Präsenz im Laden zeige. Der viel jüngere Dorfladen in Durlangen hingegen erfreue sich bereits jetzt eines weitaus höheren Jahresumsatzes.

Ira hatte mehrfach über den liebenswerten Laden geschrieben. »Dann werde eben ich den Umsatz steigern«, nahm sie sich vor, »und gleich ein wenig mit

Hans tratschen, vorausgesetzt er ist da.« Hans war ein begeisterter »Flieger« vom Hornberg und einer der Pommes-frites-Spezialisten beim Hallenfest der Fliegergruppe Schwäbisch Gmünd, außerdem ein Vorstandsmitglied des Dorfladens. Seine Frau Geli wiederum war Chefin der örtlichen Landfrauen. Mit beiden hatte Ira regelmäßig zu tun, und sie schätzte beide sehr. Ehrenamtliches Engagement war für das Paar eine Selbstverständlichkeit – was bei der Journalistin regelmäßig ein schlechtes Gewissen erzeugte. Das Einzige, was sie ehrenamtlich leistete, war Blut spenden. Um es in Politikersprache auszudrücken: Da war noch Luft nach oben.

Kapitel 7

Die Nachricht von Jim ließ Kommissar Brand keine Ruhe. »Ich will nicht bis heute Abend warten«, dachte er ungeduldig und warf einen Blick auf die Uhr.

In diesem Moment sprach der Referent die letzten Worte. Das Seminar war für Peter fast erledigt; nur noch ein Vortrag, und er konnte endlich wieder von dem kleinen Kaff hinter München nach Heckenbach zurückfahren. Allerdings musste er über die A8 fahren. Was bedeutete, dass er in die abendliche Rushhour kommen würde. »So ein Mist, ich werde frühestens um halb zehn zuhause sein«, ärgerte er sich.

Als der Referent sich schließlich verabschiedete, hielt den Kommissar nichts auf seinem Platz. Flugs stand er auf, verließ den Saal und zückte dabei bereits sein Handy.

Wenige Sekunden später rief er bei Jim an. »Tuuut, tuuut, tuuut«, erklang das Belegt-Zeichen. »Jetzt hör' auf mit Telefonieren. Ich hab's eilig …« raunzte Peter ärgerlich. Er wollte unbedingt wissen, was zuhause los war. Bei Ira brauchte er es gar nicht erst zu probieren – um diese Zeit gönnte sie sich meist ein Mittagsschläfchen auf dem Sofa – und das wollte er keineswegs unterbrechen. Peter beendete den Anruf und versuchte es bei Hermann.

Mit den Worten »Was gibt's, Herr Kommissar?«, ging dieser ran. Hermann saß gerade im Polizeirevier und sichtete Unterlagen.

Peter verzichtete auf einen Gruß und fragte sofort: »Hast du herausbekommen, wo unser Ex-Gefangener jetzt wohnt?«

Nach einer kurzen Pause antwortete Hermann knapp: »Ja.« Er hatte überlegt, ob er Peter beunruhigen sollte oder nicht. Aber da dieser ihn sehr gut kannte, wäre er ihm ohnehin nicht auf den Leim gegangen, wenn er behauptete, dass er den Wohnort von Straken noch nicht herausbekommen hätte.

»Und? Wo?«, erkundigte sich Peter ungeduldig.

»In Spraitbach«, antwortete Hermann zerknirscht. Und erzeugte dadurch genau die Wirkung, die er erwartet hatte.

»Was? So nah bei Ira? Und das erfahr' ich erst jetzt?«, schrie Peter fast ins Handy. »Das ist ja nur einen Katzensprung entfernt.«

»Stimmt«, gab ihm Hermann recht.

Peter sah den nächsten Referenten bereits in Richtung Saal gehen. »Ich muss wieder rein, der letzte Vortrag beginnt. Hermann, bitte lass dir was einfallen. Solange Ira daheim ist, ist Jim in der Nähe und sie außer Gefahr. Aber sie hat heute Abend eine Gemeinderatssitzung in Alfdorf. Da wird sie unterwegs zu Freiwild, wenn es einer drauf anlegt. Könntest du dich drum kümmern?«, bat er den Kollegen hastig.

»Ich glaube nicht, dass was passiert. Wie soll ich mich um sie kümmern? Soll ich mit ihr Händchen halten? Oder sie beschatten? Die ist doch auch nicht blöd! Außerdem hab' ich heute Abend eine wichtige Sitzung beim Geschichtsverein. Jetzt mach' dir mal nicht ins Hemd. Du bist doch sonst so cool. Und heute Abend bist du ja wieder zurück«, versuchte Hermann seinen Kollegen zu beruhigen. So kannte er Peter gar nicht, denn der war für gewöhnlich die Ruhe in Person. Wenn es allerdings um Ira ging, tickte er schnell aus. Und es war nicht zu überhören, dass er sich mächtig sorgte.

»Egal was, lass dir was einfallen. Du weißt, der Kerl hat geschworen, sich an ihr zu rächen«, erinnerte ihn Peter und beendete das Gespräch.

Er haderte mit sich selbst. Am liebsten wäre er sofort ins Auto gestiegen und nach Hause gefahren. Doch er brauchte diese Fortbildung. Er hatte sich lange genug davor gedrückt. Das musste jetzt sein, sonst bekäme er Ärger mit seinem Vorgesetzten. Und den konnte er nicht brauchen. Zumal er gern sein eigenes Süppchen kochte und nicht gerade Liebkind mit dem Chef war.

»Hermann findet eine Lösung«, nickte er bekräftigend, wie um sich selbst zu beruhigen. »Ja, Hermann macht das.« Dann ging er in den Saal, um das letzte Referat über sich ergehen zu lassen.

Hermann Wöllnert starrte an seinem Schreibtisch vor sich hin. Wie sollte er auf Ira aufpassen? Sie würde ohnehin gleich Verdacht schöpfen und ihn fragen, was los sei.

Er selbst hielt am Abend ein Referat über die Münsterbauhütte in Schwäbisch Gmünd. Das konnte er nicht sausen lassen. Wollte er auch nicht, schließlich hatte er sich lange genug darauf vorbereitet. Auf der anderen Seite wollte er aber auch nicht das Risiko eingehen, dass der Journalistin etwas geschah. Allerdings hatte Peter recht mit der Behauptung, dass Ira am Abend Freiwild wäre. Schließlich ging sie allein auf ihren Termin. Sprich, sie saß allein im Auto. Und ging auch allein vom Parkplatz ins Rathaus in Alfdorf.

Man könnte sie völlig unbemerkt verfolgen und in den dunklen Schlosspark verschleppen. Wenn man es nicht dumm anstellte, würde davon tatsächlich niemand etwas mitkriegen. Doch wie sollte der Kerl denn wissen, wann und wo sie hinfuhr?

Hermann grübelte weiter. »Nun, wenn der sich an ihre Fersen heften würde, bekäme er es heraus. Und wenn er sich wirklich an ihr rächen wollte, würde er sich auf die Lauer legen. Was soll ich bloß tun?«, fragte sich Hermann besorgt.

Wie als Antwort öffnete sich in diesem Moment langsam die Bürotür auf dem Gmünder Polizeirevier. Malte trat ein. Mit zwei gefüllten Kaffeebechern in der Hand hatte er mit dem Ellenbogen die Klinke heruntergedrückt und die Tür vorsichtig aufgeschoben. Gerade gab er der geöffneten Tür einen leichten Fußtritt, sodass sie wieder schloss.

»Bin ich nicht ein Engel?« Mit diesen Worten stellte er einen Becher vor Hermanns Nase auf dessen Schreibtisch. Dann ging er zu seinem eigenen Schreibtisch und setzte sich.

Seit Tagen legte die Kaffeemaschine in ihrem Büro ein Eigenleben an den Tag. Mal funktionierte sie – und mal nicht. Daher hatte Malte kurzerhand zwei Kaffee aus dem Besprechungszimmer mitgebracht. Er hatte keine Lust gehabt, sich schon wieder über die vermaledeite Maschine aufzuregen.

»Du bist die Rettung«, strahlte Hermann den edlen Kaffeespender an.

Malte blickte verwirrt zu ihm herüber. »Ich wusste nicht, dass du so unterkoffeiniert bist«, antwortete er verblüfft.

Doch Hermann winkte ab. »Nö. Es geht um was ganz anderes. Du musst mir helfen. Es geht um Peter. Nein, besser gesagt, um Ira.«

Der Name der Journalistin wirkte wie ein Zauberwort auf Malte. Er korrigierte seine Haltung und saß nun kerzengerade auf dem Stuhl, fixierte den Kollegen und versicherte: »Ich häng' an deinen Lippen.« Denn er war ein großer Fan von Ira. Er liebte ihre Art, Probleme anzupacken. Auch große – wie etwa Peter.

Malte grinste: »Wenn du jetzt sagst, dass ich sie heiraten soll, mach' ich das! Sofort!«

Hermann schielte zu ihm hinüber. »Vergiss es, die ist eine Nummer zu groß für dich, du Jungspund. Außerdem würdest du dir selbst dein Grab schaufeln«, kam die Antwort prompt. Denn Peters Eifersucht war legendär. Nicht nur einmal hatte er Malte zurechtgewiesen, wenn er zu vertraulich mit Ira umging – die sich stets einen Spaß daraus machte, mit dem blonden Norddeutschen zu flirten. Die Tatsache, dass sie gut zehn Jahre älter war als Malte, kommentierte der junge Kollege immer mit: »Sie hat wenigstens Erfahrung.«

»Sag schon, was kann ich für Ira tun?«, bohrte Malte eifrig nach. Hermann erkundigte sich, ob er am Abend etwas vorhabe.

»Nichts, was ich nicht verschieben kann«, betonte Malte.

»Gut. Dann hör' mal zu«, begann Hermann.

Der junge Kollege war etliche Jahre nach der Verhaftung von Hans-Paul Straken zu ihnen aufs Revier gekommen. Daher schilderte Hermann ihm die damaligen Ereignisse und ergänzte, dass der Entlassene jetzt in Spraitbach wohne, was bei Malte sofort Sorgenfalten auf der Stirn erzeugte.

»Das ist ja gar nicht weit von Heckenbach«, zeigte er sich besorgt.

»Eben. Und Peter kommt erst heute Nacht zurück. Er macht sich große Sorgen. Zumal Jim wohl angedeutet hat, dass etwas nicht stimmt. Mehr weiß ich auch nicht«, endete Hermann. »Jetzt weiß ich nur nicht, wie es dir gelingen könnte, heute Abend mit Ira unterwegs zu sein, ohne dass sie Verdacht schöpft«, gestand er.

»Ach, das ist doch gar kein Problem. Da bin ich flexibel«, lachte Malte auf und griff auch schon zum Handy.

Sein Kollege blickte ihn verdutzt an. »So?«

»Pass mal auf. Das haben wir gleich«, kündigte Malte an und wählte Iras Nummer. Hermann sah ihm gespannt zu.

Die Journalistin war gerade damit beschäftigt, einer Giraffe den Kopf zu streicheln, ein schönes Tier mit riesengroßen Augen. Ira stand auf einem Holzplateau, das etwa vier Meter über dem Boden an einem Hang installiert war. Ans Geländer gelehnt, war sie mit der Giraffe quasi auf Augenhöhe. Eine tolle Idee, die sich die Tierpfleger des Wildgeheges hatten einfallen lassen. Denn wie sonst sollte man einer Giraffe so nahe kommen, ohne eine Genickstarre zu bekommen?

Ihr Cousin Leopold stand direkt hinter ihr. Die beiden verbrachten gerade ihren Urlaub auf Mauritius. Leo hatte sein Handy herausgeholt, um ein paar Fotos zu knipsen, als es klingelte. Das Geräusch wurde immer lauter und lauter …

Ira schreckte aus ihrem Mittagsschlaf hoch. Es war ihr eigenes Handy, das auf dem Wohnzimmertisch lag und hupte.

»Wer stört meinen Schönheitsschlaf?«, ging sie hörbar verärgert ran. Maltes Nummer hatte sie auf dem Display erkannt. Der meldete sich lachend und erkundigte sich, aus welchem Traum er sie denn gerissen hatte.

»Aus einem wunderschönen. Ich war gerade mit Leopold auf Mauritius und habe eine Giraffe gestreichelt«, antwortete Ira prompt.

»Oh, dann tut es mir leid. Dabei hab' ich eigentlich nur eine klitzekleine Frage«, entschuldigte sich Malte in feinstem Hochdeutsch. Denn Schwäbisch konnte der Gute immer noch nicht. Und wenn er es versuchte, wurde es immer peinlich und endete in einer Lachsalve seines Gegenübers.

»Schieß los«, forderte Ira ihn auf.

»Also, ich bin doch auf der Suche nach einem ruhigen Bauplatz. Du weißt ja, ich will aus meiner Penthouse-Wohnung raus. Neben dem Stadtgarten ist es mir einfach zu laut. Immer die Abendveranstaltungen. Und dann parken sie ständig meine Garagenzufahrt zu …«, plapperte Malte munter drauf los. Dabei sah er hinüber zu Hermann und zwinkerte ihm zu. Der grinste und zog anerkennend die Augenbrauen hoch.

»Komm' zum Punkt, ich will wieder nach Mauritius und die Giraffe streicheln«, wurde Ira langsam ungeduldig.

»'tschuldigung. Ich wollte dich nur fragen, ob du heute Abend in Alfdorf in der Gemeinderatssitzung bist. Das ist doch dein Revier, oder?«, erkundigte sich der junge Kommissar.

»Ja, da bin ich. Warum?«, kam die knappe Antwort.

»Nun, in der Sitzung geht es um ein neues Baugebiet. Ich habe mir die besagte Fläche neulich angeschaut und bin an einem der Bauplätze interessiert. Heute Abend steht das Neubaugebiet auf der Tagesordnung. Es geht um den Zeitplan für die Erschließung«, erläuterte Malte. »Und der interessiert mich.«

»Das kann ich dir doch auch heute Abend noch sagen. Du brauchst nicht extra in die Sitzung zu kommen«, schlug ihm Ira vor. »Hast du mit deiner Freizeit nichts Besseres anzufangen? Vor dem Baugebiet geht es noch um eine Urnenmauer für den Friedhof und um ein neues Betreuungsangebot im Kindergarten. Das kann dauern. Da braucht man echt Sitzfleisch«, warnte sie.

»Nein, ich möchte aber mit dir da hingehen. Endlich ein Abend für uns zwei. Peter braucht ja nichts davon zu erfahren«, säuselte Malte ins Handy.

Ira lachte lauthals auf. »Na, wenn's dir so langweilig ist, meinetwegen.«

»Aber ich wollte noch fragen, ob ich vorher bei dir vorbeikommen darf. Dann bring' ich dir auch eine Quarktasche mit und wir fahren mit einem Auto«, schlug Malte vor. Dabei grinste er Hermann breit an und blinkerte mit beiden Augen.

»Du raffinierd'r Denger«, flüsterte er voller Anerkennung.

Die Journalistin hing an der Angel. Sie hatte eine Riesenschwäche für Quarktaschen – was Malte natürlich genau wusste.

»Also, sei um 17.30 Uhr spätestens da. Dann wird das was mit uns beiden. Und vergiss die Quarktasche nicht, mein Schatz«, flötete sie heiter ins Handy. »Aber wir fahren mit meinem Auto. Du fährst mir zu anständig. Ich will pünktlich ankommen, und bei deiner Fahrweise müssten wir für die Strecke von sechs Kilometern eine Stunde einkalkulieren«, frotzelte sie.

»Okidoki«, antwortete Malte und beendete grinsend das Gespräch.

»Ja leck mi' am Arsch. Wie raffiniert war des denn?«, brach es aus Hermann raus.

Malte zuckte nur mit den Schultern und stellte mit treuherzigem Blick fest: »Das Psychologiestudium zahlt sich nicht nur bei Verhören aus.«

»Ich sag' ja immer, du bist überqualifiziert«, antwortete Hermann. Und schob ein »Danke« nach.

»Keine Ursache, für Ira tu' ich alles«, lachte der junge Kollege und hob abwehrend die Hände. »Wenn's sein muss und Peter es bis heute Nacht nicht schafft, wache ich auch über ihren Schlaf«, kündigte Malte an. Dabei zuckten seine Mundwinkel verräterisch.

»Das glaub' ich sofort«, lachte Hermann. »Aber Peter wird wohl gegen 22 Uhr zuhause ankommen. Das passt dann schon. Sofern es auf der A8 keinen Unfall und daraus resultierend einen Megastau gibt.«

»Ich geh' erst, wenn der Herr Kommissar da ist. Keine Sekunde vorher. Versprochen. Ich lasse Ira nicht allein«, versicherte Malte. »Und sollte Peter irgendwo übernachten müssen, da sein oller Mercedes leider den Geist aufgibt, bleib' ich eben über Nacht. Mir ist kein Opfer zu groß«, schob er mit spitzbübischem Lächeln nach.

Als Antwort hob Hermann seinen Zeigefinger und bewegte diesen leicht hin und her. Dabei huschte ihm jedoch ein Grinsen übers Gesicht.

Während dieser Unterhaltung im Revier blickte ein Mann einige Kilometer weiter auf die Uhr. »So, noch fünf Stunden bis zur Sitzung in Alfdorf. Diesmal erwische ich dich, Gnädigste. Zwischen Heckenbach und dem Alfdorfer Rathaus gibt es genügend Gelegenheiten, an dich ranzukommen. Gut, dass du Journalistin bist. Die sind immer allein unterwegs. Diesmal klappt's – und dann bist du Geschichte …«

Kapitel 8

Ira inspizierte ihr Wohnzimmer. Wenn Malte gegen 17 Uhr kommen würde, könnte eine kleine Putzaktion wohl nicht schaden. Sie hatte ohnehin keine Lust, ihre Unterlagen für die Steuererklärung zusammenzusuchen. Das hatte noch Zeit – auch wenn sie es sich für diesen Nachmittag vorgenommen hatte. Am Ende würde es wohl wie immer auf Last-Minute-Aktionen hinauslaufen. Sprich, sie würde bei Versicherungen, der privaten Rente oder auch dem Journalistenverband anrufen, um die Jahresbescheinigung für die Einzahlungen zu verlangen. Selbstverständlich waren die am Jahresanfang alle bei ihr im Briefkasten gelandet. Und Ira hatte sie auch geflissentlich eingeordnet. Doch sie hielt sich nicht an den Ratschlag des peniblen Peter, der empfahl, alles in einen Ordner mit entsprechender Jahreszahl einzuheften. Nein, das konnte ja jeder. Ira hatte gleich mehrere Ordner. Und da konnte es schon mal vorkommen, dass beispielsweise der Beleg für die bezahlte Hausratversicherung im Ordner für Kfz-Angelegenheiten landete.

Wenn Peter dieses Chaos mit einem Kopfschütteln quittierte, warf ihm Ira gern an denselben, dass sie eben keine Beamtin sei wie er.

»Also kann das auch heute warten. Jetzt wird erst einmal Ordnung gemacht«, sagte die Journalistin laut in den Raum hinein, als wollte sie sich selbst Mut machen. Sie begann mit der Suche nach dem Staublappen. Nach fünf Minuten hatte sie ihn gefunden und marschierte damit zur Fensterbank im Wohnzimmer. Es wurde Zeit, das Gemisch aus Staub, Blumenerde, massig Kadavern von Spinnen, Fliegen und Schnaken zu entfernen. Und die Grünlilie schaute mit ihren schlaff herabhängenden Blättern recht traurig aus.

»Dich werde ich nachher gießen. Dabei hast du doch erst vor wenigen Wochen Wasser gekriegt. Du musst besser haushalten, meine Hübsche«, flüsterte Ira ihr zu, während sie die halbvertrocknete Pflanze von der Fensterbank nahm und auf den Esszimmertisch stellte. Zu ihr gesellten sich noch diverse Dekorationsfiguren und weitere Floren, augenscheinlich ebenfalls in der Trockenzeit. Schließlich wischte die Journalistin die leergeräumte Fensterbank aufs Gründlichste ab.

Zwischendurch hatte sie kurz triumphierend aufgeschrien, denn bei der Abräumaktion hatte sie die Ersatz-Speicherkarte ihres Fotoapparates aus einem Spinnennetz geborgen.

»Da ist sie ja«, rief Ira und freute sich wie ein kleines Kind. Seit Wochen hatte sie die Karte gesucht. Die Krönung ihrer Freude war, als sie beim Reinigen des Fenstersimses in der Ecke ihren kleinen Ohrstecker mit der winzigen Perle entdeckte. »Ja Wahnsinn«, kommentierte Ira den Fund. Vorsichtig nahm sie das kleine Schmuckstück und legte es ebenfalls auf den Esszimmertisch.

Wie es immer kam, dass sie Dinge an den unmöglichsten Stellen deponierte, um sie dann wochenlang vergeblich zu suchen? Indem sie beim Telefonieren auf und ab ging, zum Fenster hinausblickte und dabei Dinge, die sie in der Hand hatte, einfach an Ort und Stelle ablegte. Und so traf sie bei ihren seltenen Putzaktionen ab und an auf die verloren geglaubten Schätze.

»Vielleicht sollte ich öfters einen Putztag einlegen«, überlegte Ira, verwarf den Gedanken allerdings sofort wieder. Es gab Wichtigeres zu tun. »Und an Staub gestorben ist auch noch niemand«, so hoffte sie zumindest.

Minuten später waren auch die übrigen Fensterbänke gereinigt. Zum krönenden Abschluss bekamen die Blumen endlich mal wieder frisches Wasser, und die Weihnachtsdekoration, die noch vom vergangenen Jahr herumstand, wurde auch weggeräumt.

»Eigentlich Blödsinn, Weihnachten kommt ja eh wieder«, brummelte Ira, machte es aber dennoch. Sie wollte eine ordentliche Wohnung, beziehungsweise ein ordentliches Wohnzimmer präsentieren, wenn Malte kam. Denn der war äußerst penibel. Sie wollte sich keine Blöße geben.

»Wetten, dass Ira gerade einen Großputz hinlegt?« sagte im selben Moment Malte zu Hermann. »Und sie meint, ich schlussfolgere aus ihrem sauberen Wohnzimmer, dass es immer aufgeräumt ist. Herrlich. Aber genau das mag ich an ihr. Sie ist so hübsch unordentlich. Mir allerdings wurde Ordnung in meiner Kindheit eingedrillt. Da kann ich auch heute noch nicht aus meiner Haut. Und mit meiner pedantischen Art hab' ich schon so manche Freundin aus der Wohnung rausgeputzt«, seufzte Malte.

Aus diesem Grund war er ja so gern bei Ira. Es war nie wirklich dreckig, aber eben leicht unordentlich – und immer gemütlich. Er würde nie den Moment vergessen, als er einen BH von ihr unter dem Kissen auf dem Sofa hervorgezogen hatte. Der winzige weiße

Stoff, der damals unter dem braunen Kissen hervorgelugt hatte, hatte ihn geradezu aufgefordert, daran zu ziehen. Und schwuppdiwupp hatte er einen hübschen Spitzen-BH ans Tageslicht befördert.

Und wie hatte die Journalistin reagiert? Verschämt oder peinlich berührt? Weit gefehlt! Sie hatte sich tausendmal bei ihm bedankt, da sie diesen BH schon lange vermisste. Das war eben Ira, wie sie leibt und lebt: einfach göttlich und herrlich unverkrampft.

Mit prüfendem Blick betrachtete Ira den Schreibtisch im Wohnzimmer. Natürlich hatte sie ein Arbeitszimmer, aber sie liebte es nun mal, im Wohnzimmer zu schreiben. Deshalb stand dort ein kleiner Schreibtisch mit Laptop. So konnte sie den herrlichen Ausblick auf die Kaiserberge selbst bei der Arbeit genießen. Ein Privileg, dessen sie sich durchaus bewusst war. Dumm nur, dass ihr Schreibtisch meist aussah, als hätte sie dort gerade eine Briefbombe geöffnet: Unterlagen über Unterlagen, Stapel an Schreibblöcken, Kugelschreiber, Visitenkarten, Büroklammern und vieles mehr waren auf der Platte zu einem großen Ganzen verschmolzen. Peter sprach daher nicht von Iras Schreibtisch, sondern vom Heckenbacher Bermudadreieck.

»Überredet, jetzt bist du dran«, verkündete Ira dem Schreibtisch. Sie setzte sich auf den Stuhl und begann, die Papiere zu ordnen. Alte Gemeinderatsunterlagen wanderten auf einen Stapel am Boden. Diese würde sie später in der Altpapiertonne entsorgen. Das Päckchen mit den Büroklammern schloss sie fein säuberlich und stellte es an die Tischkante. Herumliegende Kugelschreiber wanderten in den Bürobutler. Daneben stellte sie den Locher, den sie gerne zum Briefbeschwerer umfunktionierte. Die Schreibblöcke stapelte sie ordentlich am seitlichen Tischrand. Tankbelege legte sie auf die andere Seite auf einen Haufen und heftete sie mit einer Büroklammer zusammen.

»Klasse«, kommentierte die Journalistin, als sie einen Schwung an Unterlagen hochhob und darunter einen noch verpackten Schokoriegel fand. Den hatte sie vor langer Zeit schnell unter die Papiere geschoben, als der Herr Kommissar früher als erwartet nach Hause gekommen war. Sie hatte ihn nicht unnötig mit dem Anblick der Süßigkeit quälen wollen. Peter hatte nämlich eine Schokoriegel-»Phobie«. Grund war, dass Hermann diese nur zu gern aß – ohne dabei zuzunehmen. Peter wiederum musste nur einen Riegel etwas länger anschauen und schon hatte er die Kalorien auf der Hüfte.

Ira griff sich die Leckerei. »Toll, noch nicht abgelaufen. Her damit!« Sie riss nach kurzem Blick aufs Haltbarkeitsdatum die Verpackung auf, biss genussvoll in den Schokoriegel hinein und kaute selig darauf herum. Als sie den Riegel aufgegessen hatte, erhob sie sich und warf die Verpackung in der Küche in den gelben Sack. Dann schnappte sie sich das Staubtuch und wischte um Bürobutler, Blockstapel und Unterlagen säuberlich herum. Dabei fischte sie noch einige Bonbonpapierchen von der Tischplatte. Es war eine Unart von ihr, diese überall liegen zu lassen.

Die Methode, alles einfach abzuräumen, den Tisch abzuwischen und dann alles wieder hinzustellen befand Ira für unnötig, da zu aufwändig. Sie hatte schließlich bei den Fensterbänken bereits vollen Einsatz gebracht. Nach getaner Arbeit durchschritt sie Wohn- und Esszimmer und beäugte dabei stolz den Schreibtisch und die Fensterbänke.

»Jetzt bin ich zufrieden. Das genügt«, lobte sie sich selbst. Sogar die schlaffen Blätter der Grünlilie zeigten noch letzte Zeichen von Leben, denn sie richteten sich langsam wieder auf.

»Geht doch, du Memme«, kommentierte die Journalistin grinsend. Schließlich schnappte sie sich ihren wiedergefundenen Perlenohrstecker und wollte ihn ins Bad tragen. Dabei kam sie an der Kaffeemaschine vorbei.

»Ich brauch' einen Kaffee«, dachte sie. Und legte den Ohrstecker kurzerhand auf die Küchenfensterbank, um ein Pad in die Maschine einzulegen. Es muss nicht extra erwähnt werden, dass besagter Ohrstecker fortan sein Dasein auf der Fensterbank in der Küche fristen würde. Bis zur nächsten Putzaktion. Bis dahin würde Ira ihn wieder vergeblich suchen.

Eigentlich war er ihr schon in dem Moment aus dem Gedächtnis entflohen, als sie sich eine Tasse Kaffee zubereitete. Denn ihre Gedanken waren längst bei einem anderen Thema. Nämlich, ob sie ihre Pizza-Baguettes machen sollte, wenn Malte nachher kam. Schließlich hatte er dann einen langen Arbeitstag hinter sich und bestimmt Hunger. Zudem konnte sie von der Crème-Fraîche-Käse-Zwiebel-Schinkenmasse eine Portion separieren und in den Kühlschrank stellen. So könnte sie Peter, wenn er spät am Abend von seiner Fortbildung kam, noch fix einen Imbiss zubereiten. Die Journalistin nickte bekräftigend. Ja, das war eine gute Idee.

Ira ging zum Kühlschrank, öffnete ihn schwungvoll und inspizierte den Inhalt. Ihr Blick blieb an zwei Bechern Crème Fraîche und einem Päckchen geriebenem Emmentaler-Käse hängen. Im Gemüsefach leuchtete ihr saftiges Grün von Frühlingszwiebeln entgegen. Und hinten in der Ecke entdeckte sie noch ein Päckchen Schinken. Zufrieden stellte sie fest, dass sie alle benötigten Zutaten im Haus hatte. Von den kleinen Baguette-Brötchen zum Aufbacken lagen ebenfalls noch welche im Küchenschrank. Die gingen ohnehin nie aus.

»Prima. Ich muss nicht mal einkaufen gehen«, freute sich Ira und machte sich nach dem Genuss des Kaffees sofort daran, die leckere Masse für die Baguettes zusammenzurühren.

Bereits nach zehn Minuten fand sich diese in einer Glasschüssel und mit einer Klarsichtfolie abgedeckt im Kühlschrank wieder. Fein abgeschmeckt mit Gewürzen, war sie eine begehrte Spezialität von Ira.

»Da werden sich Malte und Peter freuen.« Und die Quarktasche, die ihr der Kommissar mitbringen würde, könnte sie als Nachtisch verspeisen.

Sie freute sich auf den Abend. Mit Malte konnte man prima herumflachsen, und Peter würde auch wieder nach Hause kommen. Und die Gemeinderatssitzung dazwischen nahm dank der relativ überschaubaren Tagesordnung in ihren Gedanken eine eher untergeordnete Rolle ein. Es standen schließlich keine Haushaltsdebatte oder ähnlich geartete Themen an, die lange Diskussionen mit sich bringen konnten. Es würde daher nicht lange dauern, den Artikel über die Sitzung zu schreiben.

»Perfekt«, dachte Ira und ging in Richtung Badezimmer. Jetzt war eine schöne Dusche angesagt. Die Journalistin fühlte sich großartig; schließlich hatte sie für ihre Begriffe äußerst gründlich ihren Haushalt erledigt und noch »aufwändig« gekocht. »Ich bin eben doch eine Vollblut-Hausfrau«, lobte sie sich selbst.

Malte traf pünktlich ein. Beim Betreten des Hauses sog er die Luft ein. Verzückt stellte er fest: »Es riecht köstlich. Sag bloß, du hast deine Baguettes gemacht?«

Ira grinste ihn vom oberen Treppenabsatz aus entgegen und nickte.

»Gut. Wenn Peter dich nicht fragt, kann ich es ja tun ...« Der semmelblonde Kommissar war auf der obersten Stufe angekommen und ging nun spontan vor Ira auf die Knie. Dabei blickte er sie treuherzig an und fragte: »Ira Sander, willst du mich heiraten?«

Die Journalistin brach in schallendes Gelächter aus. Malte stand spitzbübisch grinsend wieder auf. Sie schnappte ihn bei den Schultern und küsste ihn auf beide Wangen.

»Du Chaot. Komm' rein.« Die beiden verschwanden in der Wohnung. Ira eilte in die Küche, denn es war nun an der Zeit, die mit der leckeren Masse bestrichenen Baguette-Brötchen aus dem Backofen zu holen. Dabei wies sie mit dem Kopf zur Theke, auf der Flaschen mit Mineralwasser und Orangensaft standen. »Bedien' dich, du bist ja schon groß. Oder magst du lieber einen Kaffee?«

Der Kommissar winkte ab und holte sich ein Glas aus dem Küchenschrank. Er kannte sich bestens aus in Iras Küche. Schließlich hatte er nicht nur einmal in ihrer Wohnung übernachtet, als er Handwerker im Haus hatte.

Er schenkte sich sein Glas voll mit Mineralwasser und ging ins Wohnzimmer zum Tisch. Als er am Schreibtisch vorbeiging, bückte er sich. Ein Bonbonpapier lag auf dem Teppich – das konnte seine Ordnungsliebe nicht mit ansehen, er musste es einfach aufheben. Dabei schmunzelte er vor sich hin. Denn wo immer Ira sich befand, lag danach ein solches Bonbonpapier herum. Eigentlich stopfte sie diese immer in die Hosentasche, doch irgendwie gelang es den Dingern, wieder herauszukommen und sich irgendwo gemütlich hinzulegen.

Ira war in der Küche beschäftigt und beförderte die Brötchenhälften auf eine Platte. »Na, viel los im Geschäft?«, rief sie zu Malte.

»Nein. Alles ruhig«, antwortete der Kommissar, während er zurück in die Küche ging, um das Bonbonpapier zu entsorgen. Die Journalistin nahm es aus dem Augenwinkel wahr und ärgerte sich, dass sie es bei ihrer gründlichen Aufräumaktion übersehen hatte!

Malte spürte ihren Blick und stellte belustigt fest: »Das ist wie bei Hänsel und Gretel mit den Brotkrumen. Deiner Spur kann man immer folgen.«

Ira schnitt eine Grimasse, und der Kommissar verließ erneut die Küche. Er freute sich aufs Essen. Das kam jetzt gerade richtig, denn er hatte noch einen Bericht verfasst, der längere Zeit in Anspruch genommen hatte als geplant. Deshalb war die Mittagspause ausgefallen.

»So, mein Schatz. Greif zu«, flötete Ira ihm entgegen, als sie mit der Platte aus der Küche trat. Malte war begeistert. Sie hatte den Tisch bereits mit kleinen Tellern und Servietten gedeckt. Er ließ sich nicht zweimal bitten, nahm Platz und griff zu.

»Pass auf, die sind frisch aus dem Ofen«, warnte Ira. Doch zu spät. Mit großem Appetit hatte der Kommissar in ein Brötchen gebissen – und sich prompt den Mund verbrannt. Mit weit geöffnetem Mund und einer Hand, die versuchte, abkühlende Luft hinein zu fächeln, saß er auf seinem Platz.

»Wie ein kleines Kind. Ist doch klar, dass man da vorsichtig sein muss«, lachte Ira ihn aus.

Malte griff nach seinem Wasserglas und »löschte« den Bissen. Nachdem er ihn hinuntergeschluckt hatte, meinte er nur: »Ich konnte nicht warten. Die sind einfach zu köstlich …« Der nächste Bissen war wesentlich kleiner. Und vorab hatte er kräftig darauf gepustet, damit er nicht mehr so heiß war.

Ira setzte sich ihm gegenüber und fing ebenfalls an zu essen.

»Deine versprochene Quarktasche hab' ich in meiner Arbeitstasche«, sagte Malte und deutete darauf.

Die Journalistin kündigte erfreut an: »Die wird mein Nachtisch.«

Zehn Minuten lang herrschte gefräßige Stille. Beide ließen sich die Baguette-Brötchen schmecken. Immer wieder stieß Malte dabei ein verzücktes »himmlisch«, »herrlich« oder auch »köstlich« aus.

»Soso, du willst also nach Alfdorf ziehen«, unterbrach die Journalistin schließlich die Stille.

Malte säuberte seine Finger mit der Serviette und fuhr sich damit über den Mund. Irritiert blickte er sie an. »Wieso?«

»Na, deshalb gehst du doch mit in die Sitzung!«, sagte Ira verblüfft.

»Ach so, ja klar. Logisch«, nickte Malte nach einer kurzen Schrecksekunde. Und nannte sich innerlich einen Idioten. Er war zu sehr vom Essen abgelenkt gewesen, sodass er nicht gleich geschaltet hatte. Fast hätte er sich verraten. Was interessierten ihn schon Bauplätze in Alfdorf; er war schließlich ein Stadtkind.

Kurz blickte er Ira an, die an ihrem Glas nippte. Sie schien keinen Verdacht geschöpft zu haben. Um das Thema zu wechseln, erkundigte er sich: »Wann erwartest du Peter?«

Die Journalistin informierte ihn: »Nicht vor 22 Uhr. Je nachdem, wie schnell er durch den Verkehr kommt.«

»Und wie lange wirst du auf der Sitzung bleiben müssen?«, hakte Malte nach. Ira zählte die Tagesordnungspunkte auf und kündigte an, dass sie wohl spätestens um 20.30 Uhr gehen konnte. Schließlich fing die Sitzung bereits um 18.30 Uhr an.

»Prima, dann haben wir zwei ja noch sturmfreie Bude«, grinste Malte über den Tisch. Irritiert musterte die Journalistin ihn. »Du kannst gern hinterher nochmal mitkommen, aber hast du nichts Besseres zu tun? Sobald ich zuhause bin, schreib' ich meinen Text. Da gibt's keine Unterhaltung«, mahnte sie.

»Egal, ich schau' dir gern beim Tippen über die Schulter«, ließ Malte nicht locker. »Du brauchst ja sowieso nicht lange. Das bewundere ich so an dir. Wenn ich einen Bericht schreiben muss, quäle ich mich bei jedem Wort. Außerdem möchte ich noch was mit Peter besprechen. Hermann hat doch bald seinen runden

Geburtstag. Wir sollten ihm ein ganz besonderes Geschenk machen. Und er darf nichts davon mitkriegen«, erfand Malte aus dem Stegreif eine durchaus logisch klingende Geschichte. Er würde Ira an diesem Abend auf keinen Fall allein lassen, bis Peter zuhause war.

Während die beiden so vertraut plaudernd am Tisch saßen, näherte sich ein Auto auf dem Feldweg, der an Iras Haus entlangführte. Obwohl es bereits dämmerte, hatte der Fahrer das Licht noch nicht eingeschaltet.

Unvermittelt bog der Wagen in einen abzweigenden Schotterweg ein und folgte diesem bis zum Waldrand. Dort blieb er stehen und der Motor wurde ausgemacht.

Der Fahrer blickte auf die Zeitanzeige in seinem Armaturenbrett. »So, in zehn Minuten muss die Madame los. Alfdorf fängt heute bereits um halb sieben an. Dann werde ich meine Gelegenheit bekommen.«

»Ich zieh' mich jetzt an, wir zwei Hübschen sollten demnächst los. Fahren wir mit meinem?«

Malte nickte. »Ich hab' den Wagen eh bei Jim drüben geparkt. Er ist ja nicht da«, antwortete er.

»Genau«, nickte Ira, während sie in Richtung Garderobe verschwand. Plötzlich stutzte sie. Woher wusste Malte eigentlich, dass Jim nicht da war? Das kam schließlich selten vor bei dem Amerikaner.

»Komisch. Und er will partout nach der Sitzung wieder mit herkommen …«, überlegte sie weiter, während sie in ihre Stiefeletten schlüpfte. »Und dass er nach Alfdorf ziehen will, nehm' ich ihm auch nicht ab! Was ist da los? Spielt der Bodyguard?« Sie nahm sich vor, Malte während der Autofahrt noch ein paar Fangfragen zu stellen. Sie war schließlich nicht dumm.

»Ich bin fertig. Gehen wir?«, rief sie ins Wohnzimmer.

Malte flüsterte gerade noch: »Wir sehen uns später, bin auf Posten«, ins Handy. Dann steckte er es schnell weg. Er hatte Peter nur kurz Bescheid geben wollen. Und der war gerade in dem Kaff, in dem die Fortbildungsseminare stattgefunden hatten, losgefahren. Malte hatte allerdings Iras gutes Gehör unterschätzt – sie hatte den letzten Satz seines Gesprächs sehr wohl gehört, ließ sich aber nichts anmerken.

»Ich krieg' schon noch raus, was da los ist«, grinste sie vor sich hin. Dann verließen die Journalistin und der junge Kommissar das Haus und stiegen in Iras Wagen.

Auch der Motor des Autos am Waldrand wurde gestartet.

»Du weißt aber schon, dass man hier nur 50 fahren darf? Das ist eine Ortsdurchfahrt!« Malte sah Ira streng an.

Die Journalistin verdrehte die Augen. Sie mochte den jungen Kommissar wirklich sehr, aber seine Belehrungen beim Autofahren gingen ihr auf den Keks. Sie musste an ihre erste Begegnung im Himmelsgarten denken, als er zu ihr als Tramper in den Wagen gestiegen war. Damals hatte ihn Peter aus dem Wagen geworfen. Und Ira, die nach ihm die Stelle passiert hatte, hatte ihn aufgelesen und mitgenommen. Bei diesen Erinnerungen und den entsprechenden Bildern, die sich vor ihrem geistigen Auge abzeichneten, musste sie unwillkürlich grinsen. Es hatte damals damit geendet, dass sie Malte ebenfalls aus dem Auto geworfen hatte. So war er gezwungen gewesen, zu Fuß ins Polizeirevier zu laufen. Als hätte Malte ihre Gedanken erraten, schob er seiner Maßregelung ein »Sorry. Ich weiß schon, du fährst« nach.

Iras Antwort war kurz und knapp: »Ganz genau!«

Um vom Thema abzulenken, echauffierte er sich jetzt über den Wagen, der hinter ihnen fuhr. »Will der bei dir im Kofferraum parken? Warum fährt der so dicht auf?«, ärgerte er sich.

Ira war der Drängler auch aufgefallen, obwohl sie ihren Rückspiegel auf ihr Gesicht und nicht auf den hinter ihr fließenden Verkehr ausgerichtet hatte. Nur so war es ihr möglich, kurz den Lippenstift nachzuziehen. Aber im Seitenspiegel hatte sie die seltsame Fahrweise des Hintermanns längst bemerkt.

»Weiß auch nicht. Der scheint es eilig zu haben. Dabei fahr' ich wirklich nicht zu langsam.«

Es hatte eine Weile gedauert, bis ihr Hintermann bemerkte, dass Ira nicht allein im Auto war. Der Wagen des Verfolgers war etwas niedriger als Iras Pickup. Daher war es ihm beim dichten Auffahren nicht aufgefallen. Aber als er sich zum dritten Mal etwas zurückfallen ließ, nahm er die Silhouette von Malte auf dem Sitz wahr.

»Hab ich doch richtig gesehen. Warum sitzt da einer drin? Die fährt doch sonst immer allein auf Termin?«, ärgerte er sich.

Als er am Waldrand gestanden und auf ihre Abfahrt nach Alfdorf gewartet hatte, war ihm der Blick auf ihre Haustür und den Stellplatz, auf dem Ira immer parkte, verwehrt gewesen.

»Mist. Jetzt kann ich nichts unternehmen!« Er ärgerte sich maßlos, beschloss aber dennoch, der Journalistin zu folgen. »Vielleicht gibt es auf der Heimfahrt nach der Sitzung eine Gelegenheit. Es muss ja nicht heißen, dass die Person auch wieder mit zurück nach Heckenbach fährt«, überlegte er. Und ließ sich noch weiter zurückfallen.

»So, jetzt hat er es kapiert«, kommentierte die Journalistin sein Tun beim Blick in den Seitenspiegel. Malte blieb still. Die Journalistin blickte ihn kurz von der Seite an. Der junge Kommissar schaute mit sehr ernstem Gesichtsausdruck in den Seitenspiegel.

»Was ist los?«, erkundigte sie sich bei ihm. »Muss ich mir Sorgen machen? Ich bin gerade mit knapp 70 in Alfdorf eingefahren und du motzt nicht?«, frotzelte sie. Doch der junge Kommissar nahm keine Notiz von ihrer Anspielung. Sein Blick haftete nach wie vor auf dem Seitenspiegel.

»Irgendwas stimmt da nicht«, ging es Malte durch den Kopf. Ihn beschlich ein ungutes Gefühl. »Gut, dass ich da bin. Hermann und Peter liegen wohl richtig mit ihrer Vermutung, dass Ira jetzt nicht allein unterwegs sein sollte.« Malte nahm sich vor, in der Gemeinderatssitzung eine Nachricht an Peter zu senden. Zudem versuchte er, die Autonummer des Wagens zu entziffern. Aber es war dunkel und die blendenden Scheinwerfer des Hintermanns machten dieses Unterfangen unmöglich.

»Hey, aufwachen«, riss Iras Stimme ihn aus seinen Gedanken.

»Was ist los?«, antwortete er erschrocken.

»Über was grübelst du denn so intensiv nach? Und warum starrst du dabei unaufhörlich in den Seitenspiegel?«, wollte Ira wissen.

Malte fühlte sich ertappt, wehrte aber sofort ab. »Ich hab' gerade darüber nachgedacht, was wir Hermann zum Geburtstag schenken könnten«, sprach er das Erstbeste aus, was ihm in den Sinn kam.

»Erzähl' das deiner Oma«, murmelte Ira und bog gleichzeitig auf den Parkplatz des Rathauses in Alfdorf ein. Beim Parken blickte sie gespannt in den Seitenspiegel. Würde der Hintermann ebenfalls abbiegen? Misstrauisch äugte sie über die Schulter nach hinten.

»Was hast du gesagt?«, wollte Malte wissen.

»Nichts Wichtiges«, antwortete sie. Dabei sah sie, wie der Hintermann nicht einbog, sondern langsam an der Einfahrt vorbeifuhr. Sie konnte ob der Dunkelheit nur einen Mann am Lenkrad ausmachen; mehr war nicht zu erkennen. Langsam fuhr sie in die Parklücke ein und stellte den Motor ab. Ihr Beifahrer stieg flugs aus.

Ira beeilte sich, ebenfalls auszusteigen, denn Malte stand bereits neben ihrer Tür. Ira wischte den vermeintlichen Verfolger aus ihrem Gedächtnis, verriegelte das Auto mittels Fernbedienung, und beide verschwanden im Rathaus.

»So, hier steh' ich gut. Dann seh' ich nachher gleich, ob sie allein zurückfährt«, murmelte ihr Verfolger wenig später und lenkte seinen Wagen an den Straßenrand. Von hier aus hatte er einen guten Blick auf die Fahrzeuge, die vom Parkplatz hinter dem Rathaus auf die Straße einbogen. Eine Straßenleuchte schien hell auf den Kreuzungsbereich. Er selbst stand mit seinem Fahrzeug im Dunkeln, etwas weiter weg.

Im Sitzungssaal angekommen, setzte sich Ira an den Pressetisch. Malte wiederum suchte sich einen freien Stuhl im Zuhörerraum. Sofort zückte er sein Handy und tippte eine Nachricht an seinen Kollegen: »Hallo Peter. Bist du unterwegs? Ich bin jetzt mit Ira in der Gemeinderatssitzung.«

Es dauerte nicht lange, da erreichte ihn eine Sprachnachricht von Peter. Die Sitzung lief bereits. Um die Nachricht abzuhören, verließ Malte kurz den Saal – mit dem Handy in der Hand.

Aus den Augenwinkeln heraus nahm Ira sein Verschwinden wahr.

»Was ist da los?«, wunderte sie sich. »Wer ruft ihn denn jetzt noch an? Er hat Feierabend, und Hermann ist in seinem Geschichtsverein. Hat er zumindest erzählt. Und eine Freundin hat Malte auch nicht«, überlegte die Journalistin. »Da muss ich ihn doch nachher mal fragen«, nahm sie sich vor. Schließlich war Neugier ihr zweiter Vorname. Dann widmete sie ihre ganze Aufmerksamkeit der Sitzung. Der Punkt mit dem Neubaugebiet war vorgezogen worden, da viele Interessenten extra zu diesem Tagesordnungspunkt gekommen waren. »Und Malte kriegt nichts mit, weil er draußen telefoniert. Dann muss ich ihn nachher darüber aufklären«, schmunzelte sie. Denn sie hatte ja ohnehin den Verdacht, dass Malte bezüglich des Grundes seiner Anwesenheit in der Sitzung geflunkert hatte.

»Bin unterwegs. Schätze, dass ich in knapp drei Stunden in Heckenbach bin. Halte bitte die Stellung, bis ich da bin«, lautete Peters Sprachnachricht.

Malte beschloss, den Kollegen kurz anzurufen. Im Vorraum des Sitzungssaals hatte er aber keinen guten Empfang. Zudem wollte er die Zuhörer der Sitzung nicht stören. Die saßen schließlich gleich hinter der Tür. Darum verließ er das Rathaus und rief Peter an. Der nahm den Anruf sofort entgegen.

Malte berichtete von dem Fahrer, der auf der Hinfahrt an Iras Wagen geklebt hatte, um sich dann plötzlich weit abfallen zu lassen. »Vielleicht seh' ich aber auch Gespenster«, räumte er zögerlich ein.

Doch Peter empfahl: »Verlass dich auf deinen Instinkt. Wie auch immer, hefte dich an Iras Fersen, bis ich da bin. Ich beeil' mich.«

Malte nickte. »Geht klar, kein Problem. Ich hab' eh nix zu tun«, beruhigte er Peter.

»Ich kann auch gern über Nacht bleiben und dafür sorgen, dass Ira dich nicht so sehr vermisst«, schob Malte mit einem fiesen Grinsen nach.

»Träum' weiter«, raunzte Peter als Antwort, lachte dann aber gleich auf. Maltes Grinsen konnte er zwar nicht sehen, aber spüren.

Er war froh, dass Ira nicht allein war. Malte war ein verlässlicher Kollege. Auch wenn er ab und zu heftig mit Ira flirtete. Und keine Gelegenheit ausließ, Peter daran zu erinnern, dass er sofort seine Stelle einnehmen würde, wenn Peter in Iras Gunst fallen würde. Aber das war doch eher eine Flachserei zwischen Männern, die nicht allzu ernst genommen werden musste.

»Du bist jetzt ihr Bodyguard. Pass schön auf mein Mädel auf«, sagte er. »Bis später.«

»Klar doch, ich bin Leibwächter mit Herz und Seele und nehm' meine Rolle sehr ernst«, antwortete der freche junge Kollege wie aus der Pistole geschossen und mit Absicht etwas zweideutig.

Grollend sagte der für seine Eifersucht bekannte Peter nur: »Wir sehen uns. Ich fahr' Lichtgeschwindigkeit. Und dann werf' ich dich liebend gern eigenhändig aus der Wohnung!«

Maltes Kichern genügte als Antwort. Die beiden Kommissare beendeten das Gespräch.

Malte war während des Telefonats in der Einfahrt des Parkplatzes auf und ab geschritten. Wäre er nur noch ein paar Schritte weiter zur Straße vorgegangen, hätte er den wartenden Wagen gegenüber am Straßenrand entdeckt. Und mühelos das Autokennzeichen entziffern können, um den Halter ausfindig zu machen. Zudem hätte er die Gewissheit gehabt, dass er eben keine Gespenster sah und seinem Instinkt vertrauen konnte – wie ihm Peter geheißen hatte. Doch stattdessen drehte Malte sich um und ging zurück ins Rathaus.

Nach kurzer Debatte waren auch die Vergaben für die Urnenmauer auf dem Friedhof erledigt, und die Gemeinderatssitzung neigte sich dem Ende zu – schneller, als Ira erwartet hätte. Der Punkt mit dem neuen Angebot für die Kinderbetreuung musste verschoben werden, da die Referentin erkrankt war. Und so verließen Ira und Malte bereits nach 45 Minuten wieder das Rathaus.

»Das nennst du Arbeit? Was ist da jetzt stressig gewesen? Und du hast noch drei Stunden Zeit, bis du den Text liefern musst. Eure Deadline ist doch 22.15 Uhr?«, stellte Malte mit lauerndem Seitenblick auf Ira fest, als sie ins Auto gestiegen waren.

Die Journalistin ignorierte ihn und ließ ihre Fensterscheibe herunter. Gerade war ein Gemeinderat an ihre Autotür gekommen, der ihr offensichtlich noch etwas sagen wollte.

»Hallo, Herr Dachs«, grüßte sie ihn und blickte ihn erwartungsvoll an.

»Hallo Frau Sander«, grüßte Edgar Dachs lächelnd zurück. »Wir haben nächste Woche unseren Baumschnittkurs im Obst- und Gartenbauverein. Berichten Sie wieder darüber?«, bat er.

»Mal sehen. Sie wissen ja, dass ich meine Termine relativ kurzfristig aus der Redaktion bekomme. Ich würde mich aber freuen, wenn wir uns sehen«, antwortete sie.

»Und Ihr Bericht über unser Erdbeerfest war so schön. Wir haben uns alle sehr gefreut«, berichtete Edgar Dachs.

Ira zwinkerte ihm zu und versprach: »Ich werde sehen, was sich machen lässt. An mir soll es nicht liegen. Da lern' ich ja auch noch was dabei. Ihnen noch einen schönen Restabend!«

Der Angesprochene nickte, wünschte ihr dasselbe und ging zu seinem eigenen Wagen.

Ira ließ das Auto langsam rückwärts aus der Parklücke rollen. Ihr Kollege von der Welzheimer Zeitung, Rolf Statz, ließ sie passieren, dann scherte auch er aus. Die Journalistin warf ihm eine Kusshand zum Dank zu und bog in die Straße ein. Dabei sagte sie lässig zu Malte: »Du glaubst nicht im Ernst, dass ich auf deine unqualifizierte Bemerkung eingehe?«

Der Kommissar grinste vor sich hin. »Ich überlege gerade, ob ich bei dir noch ein paar Baguette-Brötchen mit dieser köstlichen Masse abstauben kann.«

»So auf jeden Fall nicht. Dann musst du brav sein«, kicherte Ira. »Wobei ich den Backofen erst wieder anschalte, wenn Peter da ist«, fügte sie an.

»Wolltest du mich nicht fragen, was du bezüglich des Neubaugebiets verpasst hast?« Sie warf ihm einen kurzen Seitenblick zu. Malte, der seine Gedanken gerade bei dem Wagen hatte, der mit größerem Abstand hinter ihnen herfuhr, wie sich im Seitenspiegel herausstellte, fragte ahnungslos: »Warum?«. Er war sich sicher, dass es sich um dasselbe Auto handelte wie auf der Hinfahrt.

»Na, du bist doch extra wegen dieses Punktes mitgegangen«, bohrte Ira nach. Wobei ihr völlig klar war, dass Malte keineswegs Interesse an einem Haus in Alfdorf hatte.

»Ich muss noch kurz Zigaretten kaufen«, stellte sie plötzlich fest und bog auch schon von der Straße ab in den Hof der Tankstelle. Sie war neugierig, ob ihr der Hintermann folgen würde. Denn natürlich war auch ihr das Auto aufgefallen. Sie beobachtete, wie der Fahrer weiterfuhr. Irgendwie wurde es ihr leichter ums Herz. Erneut fragte sie sich, ob sie unter Verfolgungswahn litt. Aber der dunkle Wagen war ihr bekannt vorgekommen; den hatte sie in letzter Zeit schon öfters hinter sich fahren sehen.

Das mulmige Gefühl, das sich seit der Abfahrt in ihr breit gemacht hatte, verflog vollends, als sie gesehen hatte, wie der Wagen am Straßenrand gestanden und dann hinter ihr auf die Straße eingeschert war.

»Bin gleich wieder da«, kündigte Ira Malte an und war auch schon ausgestiegen. Als sie zügig in Richtung Verkaufsraum ging, verließ auch Malte den Wagen. Er ging vor zur Ausfahrt und blickte nach rechts auf die Straße. Weiter vorn sah er, wie der Wagen, der vorher hinter ihnen gefahren war, gerade um die Kurve bog. Er hatte nicht angehalten.

Zufrieden drehte er sich um, ging wieder zu Iras Auto und stieg ein. Die Journalistin hatte ihn durch das Fenster des Verkaufsraums beobachtet.

»Was geht hier vor? Auch er hat den Wagen wiedererkannt. Nachher stell' ich ihn zur Rede«, nahm sie sich vor. Als sie an der Reihe war, kaufte sie ein Päckchen Zigaretten und nahm sich angesichts des Preises zum gefühlt 100 000. Mal vor, mit dem Rauchen aufzuhören.

Zügig ging sie zum Auto zurück, schwang sich auf den Fahrersitz, öffnete das Handschuhfach und warf das Päckchen achtlos hinein. Schnell schloss sie es wieder, startete den Motor und fuhr in Richtung Heckenbach.

Malte hatte einen kurzen Moment freien Blick auf den Inhalt des Handschuhfachs bekommen. Dabei war ihm die signalrote Verpackung einer weiteren Zigarettenschachtel, die bereits darin lag, aufgefallen.

»Warum kauft sie Zigaretten, wenn sie doch noch welche hat?«, überlegte er, sagte aber nichts.

Weder vor noch hinter den beiden fuhren weitere Autos auf der Straße – sie gehörte ihnen. Ira drückte das Gaspedal durch. Malte hielt sich sofort übertrieben ängstlich am seitlichen Haltegriff fest und rief: »Hilfe, Hilfe!«

Die Journalistin amüsierte sich köstlich. »Wenn ihr jemand verfolgt, fahrt ihr auch nicht im Schneckentempo«, kommentierte sie.

Malte musste grinsen. Er wusste, dass Ira eine gute und routinierte Fahrerin war. Doch als sie in Heckenbach einfuhren, maßregelte er sie schon wieder schulmeisterlich: »50!« Ein bisschen Spaß musste eben sein.

Ira nuschelte nur ein »Halt's Maul« vor sich hin.

Der Kommissar konterte: »Danke fürs Gespräch.«

Sie bremste dennoch ab und fuhr langsam durch die Ortsdurchfahrt. Was sie eigentlich immer tat. Aber diesmal war sie eben von ihren Gedanken an den Verfolger abgelenkt gewesen. Nach weiteren zwei Minuten parkte sie vor ihrem Haus ein.

»Mist, der Typ ist wieder mit ihr nach Alfdorf gefahren. Dann kann ich gleich nach Hause. Heute wird das nichts mehr. Aber ich krieg' sie schon noch«, schimpfte die Person, die im Wagen an der Tankstelle vorbeigefahren war, laut vor sich hin.

»Die Zeit wird immer knapper. Ich muss dran bleiben. Ich darf kein Risiko eingehen, es steht zu viel auf dem Spiel. Sie muss dran glauben. Ich lass mir doch nicht die Butter vom Brot nehmen!«

Malte hatte es sich auf dem Sofa bequem gemacht und studierte die Fernsehzeitschrift. Ira saß an ihrem Schreibtisch und tippte fleißig den Text über die Sitzung.

Der junge Kommissar lugte über den Rand seiner Lektüre und beobachtete die Journalistin beim Arbeiten. »So schnell möchte ich auch mal einen Bericht schreiben können«, wünschte er sich. Er bewunderte, wie flink Ira einen Artikel verfasste. Das war ein Talent, das ihm verwehrt geblieben war.

In diesem Moment vibrierte sein Handy. Rasch zog er es aus der Hosentasche. Er hatte eine Nachricht von Peter erhalten. »Ich bin in etwa 30 Minuten zuhause. Bin gut durchgekommen. Wie sieht's bei euch aus?«, stand auf dem Display geschrieben.

Der junge Kommissar stand auf und ging zur Toilette. Er wollte nicht, dass Ira etwas mitbekam. Dort schloss er die Tür zu und rief Peter an. Im Bruchteil einer Sekunde nahm dieser den Anruf entgegen.

Was Malte nicht hörte, war, dass das leise Tippen im Wohnzimmer aufgehört hatte. Und das hatte seinen Grund: Ira war aufgestanden und ihm auf Zehenspitzen in die Diele gefolgt. Ihr war nicht entgangen, dass er längere Zeit auf sein Handy geblickt hatte.

»Das ist bestimmt Peter«, war sie sich sicher. Denn dass hier etwas im Busch war, war klar. Die Journalistin musste nicht mal ihr Ohr an die Tür legen, um etwas zu verstehen. Malte sprach laut, da die Verbindung nicht so gut zu sein schien. Und in der Toilette hallte es ohnehin.

»Ich bin mir sicher, dass uns jemand verfolgt hat. Auch auf der Rückfahrt. Aber als Ira in die Tankstelle eingebogen ist, ist er vorbeigefahren. Ich weiß nur, dass es ein Mann in einem dunklen Geländewagen war.« Kurze Zeit war es still.

Dann hörte Ira Malte sagen: »Nein, die Autonummer hab' ich nicht gesehen. Sorry. Er war vorsichtig. Entweder ist er ganz dicht aufgefahren oder hat sich schnell weit zurückfallen lassen.« Wieder Stille. Dann hörte sie die Ankündigung des jungen Kommissars: »Ich bleib', bis du da bist. Kein Problem. Ich muss jetzt aufhören, sonst bemerkt sie was. Die hört ja Flöhe husten und das Gras wachsen«, kicherte Malte ins Handy.

Die Journalistin schlich wieder zurück und grinste in sich hinein.

Malte drückte als Alibi die Toilettenspülung und tauchte wieder im Wohnzimmer auf. Dort fand er eine emsig tippende Ira am Schreibtisch vor.

»Gut, sie hat nichts mitbekommen«, freute er sich. Er machte es sich wieder auf dem Sofa bequem und schmökerte weiter.

Kurz vor halb zehn Uhr kam Peter nach Hause. Ira hatte bereits den Scheinwerferkegel gesehen, als der Kommissar auf den Hof eingefahren war. Wenig später schloss er die Haustür auf und kam die Treppe hoch. Oben empfing ihn die Journalistin freudig.

»Du hast es geschafft«, rief sie ihm entgegen.

Peter blickte hoch zu ihr und gab zurück: »Aber ich bin halb verhungert. Ich hab das Abendessen sausen lassen und bin gleich losgefahren. Ich wollte doch zu meinem Mausilein …«

Ira kniff beim letzten Wort die Augen zu schmalen Schlitzen zusammen. Peter wusste, dass sie allergisch auf diesen Kosenamen reagierte – und nutzte ihn darum umso lieber.

Mit ausgebreiteten Armen war er auf dem Treppenabsatz vor der Wohnungstür angekommen. Dort stand er nun jedoch allein, denn Ira hatte bei dem Wort »Mausilein« sofort wieder auf dem Absatz kehrt gemacht und war in die Wohnung verschwunden.

Peter grinste und ging ebenfalls hinein. Er hörte sie bereits in der Küche hantieren. Neugierig folgte er den vielversprechenden Geräuschen.

Als er die Schüssel mit der Masse für die Baguette-Brötchen sah, stieß er aus: »Ja super! Genau das Richtige. Danke, mein Schatz!«

Ira blickte ihn streng an und bemerkte: »Na, verdient hast du es ja nicht!« Aber dann lächelte sie und kuschelte sich kurz an ihren Kommissar. Sie küssten sich liebevoll.

»Mich hat sie nicht so begrüßt«, beschwerte sich Malte, der lässig am Türrahmen lehnte.

»Wäre ja noch schöner. Grüß dich«, winkte Peter ihm zu.

Malte erkundigte sich: »Hast du auch schön aufgepasst bei der Calgon-Schulung? Ich muss in einem Vierteljahr hin.«

Der ältere Kommissar hob die Schultern und bot an: »Du kannst bei mir einen Schnellkurs machen. Unterm Strich ist neu, dass wir noch weniger tun dürfen als Polizisten.«

Malte nickte und stellte resigniert fest: »Dacht' ich mir schon.«

Peter schlenderte derweil in die Diele, zog Jacke und Schuhe aus und rief in die Küche: »Könnte mir mal jemand ein Bier aufmachen?«

Während Ira die Crème-Fraîche-Schinken-Masse auf den halben Baguette-Brötchen verteilte, diese dann auf dem Backblech platzierte und in den Backofen schob, gingen Malte und Peter ins Esszimmer. Mit Bierflaschen in der Hand, nahmen sie am Tisch Platz.

»Du hast doch hoffentlich alkoholfreies? Du musst noch fahren und bist mein Schutzbefohlener!«

Malte grinste bestätigend.

Nach einem großen Schluck erkundigte sich Peter ohne Umschweife: »Erzähl'. Ab wo ist er euch gefolgt?«

Er hatte nicht bemerkt, dass Ira blitzartig hinter ihm aufgetaucht war, und den warnenden Blick von Malte hatte er nicht wahrgenommen, da er beim Trinken den Kopf in den Nacken gelegt hatte. Statt von Malte, kam der Kurzbericht jetzt von der Journalistin.

»Ich denke, er hat bereits hier irgendwo auf einem Feldweg gewartet, als wir gestartet sind. Dann war er bis zum Rathaus in Alfdorf hinter uns. Und als wir wieder nach Heckenbach gefahren sind, bin ich in die Tankstelle eingebogen. Er ist allerdings vorbeigefahren. Malte hat ihm noch nachgeschaut. Auf der Fahrt nach Hause hab' ich ihn dann nicht mehr gesehen«, berichtete Ira kurz und knapp.

»Ich dachte, das hat dir Malte schon alles auf dem Klo erzählt!«, schob sie mit spöttischem Blick auf den semmelblonden Kommissar nach.

Malte starrte sie völlig entgeistert an. Wieder einmal hatte er sie unterschätzt. Wie dumm von ihm.

Peter, der ihm gegenüber am Tisch saß, beobachtete seine Mimik – und brach dann in schallendes Gelächter aus. Er gluckste und kriegte sich fast nicht mehr ein.

»Du brauchst gar nicht so zu lachen. Mir einen Bodyguard zu verpassen anstatt mit mir zu reden. Für wie blöd hältst du mich eigentlich?«, fauchte Ira ihren Partner wütend an. Peters Lachen erstarb.

»Und jetzt will ich wissen, was eigentlich los ist! Ich höre?« Ihre blauen Augen blitzten gefährlich auf, als sie sich zu den Polizisten setzte.

»Ich hab' die Faxen dicke, keine Ausreden. Ich will die Wahrheit«, machte sie deutlich.

Peter kratzte sich bedächtig am Hinterkopf. Wie viel sollte er ihr sagen? Sie hatten ja auch nur eine Vermutung.

Als hätte Ira seine Gedanken gelesen, forderte sie: »Ich will alles wissen! Auch bloße Vermutungen.«

Jetzt war es an Malte zu grinsen. Der Kelch war an ihm vorübergegangen, Ira hatte jetzt Peter im Fokus. Er genoss seine Zuschauerrolle, lehnte sich entspannt zurück und schmunzelte.

Peter zischte ihn an: »Hör auf zu grinsen!«

Von einem Moment auf den anderen versteinerte Maltes Gesichtsausdruck.

»Also«, fing Peter an. »Du erinnerst dich doch an den Typen, der seine Vorgesetzte im Finanzamt mit Kaffee vergiftet hat und auch dich um ein Haar erwischt hätte, wenn wir nicht dein Handy geortet hätten?«

Ira nickte. Natürlich erinnerte sie sich an den Wahnsinnigen.

»So, und der ist wieder draußen. Wegen guter Führung vorzeitig entlassen.«

Die Journalistin fiel es wie Schuppen von den Augen: »Jetzt kapier' ich. Er hat damals geschworen, Rache zu üben.« Und plötzlich wurde ihr bewusst, dass sie keineswegs unter Verfolgungswahn litt. Es musste dieser Kerl sein, der ihr ständig folgte.

Peter nickte bekräftigend.

Die Journalistin erkundigte sich, wann er aus der Haft entlassen worden war.

»Seit gut einer Woche ist er raus«, antwortete Peter zerknirscht. »Wir haben es allerdings erst gestern erfahren«, schob er wütend nach.

»Und wo wohnt er?«, hakte Ira nach.

»In Spraitbach. Das hat Hermann herausgefunden«, sagte Peter.

Ira lehnte sich auf dem Stuhl zurück und blickte von einem zum anderen. Beide zogen die Köpfe ein. Sie wussten nicht, wie die impulsive Journalistin auf diese Nachricht reagieren würde. Doch Ira war immer für eine Überraschung gut, wie sie nun ein weiteres Mal unter Beweis stellte.

Denn plötzlich lächelte sie beide Kommissare mitleidig an und meinte: »Ihr seid ja arme Häschen!«

Peter und Malte waren verblüfft. Sie hatten Sturm erwartet, und jetzt gab es nicht mal ein laues Lüftchen?

»Du warst weg auf Schulung, und dein Kollege Hermann hatte heute Abend keine Zeit. Deshalb musste Malte bei mir Händchen halten. Zumal Jim auch erst spät nach Hause kommt. Och Gott, seid ihr süß!«, strahlte sie die Polizisten an. Sie war völlig aus dem Häuschen.

»So ein Aufstand, nur weil ihr euch Sorgen um mich macht? Ich fühle mich geehrt. Dankeschön. So, die Baguettes werden fertig sein. Die hol' ich jetzt mal aus dem Ofen. Dann können wir essen.«

Mit diesen Worten stand sie auf und verschwand in der Küche.

Zurück blieben zwei Kommissare, die sich erstaunt anschauten.

»Ich hätte damit gerechnet, dass sie stinkig wird«, gab Peter zu.

Malte nickte. »Ja. Sie nimmt es völlig gelassen auf.«

In diesem Moment erschien Ira mit einer Platte ihrer köstlich duftenden Baguette-Brötchen. Diese stellte sie mitten auf den Tisch zwischen den beiden Herren ab. Dann ging sie nochmals in die Küche und brachte noch Servietten und drei Bier. Zwei stellte sie vor Peter und Malte, eines setzte sie an ihre Lippen und trank mit einem Schluck fast die halbe Flasche leer. Dann setzte sie sich und langte zu.

»Los, sonst ess' ich alles allein«, forderte sie die beiden auf gewohnt charmante Art auf, sich zu bedienen. Ihre Laune war bestens. Denn jetzt wusste sie, was los war und dass ihr Instinkt nicht getrogen hatte.

»Gefahr erkannt, Gefahr – zumindest fast – gebannt«, überlegte sie zufrieden.

Ein paar Minuten lang herrschte Schweigen. Alle genossen das Essen. Peter lobte es über den Schellenkönig, Malte ebenfalls.

Schließlich sah Ira zu Malte. »So, mein Kleiner. Jetzt fährst du mal schnell heim. Du musst ja morgen arbeiten. Dein Dienst ist erledigt. Jetzt ist ja mein großer Beschützer da.«

Der Angesprochene verzog zwar das Gesicht, erhob sich aber dennoch. »Ja, es wird Zeit. Morgen um sechs Uhr klingelt der Wecker.«

Ira stand ebenfalls auf. Als Malte sich von Peter verabschiedet hatte, brachte sie ihn zur Tür. Dort umarmte sie ihn kurz und gab ihm einen Kuss auf die Wange.

»Danke, das war echt lieb von dir. Ich weiß das zu schätzen. Komm' gut heim.«

Malte lächelte etwas verlegen, öffnete die Wohnungstür, ging die Treppe runter zur Haustür und schloss sie leise hinter sich. Bevor er das Haus verließ, hatte er Ira noch eine liebevolle Kusshand zugeworfen.

Lächelnd kam Ira wieder zurück ins Wohnzimmer. Peter hatte es sich auf der Couch gemütlich gemacht.

»Das hat aber lange gedauert«, stellte er mit rügendem Blick fest.

Ira zuckte kurz mit den Schultern und bemerkte: »Wir konnten halt nicht voneinander lassen. Malte ist einfach zuckersüß.«

Für diese Aussage erntete sie einen vernichtenden Blick von Peter. Doch sogleich grinste er wieder und forderte sie auf, sich zu ihm zu setzen. Was sie auch tat. Den Tisch abräumen konnte sie auch noch später. Sie kuschelte sich auf dem Sofa an Peter und ergriff seine Hand.

»Schön, dass mein Kommissar wieder da ist«, sagte sie nach wenigen Augenblicken. Aber sie erhielt keine Antwort. Ira hob ihren Kopf, den sie an Peters Schulter gelehnt hatte, und blickte in sein Gesicht. Er war eingeschlafen.

»Mit meinem großen Beschützer kann mir einfach gar nichts passieren«, kommentierte sie amüsiert. Und versank in Gedanken.

Irgendwie musste dieser Kerl über ihre Termine Bescheid wissen. Schließlich konnte er nicht die ganze Zeit an ihren Fersen kleben. In der Redaktion gab es allerdings nur einen elektronischen Terminkalender. Und da kam kein Außenstehender ran. Er war passwortgeschützt. Das alte, große Terminbuch von einst war längst der Digitalisierung zum Opfer gefallen.

»Auf jeden Fall werde ich meine Augen offenhalten. Jetzt bin ich gewarnt«, nahm sich Ira vor. Insgeheim konnte sie aber nicht glauben, dass Hans-Paul Straken tatsächlich so rachsüchtig war, dass er ihr etwas antun würde. Schließlich wäre die Konsequenz ein weiterer Aufenthalt im Gefängnis. »Er muss doch wissen, dass die Polizei ein Auge auf ihn hat. So dumm war der nicht«, erinnerte sie sich an den intelligenten Finanzbeamten.

Wieder blickte sie hoch zu Peters Gesicht. Seine Miene war völlig entspannt, er war im Land der Träume angekommen. Das machte sich auch dadurch bemerkbar, dass er ihre Hand, die in seiner lag, immer wieder ein wenig drückte. Was musste er sich für Sorgen gemacht haben um sie? Der arme Peter. So große Sorgen, dass er seine Kollegen zu ihrem Schutz angeheuert hatte!

Liebevoll drückte Ira seine Hand. Schließlich legte sie ihren Kopf wieder an seine Schulter. Morgen früh hatte sie nur einen Termin, um neun Uhr in Waldstetten. Es ging um die Ankündigung der Vesperkirche. Dann würde sie den ganzen Tag über Zeit haben, an der Biografie des Barons zu schreiben. »Tolle Aussichten«, murmelte sie. Und wenige Sekunden später war auch sie eingeschlafen.

Dass der folgende Tag große Turbulenzen und einen Totalschaden an ihrem Wagen bringen würde, wusste sie zu diesem Zeitpunkt noch nicht. Sie träumte stattdessen von Mauritius und einer wilden Fahrt auf dem Banana-Boat mit Leopold.

Kapitel 11

»Also, pass bitte auf dich auf«, bat Peter mit ernstem Blick.

Ira nickte. »Klaro. Ich bin doch schon groß!«

Der Kommissar küsste sie innig zum Abschied. Am liebsten wäre er nicht von ihrer Seite gewichen, aber die Arbeit rief. Daher löste er sich widerwillig von seiner Ira und verließ die Wohnung.

»So, und ich such' jetzt einen Block, der noch nicht vollgeschrieben ist. Beim Termin für die Vesperkirche gibt's bestimmt eine Menge zum Notieren«, überlegte die Journalistin.

Da klingelte ihr Handy. Es war Annegret, die Redaktionssekretärin. Sie unterrichtete Ira, dass der Termin in Waldstetten verschoben worden sei. Zu viele Teilnehmer seien verhindert oder krank. Daher werde er auf kommende Woche verlegt.

»Ich hab' dich schon eingetragen im Desknet. Das ist doch in Ordnung?«, erkundigte sich Annegret.

Ira bejahte.

»Okay, dann genieß' deinen freien Tag. Momentan ist echt wenig los«, stellte Annegret fest und beendete das Gespräch.

Ira legte ihr Handy auf den Schreibtisch zurück und kuckte etwas verloren aus der Wäsche.

»Was fang' ich jetzt an mit meiner Freizeit?«, überlegte sie. Die Wohnung hatte sie erst gestern auf Vordermann gebracht. Und übertreiben sollte man es ja auch nicht. Bei dieser Überlegung rieb sie sich den Rücken. Er schmerzte. Sie war zusammen mit Peter auf dem Sofa eingeschlafen und erst mitten in der Nacht ins Bett gegangen. »Bin halt auch nicht mehr die Jüngste«, stellte sie konsterniert fest. Langsam, immer noch den schmerzenden Rücken reibend, ging sie in Richtung Badezimmer.

»Eine heiße Dusche wird mir guttun. Dann gibt auch der Rücken Ruhe«, war sie sich sicher.

Dabei kam sie in der Küche an der Kaffeemaschine vorbei. Deren Anblick war einfach zu verlockend. »Erst noch ein Muntermacher, dann duschen.« Gesagt, getan, hatte sie bereits wenige Minuten später ihren Kaffeebecher gefüllt.

Genießerisch nahm sie einen Schluck und blickte dabei im Wohnzimmer aus dem Fenster. Die Kaiserberge grüßten sie. »Was für ein toller Ausblick!« Auch nach etlichen Jahren in ihrem Haus in Heckenbach konnte sie sich nicht sattsehen an diesem Panorama.

Da klingelte erneut das Handy. Diesmal meldete sich Peter. »Wenn du unterwegs bist und dir kommt was komisch vor, bitte gleich anrufen. Hermann und ich statten nachher dem Typen in Spraitbach einen unangemeldeten Besuch ab. Schätze mal, dann hast du deine Ruhe«, sagte er kurz und knapp. Und hatte auch schon wieder aufgelegt. Das war typisch für ihn. Ohne Gruß und im Telegrammstil.

»Ja, Papi«, sagte die Journalistin laut vor sich hin und schaltete das Handy wieder ab.

Seit sie wusste, dass sie nicht unter Verfolgungswahn litt, sondern ihr wirklich jemand wie ein Schatten folgte, war Ira beruhigt. Denn nun konnte sie mit offenen Augen immer ihr Umfeld im Blick haben. Das reichte für ihren Schutz, war sie sich sicher. Zumal Peter angekündigt hatte, Hans-Paul Straken zu »besuchen«.

»Der kriegt ihn schon in die Spur. Keine Gefahr mehr für mich«, beruhigte sie sich. Da rappelte schon wieder das Handy. Verblüfft warf sie einen Blick aufs Display. »Nanu, Viktoria. So früh?«

»Hey, du bist ja schon ansprechbar. Hattest du genügend Kaffee?«, grüßte die Freundin.

Ira lachte und bestätigte: »Jawoll.« Ihre morgendliche Abhängigkeit von dem Heißgetränk war bei der Heckenbacherin wohlbekannt.

»Und du, bist du aus dem Bett gefallen?«, frotzelte Ira zurück. Denn sie wusste, dass Viktoria es nicht so mit dem frühen Aufstehen hatte. Jetzt war es an der Freundin zu lachen.

»Aber sicher. Allerdings hab' ich heute keine Lust zum Arbeiten. Ich hab' meinen Boss gefragt, ob ich frei bekomme. Und er hat zugestimmt. Schließlich hab' ich die vergangenen beiden Tage schon den Monatsabschluss fertig gemacht.«

Die Journalistin grinste. Der »Boss« war Friedrich, Viktorias Gatte. Sie konnte sich bildlich vorstellen, wie das Gespräch abgelaufen war. Wahrscheinlich vorhin im Bad, während beide ihre Zähne putzten. Und Viktoria hatte mit Sicherheit lediglich festgestellt: »Ich arbeite heute nicht!«

Viktoria unterbrach Iras Gedanken und erkundigte sich, ob sie nicht einmal das machen sollten, was schon lange auf ihrer beider Agenda stand – nämlich nach Stuttgart zum Klamottenkaufen zu fahren. »Ich wäre heute in Stimmung. Wie sieht es bei dir aus?«, fragte Viktoria. »Hast du Zeit?«

»Das ist wirklich witzig. Gerade wurde mein einziger Termin heute auf nächste Woche verschoben.

Also hab' ich nichts zu tun. Stuttgart ist eine tolle Idee. Da bin ich dabei«, sagte Ira freudig zu.

Einkaufen mit Viktoria würde lustig werden. Sie tickten genau gleich. Über kurz oder lang würden sie ohnehin ohne Einkaufstaschen in einem Café sitzen, über Gott und die Welt plaudern und es sich gutgehen lassen. Völlig stressfrei.

Manchmal ließ sich Viktoria auch von Ira beraten. Denn sie war ehrlich und sagte frei heraus, wenn ein Kleidungsstück, ein Schnitt oder eine Farbe nicht zu ihr passte. Nach dem Motto: »Sieht einfach panne aus.«

»Dann ist das Schicksal! Wie wäre es, wenn ich dich gegen 10 Uhr abhole?«, bot die Freundin Ira an.

Die Journalistin blickte kurz auf die Uhr. »Kann auch gern eine halbe Stunde früher sein«, bemerkte sie.

»Okay. 9.30 Uhr. Ich freu' mich«, bestätigte Viktoria und beendete das Gespräch.

»So, jetzt aber ab unter die Dusche«, befahl sich Ira, nahm den letzten Schluck Kaffee aus dem Becher und sauste ins Bad.

»Unverhofft kommt oft. Klasse. Das wird Spaß machen«, freute sie sich. Zeit ohne Ende. Einkaufen ohne Peter, der immer fragte, ob sie nun endlich fertig sei oder sich erkundigte, ob sie nicht bereits ein fast identisches Oberteil im Schrank habe. Das war nervig.

»Männer verstehen einfach nichts von der Psychologie des Einkaufens«, stellte Ira fest. Eigentlich hatte sie nur Spaß beim Einkaufen, wenn Viktoria an ihrer Seite war.

»Ich bin heute ein Glückspilz«, sagte sie laut und shampoonierte ihr Haar. Sie nahm sich vor, wenn sie wieder vom Bummeln zurückkam, an den Memoiren des Grafen weiterzuschreiben. Die rannten schließlich nicht weg, das reichte auch noch später am Tag.

Wenige Minuten später stand sie bereits vor ihrem Kosmetikspiegel und schminkte sich. Ihre Laune hätte nicht besser sein können. Nachdem sie ihre langen blonden Haare geföhnt hatte, schlüpfte sie in ihre Jeans.

Außerdem suchte sie eine etwas feinere Bluse aus. »Wir gehen schließlich in die Landeshauptstadt«, plapperte sie munter vor sich hin. Wohl wissend, dass Viktoria immer wie aus dem Ei gepellt war, wollte sie ihr in nichts nachstehen. Sie entschied sich sogar für relativ flache Pumps zur Jeans. Zwar streifte sie mit einem wehmütigen Blick die Schublade, in der die selbstgestrickten Socken lagen, griff sich dann aber ein paar Feinstrümpfe.

»Passen besser zu Pumps«, grinste sie dabei. Dann warf sie noch einen Blick in den Spiegel und kommentierte zufrieden: »Ganz passabel.«

Schon wieder meldete sich ihr Handy. »Heute geht's hier zu wie in der Redaktion«, staunte sie und ging ran.

Es war ihre Nachbarin, Nadine. Eine liebe Frau, die in ihrem Haushalt auflebte. Das krasse Gegenteil von Ira. Nadine brannte für ihre Familie und für die Kehrwoche. Netterweise nahm sie auch Iras Päckchen an, wenn die Journalistin auf Termin war. Kurz: eine Seele von Frau.

»Hey Nadine, was ist los?«, erkundigte sich Ira gutgelaunt. Am anderen Ende der Leitung erklang ein tiefer Stoßseufzer. Dann brach es aus Nadine raus:

»Heute Nacht hat sich ein Marder an meinem Auto zu schaffen gemacht. Ich krieg' die Karre nicht zum Laufen. Schlimmer geht's nicht. Heute Mittag kommen meine Schwiegereltern, und ich hab noch nicht eingekauft. Gestern bin ich nicht dazu gekommen, ich musste Anna-Lena nach dem Kieferorthopäden gleich ins Ballett und Michael zum Fußball-Training fahren. Außerdem war ich mit meiner Mutter beim Arzt und musste dringend den Fleck aus Alexanders Lieblingshemd rauswaschen …«, zählte Nadine atemlos auf.

Ira sah vor ihrem inneren Auge die Szene, wie Hausfrau Nadine gnadenlos an einem Fleck rumschrubbte, bis dieser sich schließlich vom Acker machte. Dann unterbrach sie den Wortschwall und fragte: »Nadine, was kann ich für dich tun?«

Etwas verlegen fragte die Nachbarin, ob Ira vielleicht mit ihr zum Lebensmitteleinkaufen nach Mutlangen und vorher kurz durchs Schießtal nach Gmünd fahren könne. Sie wollte noch beim Weinladen vorbei.

»Natürlich nur, wenn du keinen Termin hast. Wann, ist egal. Hauptsache, es ist noch am Vormittag.«

Ira überlegte kurz. Sie wollte doch nach Stuttgart fahren. Aber dann hatte sie die Erleuchtung. »Ich bin nachher weg. Aber das ist kein Problem, denn ich fahre nicht selbst. Du nimmst einfach mein Auto. Kauf' so lange ein, wie du willst. Komm' einfach her und hol' den Autoschlüssel«, bot Ira der verzweifelten Nachbarin an.

»Kann ich mit deinem riesigen Pickup überhaupt fahren?«, zweifelte Nadine.

»Natürlich, du hast doch selbst ein großes Auto. Und die Transporter eurer Firma fährst du doch auch, wenn es sein muss. Stell' dich nicht so an!«, rüffelte Ira sie.

Nach kurzem Zögern kam die Antwort von Nadine: »Ich bin in fünf Minuten da. Du bist ein Schatz!«

Ira lachte und beendete das Telefonat. Dabei blickte sie auf die Uhr. »In zehn Minuten würde ich eigentlich nach Waldstetten auf Termin fahren. Aber jetzt hab' ich jede Menge Zeit. Das Leben kann so schön sein!«

Es waren nur drei Minuten, die Nadine brauchte, bis sie an Iras Tür klingelte. »Ich weiß nicht, wie ich das wieder gut machen soll. Aber ich muss wirklich dringend einkaufen. Hab' tausend Dank, du Engel. Du bist meine Rettung.« Mit diesen Worten umarmte sie die verdutzte Journalistin und drückte ihr noch einen dicken Schmatz auf die Wange. Ira brachte nur ein leise gemurmeltes »Wenn man helfen kann …« raus.

»Ich tank' auch voll, bevor ich ihn zurückstelle«, versicherte Nadine.

»Lass mal, ist schon gut«, winkte Ira ab. »Beleidig' mich' nicht. Schnapp' dir das Auto, und viel Spaß beim Einkaufen!«

Nadine winkte ihr zu, drehte sich um und ging zum Auto. Ira musste schmunzeln, denn es sah komisch aus, wie sie auf den Sitz von Iras Chevy kletterte – das hohe Einsteigen war sie offensichtlich doch nicht so gewöhnt. Dann schloss die Journalistin die Haustür und hörte, wie der Motor ihres Pickups angelassen wurde. Während ihre Nachbarin den Wagen langsam vom Hof rollen ließ, ging die Journalistin die Treppe zur Wohnung hoch.

»Würde mich nicht wundern, wenn der Chevy nachher nicht nur vollgetankt, sondern auch blitzsauber wäre«, amüsierte sie sich. Denn Nadines Putzwahn war legendär und machte auch vor Karosserien nicht halt. Und ihr Wagen war eine Herausforderung für jeden Putzteufel. Bonbonpapierchen, Kassenzettel und Ähnliches tummelten sich in ihm – eine große Verlockung für Nadine. »Vielleicht sollte ich ihr öfters mein Auto leihen«, überlegte Ira mit breitem Grinsen.

Da sie noch an der Garderobe in der Diele stand, um zu testen, welche Jacke sie zum Trip nach Stuttgart anziehen sollte, bekam sie die Vorkommnisse außerhalb des Hauses nicht mit. Während sie sich schließlich für eine schwarze Lederjacke entschied, rollte draußen ein großes, dunkles Auto langsam an ihrem Haus vorbei, in sicherem Abstand zum Pickup.

Es hatte am Waldrand geparkt und gewartet, bis Ira losgefahren war. Der Fahrer wusste, dass sie jetzt einen Termin in Waldstetten haben würde. Da der direkte Blick auf den Hof vom Waldrand aus versperrt war, konnte der Fahrer nicht sehen, dass es nicht die Journalistin, sondern Nadine war, die wegfuhr. Und als er ihr folgte, fiel ihm nichts Ungewöhnliches auf: Er sah nur eine Blondine, die allein im Chevy unterwegs war. Zufrieden zischte er zwischen den Lippen hervor: »Jetzt bist du dran.« Erfreut stellte er fest, dass sie nach Lindach fuhr. Kurz nach dem Ortsausgang, vor der scharfen Kurve, sagte er laut: »Los geht's!« und beschleunigte sein Auto.

Nadine erschrak, als es am Auto hinten ruckelte. »Was ist denn jetzt?« Anstatt sofort auf die Bremse zu steigen, fiel sie in eine Schockstarre und reagierte nicht, als das Auto, das an ihrer Stoßstange klebte und seine Geschwindigkeit immer weiter erhöhte, sie aus der engen Kurve hinaus und mit Vollgas geradeaus auf die Wiese schob.

Im Bruchteil von Sekunden war Nadine von der Straße abgekommen. Wie gelähmt nahm sie war, dass der Chevy auf der steilen Wiese beschleunigte, denn es hatte am Straßenrand keine Leitplanke gegeben, die die Irrfahrt hätte bremsen können. Das Auto raste den steilen Abhang hinunter. Sein immenses Gewicht tat sein Übriges.

Erstarrt nahm Nadine wahr, wie Bäume und Sträucher immer schneller an ihrem Fenster vorbeiflogen. Plötzlich war die Schrecksekunde vorüber. Die Blondine trat fest auf die Bremse, umklammerte dabei das Lenkrad und schrie dabei aus Leibeskräften: »Lieber Gott, hilf mir!«

Doch die Reifen fanden keinen Halt; das Gras war vom morgendlichen Tau noch nass. Das Auto raste ungebremst den steilen Hang hinunter und nahm weiter an Fahrt auf.

Der dunkle Wagen war nach der beabsichtigten Kollision mit dem Chevy oben an der Böschung mit quietschenden Reifen stehen geblieben.

Ira öffnete schwungvoll die Haustür. Sie hatte am Fenster gestanden und gesehen, wie Viktoria vorgefahren war. So hatte sie sich flugs ihre Handtasche geschnappt, die Lederjacke drübergezogen und war die Treppe hinuntergesaust. »Fertig. Der Kaufrausch kann beginnen!«, rief sie der strahlenden Freundin entgegen, die gerade ausstieg. In der Bewegung drehte sich Viktoria um und stieg wieder ins Auto. Ira öffnete die Beifahrertür und stieg ebenfalls ein. Quietschvergnügt starteten die beiden ihren Trip nach Stuttgart.

Ira wollte ungestört sein. Daher sandte sie Peter noch eine Nachricht, dass sie unterwegs und nicht erreichbar sei. Wenn die Redaktion einen Termin für den nächsten Tag haben würde, würde Annegret die Anfrage ohnehin mailen.

»Da kann ich dann heute Mittag mal nachschauen«, beschloss sie. Die nächsten Stunden gehörten Viktoria und ihr ganz allein. Was für ein Luxus!

Zur gleichen Zeit klingelten Peter und Hermann bei Hans-Paul Straken in Spraitbach. Nach wenigen Augenblicken wurde die Tür schwungvoll geöffnet. Vor ihnen stand der einstige Finanzbeamte, der seine Vorgesetzte mit vergiftetem Kaffee ins Jenseits befördert hatte.

Bei seinem Anblick stutzten die beiden Polizisten. Er war kaum wiederzuerkennen. Damals als Mörder im Anzug verhaftet, trug er nun sein Hemd lose über einer weiten Leinenhose und stand barfuß vor ihnen. Dabei fiel ihm sein dünnes Haar bis auf die Schultern. Er hatte sich komplett verändert. Die Nickelbrille war vollends der Abschuss, denn die verlieh ihm starke Ähnlichkeit mit John Lennon. Doch trotz aller Veränderungen handelte es sich zweifelsfrei um den damaligen Mörder.

»Das freut mich aber, dass Sie mich besuchen! Hereinspaziert«, sagte er mit einer einladenden Bewegung und trat zur Seite.

Peter und Hermann traten etwas überrascht ein. Der Mann schien ehrlich erfreut zu sein. Bevor sie an der Haustür geklingelt hatten, waren ihre Blicke über das Umfeld vor dem Haus gestreift. Auto sahen sie keines; in der Garage, deren Tor offen stand, befand sich nur ein abgestelltes Fahrrad mit einem kleinen Anhänger. Drumherum stapelten sich Kisten und Kartons.

Im Wohnzimmer angekommen, entschuldigte sich der Mann: »Bei mir herrscht gerade ein ziemliches Durcheinander. Ich räume gerade die Dinge aus, die ich nicht brauche. Bin erst vor gut einer Woche eingezogen. Das war das Haus meiner Mutter, jetzt hab' ich es geerbt. Gott sei Dank, sonst hätte ich nach der Haft nicht gewusst, wo ich unterkommen soll.«

Peter nickte. »Wir haben auch die Sachen in der Garage gesehen. Wo ist denn Ihr Auto?«

»Ich fahre kein Auto mehr. Nie wieder!«, betonte der frisch Entlassene und deutete hinter sich an die Wand. Dort hing ein großes Poster von Greta Thunberg. »Das Mädchen zeigt der Welt, was wirklich wichtig ist. Und da gehören Autos nicht dazu. Wir machen damit nur unser Klima und unsere Umwelt kaputt. Ich fahre nur noch Fahrrad.«

Hermann und Peter, die überhaupt nichts von dem 17-jährigen schwedischen Rotzlöffel hielten, waren bass erstaunt. Sie blickten sich an. Im Laufe der jahrelangen Zusammenarbeit hatten sie irgendwann begonnen, sich auch mit Blicken zu unterhalten. Und die Blicke beider sagten eindeutig, dass sie hier an der falschen Adresse waren, wenn sie auf der Suche nach Iras Verfolger waren.

»Darf ich Ihnen einen Tee anbieten? Momentan bevorzuge ich Löwenzahn-Holundertee.«

Sofort schüttelten die Kommissare den Kopf. Beide versuchten, nicht allzu angewidert zu schauen. Was gründlich misslang.

Belustigt stellte Straken fest: »Schmeckt wirklich nicht so schlimm, wie es sich anhört.«

Aber Peter und Hermann winkten dankend ab. »Wir wollten auch nicht lange bleiben, nur schauen, wie es Ihnen geht«, erklärte Peter.

»Mir geht's wirklich gut. Ich habe endlich einen Sinn in meinem Leben gefunden. Und Verbrecher bin ich auch keiner mehr, ich arbeite ja nicht mehr beim Finanzamt«, grinste er und zwinkerte den Kommissaren frech zu.

Er erzählte, dass er von seiner Mutter ein hübsches Sümmchen geerbt habe, sich also um seine Zukunft keine Gedanken machen müsse. »Da ich nicht viel brauche, reicht mir das vollkommen.« Straken berichtete von seinem Vorhaben, im Schwäbischen Wald eine Klimaschutzgruppe zu gründen. Zudem machte er seinem Ärger Luft, dass eine Fahrraddemo im Einhorntunnel schließlich doch nicht stattgefunden hatte. Obwohl die Organisatoren aus Stuttgart grünes Licht erhalten hatten. »Wir müssen alle schauen, dass unsere Umwelt gesund bleibt«, sagte er, warf sich in die Brust und nickte bekräftigend.

Peter wechselte das Thema und fragte frei heraus: »Was ist mit Ihren Racheplänen bezüglich Frau Sander? Wollten Sie sie damals nicht umbringen nach Ihrer Entlassung aus dem Gefängnis, weil sie Sie überführt hat?«

Kopfschüttelnd erwiderte der Gefragte: »Das war wirklich sehr dumm von mir. Und es tut mir leid, dass ich damals so einen Unsinn geredet habe. Eigentlich müsste ich Frau Sander dankbar sein, denn ich führe jetzt ein viel besseres Leben als damals.« Dabei blickte er den beiden Kommissaren fest in die Augen. Er schien es wirklich ernst zu meinen.

Peter und Hermann hatten genug gehört. Wie auf Kommando standen sie gleichzeitig auf. Sie ergriffen die ihnen freundlich entgegengestreckte Hand, verabschiedeten sich und verließen das Haus.

»Ich glaub', mich laust der Affe. Das nehm' ich ihm alles ab. Der ist vom Mörder zum Alternativen mutiert«, stellte Hermann fest.

Peter nickte zustimmend und schob bärbeißig nach: »Fragt sich nur, was schlimmer ist.«

Lachend gingen sie zum Auto zurück.

Hermann drehte sich nochmals um. Er sah Hans-Paul Straken am offenen Fenster, der ihnen nachblickte. Nun winkte er fröhlich und rief: »Wenn Sie mal Tee möchten – Sie wissen, wo Sie mich finden. Jederzeit gern.«

»Vorher friert die Hölle zu«, murmelte Peter, der Tee nicht ausstehen konnte.

Aber Hermann rief zurück: »Herzlichen Dank. Wer weiß …«

»Du bist einfach besser erzogen als ich«, kommentierte Peter wiederum.

»Stimmt«, nickte Hermann – und zauberte einen Schokoriegel aus der Innentasche seines Jacketts.

Peter rollte mit den Augen. »Der soll dir im Hals steckenbleiben.«

»Du bist wieder so lieb zu mir, Schatzi«, antwortete Hermann etwas undeutlich. Denn er hatte bereits einen großen Bissen genommen.

»Vielleicht spinnen wir alle, und Ira wird gar nicht verfolgt«, überlegte Peter laut, als er ausparkte. »Vielleicht waren das alles nur Zufälle.«

Hermann nickte bedächtig. Dann schlug er vor: »Lass uns mal sehen, was noch kommt. Ich trau' dem Frieden nicht so ganz. Ira und Malte sowie Jim haben was gesehen. Können sich alle drei irren?«

»Auf jeden Fall fällt der als mutmaßlicher Verfolger aus«, deutete Peter zum Haus von Hans-Paul Straken.

»Da geb' ich dir recht«, bestätigte Hermann mit vollem Mund.

»Aber ich hab' trotzdem kein gutes Gefühl. Vielleicht sind wir auf dem Holzweg und jemand anderes hat es auf Ira abgesehen. Wenn dem so ist, müssen wir von vorne anfangen«, überlegte Peter laut. Und wusste zu diesem Zeitpunkt noch gar nicht, wie recht er mit dieser Annahme haben sollte.

Kapitel 12

Nadine kam sich vor wie in einem schlechten Actionfilm. Allerdings saß sie nicht gemütlich zuhause auf ihrem Sofa, sondern befand sich mittendrin in der Handlung – nämlich auf dem Fahrersitz von Iras Chevy, der gerade mit rasender Geschwindigkeit den Hang hinunterbrauste.

Ihr Herz schlug bis zum Hals. Sie umklammerte das Lenkrad und starrte mit aufgerissenen Augen auf das Gehölz, auf das sie gerade zuraste. Die Bremsen reagierten nicht, auch wenn sie immer wieder fest drauftrat. Die Reifen fanden keinen Halt auf dem nassen Untergrund. Er hatte den Effekt von Schmierseife. Der Chevy war wie ein Geschoss unterwegs.

Obwohl erst wenige Sekunden vergangen waren, seit sie von dem Wagen hinter ihr von der Straße gedrückt worden war, kamen sie ihr vor wie Stunden.

»Anhalten!«, schrie sie verzweifelt und trat erneut auf die Bremse. Ohne Erfolg. Das dichte Gehölz kam immer näher – und auch der Baum, um den es sich angesiedelt hatte.

»Neeeeiiiiiin …«, schrie Nadine verzweifelt.

Zwecklos. Der Wagen knallte ausgerechnet auf diesen einen Baum, der sich mit einem fürchterlichen Geräusch in den Wagen rammte und die Motorhaube zusammenschob. Sie wirkte jetzt wie ein ramponiertes dreieckiges Zelt, das jemand auf den großen Motorblock gestellt hatte.

Plötzlich herrschte Totenstille. Nicht ein Vogel zwitscherte. Es hatte den Anschein, als würde der Baum – der durch den trockenen Sommer geschwächt war – noch kurz überlegen. Dann gab er nach und knickte ächzend um, als würde er sich zur Ruhe betten wollen. Mit einem dumpfen Knall landete er auf dem Autodach, das sich durch das Gewicht des Baumes unangenehm knackend nach innen bog und in die Fahrerkabine drückte. Es sah grotesk aus, als hätte der Baum den Wagen in Besitz genommen.

Dass der Baum schließlich nachgegeben hatte und umgeknickt war, bekam Nadine nicht mehr mit. Ohnmächtig hing sie mehr, als dass sie saß, im Wagen. Durch den Aufprall war sie trotz Gurt mit dem Kopf gegen das Lenkrad geprallt. Aus einer klaffenden Platzwunde auf ihrer Stirn rann das Blut über ihr Gesicht und tropfte auf die Fußmatte des Chevys.

Erna Wiebele war mit Daisy unterwegs. Wie immer war die Hundedame nicht angeleint. Was normalerweise auch nicht nötig war, denn sie gehorchte aufs Wort. Doch heute preschte sie plötzlich und ohne Vorwarnung los, runter vom Gehweg auf die Wiese, den steilen Abhang hinunter. Trotz lautem Rufen ihres Frauchens kam sie nicht wieder zurück.

Erna Wiebele war verdutzt. Das machte Daisy doch sonst nicht. Was war denn da los? Die Spaziergängerin blickte auf ihre Schuhe hinunter. Sie waren aus hellem Wildleder.

»Mit denen will ich eigentlich nicht auf die Wiese«, ärgerte sie sich. Sie hatte die neuen Schuhe bei diesem Spaziergang einlaufen wollen. Da war ein Abstecher ins Gelände natürlich nicht gerade passend!

Außerhalb ihres Sichtfelds blieb Daisy stehen und spitzte die Ohren.

»Daisy, komm' jetzt sofort her!«, keifte Erna Wiebele verzweifelt hinter ihrer Hündin her. Sie wollte eigentlich mit dem Vierbeiner raus, damit dieser sein »Geschäft« machen konnte. Danach wollte die rüstige Seniorin zum Friseur. Das war längst überfällig, die Dauerwelle war stark rausgewachsen. Gott sei Dank hatte sie einen Termin am späten Vormittag bekommen. Denn am nächsten Tag würde ihr Schwager Geburtstag feiern, und da wollte sie ordentlich frisiert sein. Viel zu lange hatte sie den Friseurbesuch bereits hinausgeschoben, immer war etwas dazwischen gekommen. Und jetzt machte dieser Hund, was er wollte. Zu ärgerlich!

»Daisy, ich hab' doch keine Zeit. Komm' jetzt her!« Frau Wiebele trat vom Gehweg auf die feuchte Wiese. »Ich will doch meine Schuhe nicht ruinieren«, jammerte sie vor sich hin und rief weiter nach ihrem Hund. Dabei ging sie so weit auf dem ebenen Stück der Wiese, bis sie den steilen Abhang unterhalb überblicken konnte. Sie sah, wie Daisy am dichten Gehölz entlangsauste. Plötzlich schlug der Hund an. Weit weg, ganz unten.

»Liegt da unten ein Baum auf der Wiese? Komisch, war doch gar kein Sturm«, wunderte sich Erna Wiebele. Sie kniff die Augen zusammen und fixierte die Baumkrone, ließ dann ihren Blick über den abgeknickten Stamm schweifen – und erstarrte.

»Um Gottes willen, da steckt ja ein Auto drunter«, rief sie entsetzt aus.

Der rote Lack von Iras Chevy blitzte zwischen dem Blattwerk und Geäst hervor. Daisy bellte wie verrückt und blickte jetzt zu ihrer Herrin oben auf der Wiese, als wolle sie sagen: »Komm' runter, hier ist was passiert.«

Die Seniorin vergaß ihre hübschen Schuhe und ging vorsichtig und so schnell es das nasse Gras erlaubte zu ihrer Hündin den Abhang hinunter. Erwartungsvoll blickte ihr Daisy entgegen. Sie wedelte aber nicht mit dem Schwanz, sondern hatte diesen zwischen den Hinterläufen eingeklemmt. Die Hündin winselte hörbar und setzte sich, als würde sie den Wagen, der im Gebüsch feststeckte, bewachen.

»Oh mein Gott, was ist denn da passiert?«, rief die Seniorin atemlos aus und näherte sich mit wildem Herzklopfen dem Chevy. Sie hatte Mühe, auf dem steilen Abhang den Halt nicht zu verlieren. Es war extrem rutschig, und sie war nicht mehr die Jüngste.

»Nicht hektisch werden, sonst fällst du hin«, ermahnte sich die Seniorin. Vorsichtig tastete sie sich auf dem nassen Gras Zentimeter für Zentimeter hinunter. Dabei achtete sie auf ihre Balance. Sollte sie dennoch ausrutschen, würde sie nur auf ihrem Hosenboden landen und nicht kopfüber den Hang hinunterstürzen.

Endlich war sie unten angekommen. Sie blickte ins Fahrzeug hinein. Da sah sie eine Frau, die mit dem Kopf auf dem Lenkrad lag. Sie blutete stark aus einer Platzwunde auf der Stirn. »Um Gottes willen«, entfuhr es ihr.

»Hallo, hören Sie mich?«, rief Erna Wiebele, erhielt aber keine Antwort. Geistesgegenwärtig griff sie in ihre Jackentasche und zog ihr Handy raus. »Bin ich froh, dass ich das habe. War eine gute Idee von Thomas«, dachte sie erleichtert.

Ihr Sohn hatte es ihr zum Geburtstag mit den Worten geschenkt: »Du weißt nie, was ist, wenn du mit dem Hund draußen bist. Nimm' es mit, dann kannst du jederzeit Hilfe holen.« Und jetzt war es tatsächlich soweit. Die Seniorin wählte den Notruf.

Lächelnd saß Martin Knopf an seinem Schreibtisch in Degenfeld. Während er seine Papiere sichtete, war er auf das Manuskript für den Degenfelder Wanderführer gestoßen. Die Ordnungsaktion hatte er lange genug vor sich hergeschoben. Da kam es nun auf ein paar Minuten auch nicht an. Anstatt seine Papiere durchzusehen und die, die er nicht mehr brauchte, in die Altpapiertonne zu werfen, blätterte er das Manuskript und die diversen Korrekturabzüge für den Wanderführer durch.

Neun Touren hatte er darin ausführlich beschrieben. Was kein Problem für ihn war, denn in und um Degenfeld kannte er jeden Stein. Als stellvertretender Leiter der Bergwacht Schwäbisch Gmünd wohnte er quasi da, wo andere Urlaub machen. Da hatte es auf der Hand gelegen, dass er sich um den Wanderführer kümmerte. Es war zwar viel Arbeit gewesen, aber es hatte auch Spaß gemacht.

Martin Knopf lehnte sich zurück und erinnerte sich an den Tag, als der Degenfelder Wanderführer auf der Remstalbühne beim Stadtteiltag präsentiert worden war. Es war brütend heiß gewesen. Bürgermeister Dr. Joachim Braunle hatte noch gewitzelt und von einem »lauen Sommertag« geredet. »Schon wieder fünf Jahre her. Wie die Zeit vergeht«, ging es Knopf durch den Kopf. Natürlich würde das Manuskript nicht im Altpapier landen.

Er griff sich einen Ordner. In diesem Moment meldete sich sein Piepser, dessen schrille Töne einen Einsatz meldeten. Martin Knopf erhob sich in Sekundenschnelle. Das Ausmisten musste warten; bei einem Einsatz zählte jede Sekunde.

»So, da wären wir. Fangen wir vorne an und schaffen uns bis nach hinten durch?«, erkundigte sich Viktoria mit Blick auf Ira. Sie waren im Breuningerland in Sindelfingen angekommen. Da es vormittags und unter der Woche war, herrschte im Einkaufszentrum wenig Betrieb. Auch auf der Straße waren sie gut und ohne Stau durchgekommen. Nicht einmal am Stuttgarter Kreuz mussten sich die beiden gedulden. So konnten sie bereits rund eine Stunde, nachdem sie Heckenbach verlassen hatten, auf den Parkplatz des Einkaufscenters einbiegen.

»Bevor wir hier irgendetwas machen, muss ich erstmal für kleine Mädels«, kündigte Ira an.

»Guter Plan«, zeigte sich Viktoria erleichtert, da sich auch bei ihr der Kaffee bemerkbar machte. So suchten die beiden Frauen zuerst die Toiletten auf.

»Und dann kann uns nichts mehr aufhalten«, sagte Ira in Richtung Nachbarkabine.

»Yes«, kam die prompte Antwort von Viktoria. Wenige Augenblicke später trafen sie sich wieder bei den Waschtischen.

»Suchst du eigentlich was Bestimmtes?«, erkundigte sich die Journalistin bei ihrer Freundin.

»Nö. Einfach mal kucken«, verneinte sie und schüttelte den Kopf.

»Okay. Gut so. Denn wenn man was sucht, findet man eh nix«, nickte Ira erleichtert.

Es war ein lustiges Bild, das die beiden Frauen abgaben: Gleichzeitig waren sie aus den Toiletten zu den

Waschtischen gegangen. Gleichzeitig betätigten sie die jeweiligen Seifenspender, wuschen sich die Hände und waren auch zeitgleich bei den Handtrocknern angelangt. Jetzt griffen beide gleichzeitig zum Türöffner, um die Sanitärräume wieder zu verlassen und sich in den Einkaufsbummel zu stürzen. Viktoria lachte auf, als sie beide zur gleichen Zeit durch den Türrahmen wollten.

»Nein, da passen wir nicht gemeinsam durch, nach dir«, machte sie eine einladende Bewegung in Iras Richtung.

»Nein, nach dir«, scherzte Ira und ahmte die Handbewegung nach.

Viktoria ging durch, und die Journalistin folgte bestens gelaunt.

»Das Leben kann so schön sein«, sagte sie vor sich hin, als sie schließlich im Einkaufsbereich angekommen waren.

»Stimmt. Darauf einen Prosecco«, nickte Viktoria und wies mit dem Kopf nach oben, wo sich ein gemütliches Café befand.

»Gute Idee«, kommentierte Ira. Beide marschierten zur Rolltreppe und fuhren in den ersten Stock.

»Dir ist schon klar, dass wir so nie zum Geldausgeben kommen, oder?«, grinste sie Viktoria an, als sie einen Tisch im Café ansteuerten. Natürlich denselben, ohne Absprache. Sie tickten einfach gleich.

»Wir sind früh dran, also keinen Stress«, argumentierte Viktoria und orderte zwei Prosecco beim Kellner, während sie sich setzte. Ira nahm gegenüber Platz.

»Lass uns diesen Tag einfach genießen«, forderte die Freundin Ira auf.

»Bin dabei«, nickte die Journalistin. Und als der Prosecco wenig später an ihren Tisch gebracht wurde, prosteten sie sich zu.

»Auf die Männer!« Mit diesen Worten setzte Ira an und nahm einen Schluck.

Aber Viktoria stutzte. »Wieso auf die Männer?«, fragte sie und blickte ihr Gegenüber an.

»Du weißt doch, ich hab' ein Herz für die Schwachen und Bedürftigen«, meinte Ira und zuckte entschuldigend mit den Schultern.

Viktoria kicherte und erhob ihr Glas. In feierlichem Ton sagte sie: »Auf die Männer!«

Gut 50 Kilometer entfernt, am steilen Hang zwischen Lindach und dem Schießtal, waren zur selben Zeit sehr viele fleißige Einsatzkräfte am Werk. Oben an der mittlerweile gesperrten Straße stand ein Rettungswagen des Deutschen Roten Kreuz, daneben der Geländewagen der Bergwacht und ein Gerätewagen der Freiwilligen Feuerwehr Lindach. Die ganze Flotte flankierten zwei Einsatzwagen der Polizei. Die Szenerie wirkte wie ein Familientreffen aller Blaulichtorganisationen. Fehlte nur noch das Technische Hilfswerk.

Die Mitglieder der Bergwacht waren mit fünf Mann vor Ort. Ein provisorisches Geländer war bis hinab zu dem verunglückten Chevy von Ira errichtet worden. Schere und Spreizer der Feuerwehr waren, an Seilen gesichert, hinabgelassen worden. Die Kameraden arbeiteten an dem demolierten Wagen. Schließlich konnten sie die Fahrertür öffnen.

Die Fahrerin war immer noch ohnmächtig. Der Notarzt, der an einem Seil gesichert den Abhang hinuntergeklettert war, prüfte ihre Vitalfunktionen. Zufrieden stellte er fest, dass die Verletzte eine normale Pulsfrequenz hatte.

»Okay. Jetzt vorsichtig aus dem Wagen bergen«, forderte er die Kameraden der Bergwacht auf. Die Frau schien keine Verletzungen am Rücken zu haben. Das stabile Fahrzeug hatte sie vor Schlimmerem bewahrt. Die Platzwunde am Kopf deutete auf eine schwere Gehirnerschütterung hin. Mehr würde man im Stauferklinikum nach eingehenden Untersuchungen erfahren.

»Sie ist stabil«, fügte der Notarzt hinzu.

Martin Knopf nickte. Vorsichtig beförderten er und ein Kollege sie vom Fahrersitz nach draußen. Dort legten sie sie vorsichtig auf die Gebirgstrage, die an Seilen befestigt war. Der Notarzt prüfte nochmals den Puls und gab dann das Zeichen: »Hoch mit ihr.«

Da öffnete Nadine die Augen. »Was ist los, was ist passiert?«, flüsterte sie kaum hörbar.

»Es ist alles in Ordnung. Sie hatten einen kleinen Unfall. Aber jetzt wird alles gut. Wir bringen Sie in die Klinik«, antwortete der Notarzt und leuchtete ihr gleichzeitig mit einer kleinen Lampe in die Augen.

»Sie hatten Glück im Unglück. In ein paar Tagen können Sie schon wieder tanzen gehen«, scherzte er. »Sie werden jetzt nach oben gezogen, also nicht erschrecken. Bleiben Sie einfach ruhig liegen und genießen Sie die Fahrt.«

Die Verletzte lächelte matt zurück. »Alles klar«, murmelte sie und schloss die Augen.

»Sie hatte wirklich viel Glück. Die ist bald wieder fit. Und offensichtlich hart im Nehmen«, beruhigte der Notarzt Martin Knopf.

Der stellvertretende Leiter der Gmünder Bergwacht nickte zurück. Er war sehr erleichtert. Denn als sie zum Einsatzort geeilt waren, hatte sich ihnen ein Bild geboten, das ein wenig an ein Schlachtfeld erinnerte.

Es hatte eine Weile gedauert, bis die Feuerwehr den Baumstamm mit seinem wirren Geäst entfernen konnte, um überhaupt an die Fahrertür ranzukommen. Die Türöffnung selbst war dann reine Routine gewesen. Doch der Anblick der Verletzten hatte einige Kameraden doch mächtig erschrocken. Ihr Gesicht war blutüberströmt, und von den Gesichtszügen war kaum etwas erkennbar gewesen. Zumal sich – vermutlich aufgrund des Aufpralls auf das Lenkrad – Schwellungen gebildet hatten.

Martin Knopf gab über Funk die Anweisung, die Verletzte nach oben zu ziehen. Die Order wurde sofort ausgeführt. Langsam glitt die Gebirgstrage auf dem feuchten Gras über den Steilhang nach oben. Dabei kam der Flaschenzug zum Einsatz. Knopf hangelte sich neben der Trage am provisorischen Geländer hoch, wie auch der Notarzt. Dieser war selbst Angehöriger der Bergwacht und wusste, wie man sich sicher in steilem Gelände bewegt.

»Nicht zu schnell«, ermahnte oben der ältere Kamerad den jüngeren Kollegen. Denn bei der gemeinsamen Übung mit der Feuerwehr vor wenigen Wochen war man zu forsch am Flaschenzug zugange gewesen. Jetzt aber, am Hang bei Lindach, glitt die Gebirgstrage mit Nadine darin langsam über das steile Gelände.

Oben angekommen, wurde sie neben die Rettungstrage des Roten Kreuz gelegt und die Verletzte vorsichtig umgebettet. Es erfolgte die Übergabe. Der Notarzt fuhr im Rettungswagen mit, als Nadine ins Stauferklinikum eingeliefert wurde.

»Hast du gesehen, wie die geblutet hat? Wahnsinn. Das Gesicht konnte man ja gar nicht erkennen. Alles geschwollen. Und das blonde Haar, so blutverklebt. Einfach furchtbar«, kommentierte eine der Schaulustigen.

»Ja, das sieht man nicht alle Tage. Und so viele Einsatzkräfte für eine Person. Ich dachte, da wären noch mehr drin im Wagen«, gab die andere mit hörbar enttäuschtem Unterton zurück. »Jetzt gibt es nichts mehr zu sehen, ich gehe.«

»Ja, ich schließe mich auch an«, nickte die andere. Und beide drehten sich um und trollten sich nach Hause.

Wären sie geblieben, hätten sie beobachten können, wie lange die aufwändige Aufräumaktion der Feuerwehr und der Bergwacht andauerte. Wie mühevoll es war, bis schließlich alle Einsatzgeräte und Seile wieder ordnungsgemäß in den Fahrzeugen verstaut waren. Und wie ein Abschleppwagen den demolierten Chevy an einer kräftigen Seilwinde nach oben auf die Straße beförderte.

Aber so war das eben mit Schaulustigen. Wenn kein Blut mehr floss, wurde es langweilig. Und das nannte sich dann Zivilisation.

»Puh, das war mal was anderes als ein verunglückter Mountainbiker am Rosenstein«, stellte Martin Knopf fest, während er die Seile wieder zusammenlegte.

Sein Kollege nickte. »Ja. Die Leute meinen ja oft, wir versorgen nur verunglückte Skifahrer im Winter.«

Im Schnitt hatten die gut 30 Angehörigen der Bergwacht Schwäbisch Gmünd 20 Einsätze im Jahr. Die Bandbreite reichte vom Bergen eines im Baum hängengebliebenen Gleitschirmfliegers in Waldstetten oder Bartholomä über verunglückte Kletterer am Rosenstein bis hin zu verletzten Waldarbeitern. Immer dann, wenn es sich um unwegsames Gelände handelte, wurden sie von der Rettungsleitstelle alarmiert. So auch heute. Und tatsächlich, zu so einem schlimmen Unfall waren sie schon lange nicht mehr gerufen worden.

»Hat super geklappt«, rief Martin Knopf zum Einsatzleiter der Feuerwehr hinüber.

»Stimmt, das gemeinsame Üben zahlt sich aus«, nickte dieser zufrieden.

»Ich hoffe, wir haben euch mit unseren öligen Gerätschaften nicht die Seile ruiniert?«, erkundigte sich der Feuerwehrmann. Denn auch die Motorsäge war beim Entfernen des Baumstamms zum Einsatz gekommen. Und die Rettungskräfte der Bergwacht hatten natürlich immer Sorge, dass beim Abseilen der Einsatzgeräte der Feuerwehr Motoröl an ihren Seilen haften blieb.

»Nee, alles gut. Wie gesagt, das gemeinsame Üben hilft offensichtlich«, gab Knopf zurück. »Man muss nur wissen, wie man die Geräte richtig sichert und ablässt.«

Beide Einsatzkräfte winkten sich zum Abschied zu, packten vollends ein und stiegen in ihre Autos. Jeder fuhr in eine andere Richtung. Der Einsatz war vorbei. Alle waren erleichtert, dass die Verletzte offensichtlich viel Glück gehabt hatte. Nur das Auto, tja, das war hin.

»Schade um den schönen Pickup«, murmelte ein jüngerer Bergwachtangehöriger während der Fahrt traurig.

Martin Knopf amüsierte sich. Der junge Kollege war bekannt dafür, dass er amerikanische Fahrzeuge liebte. Vor allem eben die bulligen Pickups.

»Es ist nur Blech. Wichtig ist, dass die Frau nicht allzu ...«, plötzlich unterbrach er sich selbst. »Roter Pickup, Blondine, mittleres Alter? War das Ira Sander vom Stauferboten? Hat die nicht so einen Wagen?«, schoss es ihm durch den Kopf. Er kannte sie flüchtig von Terminen. Da die Verletzte im Gesicht blutüberströmt war und Schwellungen hatte, hatte er ihre Gesichtszüge nicht erkennen können. Martin Knopf grübelte nach. Schließlich griff er zum Handy und rief bei der Polizei an. Er wollte wissen, ob es die Journalistin war, die sie aus dem verunglückten Fahrzeug geborgen hatten. Es würde ihm sonst keine Ruhe lassen.

»Boah, ich dachte schon, es wäre Ira. Aber die hat wohl ausnahmsweise ihre Karre verliehen«, sagte im gleichen Moment der Streifenpolizist zu seinem Kollegen, der mit ihm am Unfallort gewesen war.

»Ging mir genauso. Deshalb hab' ich gleich nach dem Ausweis geschaut. Aber alles gut. Der Herr Kommissar wäre sonst alles andere als glücklich gewesen.«

Peter Brand war hinlänglich bei den Kollegen bekannt. Und natürlich auch seine Lebensgefährtin.

»Da hätte ich mich sonst geweigert, ihm Bescheid zu geben«, grinste der Polizist. »Brand ist für seine Wutanfälle bekannt. Obwohl der Kerl eigentlich eher friedlich ist.«

»Oh ja«, nickte sein Beifahrer. Nach kurzer Fahrt bogen sie auf den Parkplatz bei der Polizei ein. Ihre Schicht war beendet.

»Okay. Aber das mit dem Totalschaden sollten wir ihm sagen«, stellte der Jüngere beim Aussteigen fest.

»Stimmt«, gab ihm der Kollege recht. Bei Ira auf dem Handy hatten sie es bereits probiert, aber die hatte ihr mobiles Telefon wohl ausgeschaltet. Sie würde später einen Anruf von der Polizei erhalten.

Peter und Hermann waren nach ihrer Fahrt nach Spraitbach wieder im Polizeirevier angekommen.

»Schätze mal, der wird Ira nicht gefährlich. Da muss jemand anderes dahinterstecken. Oder wir sehen alle Gespenster, und keiner hat es auf Ira abgesehen. Was mir persönlich am allerliebsten wäre«, dachte Kommissar Brand laut nach.

Hermann, der an seinem Schreibtisch gegenüber saß, nickte bedächtig. Dabei kratzte er sich hinterm Ohr.

»Klar. Aber ich weiß nicht … wir sollten dennoch alle die Augen offen halten und darauf achten, dass Ira nicht allein unterwegs ist.«

»Witzbold«, antwortete Peter amüsiert. »Du kennst doch das Fräulein Naseweis. Die macht, was sie will und lässt sich nicht an die Kette legen. Einen Sack Flöhe hüten ist leichter!«

Beide lachten.

»Sie hat mir vorhin eine WhatsApp gesandt mit dem Wortlaut: ›Bin unterwegs und nicht erreichbar‹ oder so ähnlich. Wie soll man bei so präzisen Angaben ein Auge auf sie haben«, seufzte Peter.

»Hast ja recht, Ira hat eben ihren eigenen …«, weiter kam sein Kollege nicht, denn es klopfte an der Tür.

»Ja?«, sagte Peter kurz und knapp.

Die Tür öffnete sich und die beiden Streifenpolizisten traten ein.

»Was gibt's?«, erkundigte sich der Kommissar. Und bekam ein komisches Gefühl in der Magengrube. Denn der eine Polizist hatte seine Mütze abgenommen und drehte sie verlegen in den Händen. Auch Hermann hatte das Schriftstück, das er gerade studierte, zur Seite gelegt. Er musterte die beiden jungen Kollegen in Uniform.

Endlich sagte der ältere der beiden: »Wir haben eine gute, eine weniger gute und eine schlechte Nachricht.«

»Zuerst die gute«, wünschte Peter.

»Ira Sander saß nicht drin«, kam die Antwort vom Angesprochenen.

»Saß wo nicht drin?«, fragte Peter verwirrt. »Und was ist die weniger gute?«

»Im Auto. Dafür war Nadine Porsch drin. Und die wurde ins Stauferklinikum gebracht. Hat aber wohl nur eine üble Platzwunde und eine schwere Gehirnerschütterung.«

»Und die schlechte Nachricht?«, fragte Peter ungeduldig.

»Der Chevy Pickup Ihrer Partnerin ist im Arsch. Totalschaden.«

Peter blickte die Polizisten verständnislos an. »Was ist passiert?« Er verstand gar nichts.

Hermann verhielt sich ganz ruhig und lauschte. In diesem Moment kam Malte zur Tür herein. Er jonglierte drei Kaffeebecher in den Händen. Die Kaffeemaschine in ihrem Büro war immer noch defekt.

»Ich hab eine Stärkung mitgebracht …« kündigte er an, brach seinen Satz jedoch ab, als er die ernsten Gesichter der Kollegen sah. Fragend schaute er die Uniformierten an.

Die Kollegen von der Streife schilderten, dass Iras Wagen wohl zu schnell unterwegs gewesen, von der Straße abgekommen und den Abhang hinuntergebrettert war. Um dann von einem Baum gestoppt zu werden. Sie erzählten vom Großeinsatz und dem Riesenaufgebot an Rettungskräften. Und von der verletzten Blondine, die am Steuer gesessen hatte. Der Blick auf ihren Personalausweis hatte gezeigt, dass sie wohl Iras Nachbarin war.

Peter und Hermann waren verdächtig still – im Gegensatz zu Malte. Wutschnaubend rief dieser: »Zu schnell unterwegs und von der Straße abgekommen? Dass ich nicht lache.« Er sprach aus, was die beiden Kommissare dachten.

Für einen Augenblick herrschte Stille im Kommissariat. Der ältere Streifenpolizist durchbrach diese, indem er feststellte: »Also, wir wollten nur Bescheid geben. Tschüss dann.« Peter nickte ihm zu, und die uniformierten Kollegen verließen den Raum.

»Was machen wir nun?«, fragte Peter und blickte Malte und Hermann an.

»Wir müssen dringend nachforschen, wer dahintersteckt«, versuchte Hermann seine Gedanken zu sortieren. »Aber wo anfangen? Hat sich's Ira vielleicht mit einem Bürgermeister verscherzt?«, schob er grinsend nach. Denn die meisten Termine der Journalistin hingen mit Kommunalpolitik zusammen. »Oder gar den Landrat verärgert?« Ein kollektives Gelächter brach aus. Denn es war nichts Neues, dass die Journalistin und das Kreisoberhaupt ein Äderchen füreinander hatten.

Malte mischte sich ein: »Oder hat sie zum wiederholten Mal den Namen eines Gemeinderats falsch geschrieben, und der ist jetzt mächtig sauer?« Dabei huschte ein Grinsen über sein Gesicht.

Alle wussten, wie empfindlich der ein oder andere Zeitgenosse sein konnte. Und beispielsweise bei einem Doktortitel, den Ira ihm aus Versehen verliehen hatte, sofort eine Berichtigung in der Zeitung lesen wollte.

Peter schüttelte den Kopf. »Nein, es hat keinen Zweck, wenn wir darüber nachdenken. Ich muss mit Ira reden. Vielleicht hat sie eine Idee.« Gesagt, getan, griff er zum Handy. »Ich ruf' sie jetzt mal an und bring' sie auf den neuesten Stand.« Er tippte auf die »1«, und schon wurde automatisch das Handy der Journalistin angewählt. Aber es meldete sich sofort die Mailbox. Peter bat um Rückruf. Dann legte er sein Handy wieder auf den Schreibtisch.

»Iras Wagen muss zur Spurensicherung. Die sollen sich mal das Heck ganz genau ansehen. Ich glaube, dass ein anderes Auto den Chevy den Abhang hinuntergeschoben hat«, vermutete Malte.

»Auf jeden Fall«, stimmte Peter ihm zu und rief sofort bei den Kollegen an, die vor Ort gewesen waren. Die wussten, welches Abschlepp-Unternehmen involviert gewesen war. Im kurzen Telefonat gab er die entsprechende Anweisung. Der demolierte Wagen wurde für Untersuchungen gesichert.

»Und bitte möglichst schnell das Ergebnis auf meinen Tisch. Sie sollen sich auf das Heck und die Stoßstange konzentrieren«, sagte der Kommissar und erzählte dem Kollegen in der Leitung von Maltes Vermutung.

»Da müssten Lackspuren sein. Oder zumindest Beschädigungen an der Stoßstange«, schloss er. Dann legte er das Handy wieder hin. »Jetzt können wir nichts machen. Wir müssen abwarten.«

Ira, die von alledem nichts mitbekommen hatte, flachste gerade mit Viktoria im Einkaufszentrum herum.

»Was meinst du, das würde Peter sicher gefallen«, stellte sie lachend fest, während sie ein orangefarbenes Herrenhemd mit kleinen Hasen drauf hochhielt.

»Für nächstes Jahr Ostern geradezu perfekt«, stimmte ihr Viktoria kichernd zu.

Die Freundinnen genossen ihren Einkaufsbummel in vollen Zügen. Ira hatte eine leichte weiße Jeans und Sandalen für den Sommer gefunden und Viktoria ein T-Shirt und eine Lederjacke. Es war bereits früher Nachmittag. Sie hatten weniger Zeit fürs Einkaufen als für die Pausen verbraucht.

»Fahren wir wieder zurück? Es ist schon gleich 15 Uhr«, erkundigte sich Viktoria nach kurzem Blick auf ihre Armbanduhr.

Ira nickte. »Ja, es wird Zeit. Bevor es wieder Stau gibt. Ich hasse den Feierabendverkehr. Da macht man so viel Zeit für nichts und wieder nichts kaputt.«

Wenige Minuten später saßen die beiden bereits wieder im Wagen auf der Heimfahrt. Viktoria steuerte souverän in Richtung Heckenbach, während Ira auf dem Beifahrersitz ihre Mails checkte. Zwei Terminaufträge von der Redaktion fürs kommende Wochenende bestätigte sie. Die nächsten zwei Tage hatte sie keine Aufträge.

»Ich soll Peter zurückrufen«, stellte sie fest, als sie seine Nachricht abgehört hatte.

»Na, der wird Sehnsucht haben«, erwiderte Viktoria lächelnd. Auch sie hatte eine Nachricht erhalten. Friedrich hatte ihr angekündigt, dass morgen ein Container auf dem Firmenhof stehen würde. »Ich muss morgen Akten vernichten. Das dauert. Die geb' ich nicht aus der Hand, das mach' ich immer selbst. Bin ich froh, dass wir heute unseren Ausflug gemacht haben. Das hätte morgen nicht geklappt. Schön war's. Gerne wieder«, stellte Viktoria zufrieden fest.

Ira nickte: »Wir sind ein gutes Team. Mit dir macht Shoppen Spaß.« Dann wählte sie Peters Nummer.

»Was der wohl will?«, fragte sie sich neugierig. Doch sein Telefon war belegt.

Zu diesem Zeitpunkt war der Kommissar gerade im Gespräch mit den Kollegen der Spurensicherung. Und erfuhr da so manches, was ihn und seine Kollegen im Zimmer so gar nicht überraschte.

»Ich probier's später nochmal. Oder von zuhause aus. Das reicht auch noch. Wenn es was Wichtiges gewesen wäre, hätte er mir eine Nachricht geschickt«, überlegte Ira und schaltete ihr Handy wieder aus.

Als sie ohne Stau das Stuttgarter Kreuz und den Flughafen passiert hatten, forderte Viktoria die Journalistin auf: »Komm', erzähl mir was Lustiges von deinen Terminen. Du weißt schon, etwas, das dann nicht in der Zeitung gestanden hat.« Die Freundin wusste, dass Ira immer irgendwelche Storys auf Lager hatte, und hörte ihr gerne zu, wie sie sich über Kommunalpolitik und die großen und kleinen Dramen im Vereinsleben ausließ.

Ira grinste. »Nun, momentan zerbrechen sich alle Kämmerer den Kopf darüber, wie die neue Haushaltssystematik am besten vermittelt werden kann. Du weißt schon, jetzt ist nicht mehr Kameralistik, sondern Doppik angesagt. Du als Unternehmerin weißt, was gemeint ist. Doppelte Buchführung, Abschreibungen erwirtschaften und so …«, begann die Journalistin mit einem Seitenblick auf Geschäftsfrau Viktoria. Die nickte.

»Die Gemeinderäte haben meistens keine Ahnung. Und eine einmalige Schulung zwecks Doppik bringt da einfach nichts. Das neue Haushaltssystem ist einfach zu komplex für einen Schulungstag. Und dann erklär' mal als Fachmann dem Laien, wie's geht«, umriss Ira das Problem.

Sie erzählte von einem Gemeinderat, der vorgab, allwissend zu sein. Und als der Kämmerer letztlich nach 45 Minuten der Ansicht war, dass nun alle über den Finanz- und Ergebnishaushalt, über die Produkte und Budgets Bescheid wussten, meldete sich besagter Gemeinderat zu Wort – mit der Bitte, doch endlich den Haushalt in gedruckter Form auf den Tisch zu bringen, in dem klar ersichtlich sein würde, was im Vermögens- und im Verwaltungshaushalt drin sei. Eben so, wie man es gewöhnt sei.

Dass sich der Kämmerer nicht augenblicklich erschoss, lag vermutlich nur daran, dass er keine Waffe bei sich trug.

»Er hat tief Luft geholt und nochmals mit einer Engelsgeduld das neue kommunale Haushaltsrecht erklärt«, beschrieb Ira glucksend. Denn es war überdeutlich geworden, dass besagter Gemeinderat einfach nichts begriffen hatte.

»Das größte Problem für uns auf der Pressebank ist dann immer, dass wir uns fragen, was wir eigentlich schreiben sollen über diesen Termin. Wir wollen ja keine unwissenden Gemeinderäte denunzieren«, schloss die Journalistin.

Viktoria amüsierte sich und schlug vor: »Dann hängt halt ein Bild statt eines Textes auf die Seite ein.«

»Der Witz ist, dass das Land Baden-Württemberg von allen Kommunen die Doppik verlangt, diese im eigenen Haushalt aber nicht anwendet. Ist das nicht der Hammer?«, ärgerte sich Ira.

»Ist doch typisch: anordnen, aber sich selbst nicht dran halten«, erwiderte Viktoria und zog die Schultern hoch.

Sie war zu lange Unternehmerin, als dass sie noch irgendwas vom Gesetzgeber erwarten würde, was der Wirtschaft guttut. Stattdessen wurden der Formularkrieg und die diversen Steuererklärungen immer aufwändiger. Wer sich nicht stetig in Sachen Buchhaltung und Steuerrecht fortbildete, stand als Unternehmer mit einem Bein im Gefängnis oder katapultierte sich mit Lichtgeschwindigkeit aus Unwissenheit und ohne böse Absicht in die Insolvenz.

»Es gibt eindeutige Rammspuren an der Stoßstange. Lackspuren konnten wir keine sichern, der schiebende Wagen war wohl in etwa genauso hoch wie der deiner Partnerin. Folglich traf Stoßstange auf Stoßstange«, erklärte der Chef der Spurensicherung am Telefon.

Peter lauschte und hakte nach: »Also eindeutig und kein Zweifel, dass die Beschädigung nicht vom Aufprall des Baums auf das Auto herrührt?«

Der Kollege von der Spurensicherung sagte klar: »Auf keinen Fall sind die Spuren an der Stoßstange vom Unfall. Das Auto ist vorn komplett demoliert, hinten aber bis auf die Stoßstange unbeschädigt.

Peter Brand bedankte sich für die schnellen Untersuchungsergebnisse und beendete das Gespräch. Zwei erwartungsvolle Augenpaare blickten ihn an.

»Nun?«, forderte Hermann ihn auf, das Ergebnis der Spurensicherung preiszugeben. Dabei hätte er sich die Antwort bereits selbst geben können, denn die tiefen Sorgenfalten auf der Stirn des Kollegen sprachen Bände.

»Von der Straße runtergeschoben«, bestätigte Peter die Befürchtung aller.

»Dann müssen wir dringend mit Ira reden. Sonst kommen wir nicht weiter. Wo ist sie eigentlich? Und seit wann verleiht sie ihren Wagen?«, fragte sich Hermann. »Du hast dein Mädel einfach nicht im Griff. Das muss besser werden, Herr Kommissar!«, schob er nach.

Peter bekam die Anspielung nicht mit, da er darüber nachdachte, wer hinter dieser Attacke stecken könnte. Einer Eingebung folgend, griff er wieder zum Handy und rief Jim an.

»Hey guy, what's up?«, meldete der sich. Peter erkundigte sich, ob er wüsste, wo Ira denn sei. Der Amerikaner erzählte, dass er gesehen habe, dass Ira am Vormittag von Viktoria abgeholt worden sei. Und dass wenige Minuten vorher die Nachbarin mit Iras Chevy losgefahren war. Er hatte alles mitbekommen, da er den Hof vor seiner Werkstatt gekehrt hatte.

»Jetzt versteh' ich«, nickte Peter wissend: »Ira ist mit Viktoria bestimmt zum Shoppen gefahren. Und Nadine wird sich das Auto aus irgendeinem Grund geliehen haben. Danke dir. Bis heute Abend.«

»No problem, bye«, verabschiedete sich Jim.

Der Kommissar wollte ihm nicht am Telefon sagen, was passiert war. Das hatte Zeit bis heute Abend. Denn der Amerikaner würde nicht begeistert sein, wenn er vom Totalschaden des Chevys erfahren würde. Den hatte er für Ira extra aus seiner Heimat importieren lassen. Und natürlich würde er sich große Sorgen um die verletzte Nachbarin machen. Es durchzuckte Peter, als ihm klar wurde, dass er auch ihr beibringen musste, dass ihr Auto ein Totalschaden war. Sie liebte ihren Pickup. Wie würde sie reagieren?

»Das wird ein Scheißabend«, sagte er laut. Malte und Hermann blickten ihn besorgt an.

»Na, ich muss doch Ira sagen, dass ihr Auto hin ist!«, erklärte er mit verzweifeltem Unterton. Die Kollegen nickten verständnisvoll.

»Sollen wir mitkommen und Händchen halten?«, erkundigte sich Malte in sanftem Ton bei Peter. Als Antwort bewarf ihn Peter mit seinem Kugelschreiber.

Da meldete sein Handy mit einem »bling, bling« eine Nachricht. Peter blickte aufs Display. Die Nachricht kam von Jim. Ihr Inhalt war kurz und knapp, typisch für den Amerikaner. Sie lautete: »What's up?«

Jim hatte nochmals über das Telefonat mit Peter nachgedacht und gemutmaßt, dass etwas nicht stimmte. Zudem war Nachbarin Nadine mit dem Chevy immer noch nicht zurückgekommen, obwohl es bereits später Nachmittag war. Nun wollte Jim vom Kommissar wissen, was eigentlich los war. Denn der wiederum hatte ihm zu viele Fragen gestellt – in einem besorgten Tonfall, der dem Amerikaner gar nicht gefallen hatte.

»Warum soll ich Hiob spielen, das kann doch auch Jim machen«, überlegte Peter Brand. Lieber würde er Jim berichten, dass das Auto ein Totalschaden war und die Nachbarin im Krankenhaus lag. Das war allemal leichter, als es Ira zu sagen. So konnte Jim die schlechte Nachricht übermitteln. Und Ira würde sich dann mit Sicherheit beruhigt haben, bis er Feierabend machte und nach Hause kam.

Zufrieden nickend, griff Peter erneut zum Handy und rief Jim an. Er schilderte ihm die Ereignisse und bat ihn, Ira davon zu berichten, wenn sie vom Shoppen zurückgekommen war. Jims Antwort bestand nur aus drei Wörtern, bevor er das Gespräch beendete: »Shit, shit, shit!«

Kapitel 15

Knapp eine Stunde später bog Viktoria in den Hof vor Iras Haus mit den Worten ein: »So, Madame. Da wären wir.«

Ira reagierte nicht, sondern blickte sich suchend um. Wo war ihr Chevy? Es war schon kurz nach 16 Uhr. So lange würde Nadine doch wohl nicht einkaufen?

»Was ist los?«, unterbrach die Freundin ihre Gedanken. »Bin ich das letzte Stück so schnell gefahren, dass es dir die Sprache verschlagen hat?«, witzelte sie.

Ira schüttelte den Kopf. »Quatsch. Ich frag' mich nur, wo mein Auto ist.«

Erst jetzt fiel Viktoria auf, dass der Hof leer war. Kein Wagen weit und breit. Stattdessen sah sie, wie Jim in seiner blauen Latzhose aus der Werkstatt trat und gemächlich auf sie zukam.

»Kuck mal, wir bekommen Besuch«, sagte sie und deutete in seine Richtung.

Die Journalistin drehte den Kopf und erblickte Jim. Sofort bekam sie ein mulmiges Gefühl. Jims Mimik gefiel ihr nicht. Er sah ernst, vielleicht sogar etwas besorgt drein, als er sich Viktorias Sportwagen näherte.

»Da stimmt was nicht«, murmelte Ira und öffnete gleichzeitig die Wagentür. Dabei schnappte sie sich ihre Tasche, stieg aus und schlug heftiger als gewollt die Tür zu.

Auch Viktoria stieg aus. Sie ging zum Kofferraum und holte Iras Einkaufstüten heraus. Dabei schaute sie den Amerikaner an. Auch ihr war aufgefallen, dass er ein ernstes Gesicht machte.

»Hey, Darling«, grüßte Jim Ira. »Habt ihr beiden Hübschen schön eingekauft?«

Viktoria nickte und lächelte. Doch Ira stellte sich direkt vor ihn und wollte wissen: »Was ist passiert, Jim?«

Der antwortete nicht gleich, sondern kratzte verlegen an einem eingetrockneten Ölfleck an seiner Latzhose herum.

»Wie soll ich am besten anfangen?«, überlegte er.

Doch Ira nahm ihm die Entscheidung ab. »Sag einfach, was los ist. Und wo ist mein Auto?«, stieß sie ungeduldig aus.

Jim erzählte geradeheraus, was sich ereignet hatte. Viktoria, die gerade den Kofferraum wieder schließen wollte, verharrte in ihrer Bewegung und hörte fassungslos zu.

»Und Nadine ist bis auf einer Gehirnerschütterung und einer Platzwunde nichts passiert? Gott sei Dank«, seufzte Ira. Dies hatte ein Polizist dem Amerikaner erzählt. »Der Chevy ist nur Blech und kann ersetzt werden. Aber wenn Nadine mehr passiert wäre …«, rief sie laut aus.

Der Amerikaner nickte.

»Da hat sie Glück gehabt. Was mich allerdings wundert, ist, dass ihr so ein Unfall überhaupt passiert ist. Sie ist doch eine gute Fahrerin. Umsichtig und eher vorsichtig«, stellte Viktoria fest.

Dann blickte sie auf die Uhr und sagte: »So, ich fahr' jetzt heim. Friedrich wird gleich nach Hause kommen. Wenn du was brauchst, melde dich. Wenn's klemmt, kannst du meinen Golf haben. Ein Anruf genügt.«

Wieder einmal zeigte sich Viktoria von ihrer pragmatischen Seite. Und eben die schätzte Ira sehr. »Dank dir, und richte Friedrich bitte schöne Grüße aus«, nickte Ira ihr zu.

Während Viktoria schon wieder im Auto saß und sich auf den Heimweg machte, legte Jim seinen Arm um Ira. »Jetzt gibt's erst einmal einen heißen Kakao. What about?«, erkundigte er sich väterlich.

Die Journalistin stimmte zu. »Ich bring' nur kurz die Einkaufstaschen rein, dann komm' ich«, kündigte sie an. Ja, Kakao war auf diesen Schock genau das Richtige. Dankbar lächelte sie Jim an. Dabei schossen ihr tausend Gedanken durch den Kopf.

Warum war Nadine so schnell unterwegs gewesen? Das konnte doch gar nicht sein! Die Mutter zweier Kinder wusste, wie man Auto fährt. Und vor allem war sie mit Sicherheit extra anständig unterwegs gewesen, da sie mit Iras Auto fuhr. Was war bloß passiert?

Mit diesen Gedanken im Kopf ging sie zu ihrem Haus, öffnete die Tür und stellte die Tüten in der Diele ab. Sofort machte sie auf dem Absatz kehrt, schloss die Haustür und folgte Jim. Der war bereits auf dem oberen Treppenabsatz vor seiner Wohnung angelangt.

»Ich komm' gleich. Ich rauch' nur noch eine«, rief Ira zu ihm hoch. Er hob kurz die Hand, um zu signalisieren, dass er sie gehört hatte. Dann verschwand er in seiner Wohnung, um den Kakao zuzubereiten.

Die Journalistin zündete sich eine Zigarette an und nahm einen tiefen Zug. In Gedanken ging sie ihre anstehenden Termine durch. Die beiden nächsten Tage hatte sie ohnehin nichts vor. Das war gut. Denn wenn ihr Chevy tatsächlich ein Totalschaden war, musste sie sich schnellstmöglich nach einem neuen Auto umsehen. Wieder zog sie an der Zigarette.

»Was hab' ich eigentlich noch im Kühlschrank? Muss ich dringend irgendwelche Lebensmittel einkaufen?«, überlegte sie. Nein, es war genug da. Sie würden nicht verhungern. So konnte sie gedanklich auch hinter diese Überlegung einen Haken machen. Sollte doch etwas fehlen, könnte ja Peter noch rasch etwas einkaufen. Wenn dies ein Unfall mit so großem Schaden war, würde Peter davon wissen. Zumal es sich bei dem verunfallten Auto um ihren Wagen handelte, der in Polizeikreisen hinlänglich bekannt war. Plötzlich erkannte Ira, was das wirklich Prekäre an der Sache war: Nadine hatte dieselben langen, blonden Haare wie sie. Und hatte hinterm Steuer gesessen.

»Oh Gott, Peter muss geglaubt haben, dass ich es bin, die verunglückt ist«, überlegte sie. Da fiel ihr ein, dass er versucht hatte, sie telefonisch zu erreichen. Aber sie hatte ja ihr Handy ausgeschaltet, da sie ungestört shoppen wollte! Und bei ihrem Rückruf war sie am Besetzt-Zeichen gestrandet, da er selbst ein Telefonat geführt hatte.

»Ich muss mich bei ihm melden«, sagte sie laut und holte ihr Handy aus der Tasche. Beim Blick darauf sah sie, dass Peter es erneut versucht hatte. Doch da sie es immer noch auf lautlos hatte, war ihr auch dieser Versuch entgangen. Bei der Journalistin wuchs das schlechte Gewissen. »Der Arme«, stieß sie aus, während sie bereits seine Nummer wählte. Doch es war wieder belegt.

In diesem Moment rief Jim zu ihr durchs Küchenfenster in den Hof: »Kakao is ready.« Ira steckte das

Handy wieder ein, nahm einen letzten Zug ihrer Zigarette, drückte diese aus und marschierte los zur Treppe.

»I'm coming«, rief sie zurück. Hatte allerdings vergessen, ihr Handy wieder auf laut zu stellen. So bekam sie nicht mit, dass Peter erneut versuchte, sie zurückzurufen.

»Warum geht sie nicht ran, sie hat es doch gerade bei mir probiert?«, wunderte er sich. Zuvor hatte er das Ergebnis der Spurensicherung bekommen und konnte daher ihren Anruf nicht entgegennehmen.

Der Kommissar blickte auf seine Uhr. »Ist eh' bald Feierabend. Heute geh' ich pünktlich«, nahm er sich vor. Dann konnte er mit Ira in aller Ruhe reden. Sie war jetzt sicher bei Jim und saß auf dessen Sofa mit einem Pott warmem Kakao in der Hand.

»Auf Jim ist Verlass«, lächelte Peter dankbar. Ja, er kannte seine Pappenheimer.

Fünf Minuten später trank Ira genüsslich den heißen Kakao in kleinen Schlucken. Dabei kuschelte sie sich an Jim, der sich noch kurz umgezogen hatte. Heute war Feierabend, morgen konnte er weiterschrauben. Jetzt nahm er sich Zeit für Ira.

Und die hatte gerade eine Erleuchtung. Laut dachte sie nach: »Bin ich blöd. Bei einem Unfall wird ja sofort nach einem Ausweis oder Führerschein gesucht. Die haben gleich erkannt, dass Nadine hinterm Steuer saß. Und somit auch Peter Bescheid gegeben«, war sie sich sicher.

Jim nickte. »Sure.« Deshalb habe Peter bei ihm angerufen und ihm aufgetragen, nach ihr zu schauen.

»Manchmal bin ich eben doch blond«, gab Ira grinsend zu. Aber nachdem sie Jims Nachricht gelesen hatte, hatte für kurze Zeit ihr logisches Denken ausgesetzt.

»Du hattest Angst, dass Peter sich deinetwegen Sorgen macht, stimmt's?«, lächelte Jim Ira liebevoll an und ordnete eine Haarsträhne, die ihr ins Gesicht gefallen war.

Die Journalistin nickte. »Du magst ihn schon sehr, oder?«, schob der Amerikaner nach.

»Klar«, nickte Ira eifrig wie ein kleines Kind, das man gefragt hat, ob es ein Eis möchte.

»Aber das ist doch mehr als mögen. Du liebst ihn«, stellte Jim fest.

Ira sah ihn an. Früher hätte es sogleich eine Schimpftirade gegeben, denn sie sprach ungern über ihre Gefühle. Doch diesmal blieb sie still. Iras Mund war geschlossen und sie schaute verlegen vor sich hin.

Der Amerikaner kommentierte ihre Reaktion mit einem gütigen Lächeln. Er fragte sich, ob er nicht vielleicht doch noch Iras Trauzeuge werden würde. Auch wenn sie sich stets eisern gegen Peters Heiratsanträge wehrte. Doch da gab es ja dieses alte Sprichwort: Steter Tropfen höhlt den Stein. Und Peter war nicht der Mann, der aufgab. Das wusste der Amerikaner. Ira und der Kommissar passten zusammen. Da gab es für ihn keinen Zweifel mehr. Zwar waren die beiden zwei Dickköpfe und ziemlich gegensätzlich, aber auch zwei, die sich seit Jahren liebten und zusammenhielten. Jeder gab dem anderen den nötigen Freiraum. Sie klebten nicht aneinander, was Gift für ihrer beider Temperament gewesen wäre. Seinen Segen hatten sie allemal.

»So, das war jetzt lecker«, strahlte Ira Jim dankbar an und stand auf. Er erkundigte sich verblüfft, ob sie noch etwas vorhabe.

»Ja, ich will ein bisschen weiterschreiben an der Biografie. Und Peter kommt heute bestimmt auch sehr pünktlich heim«, sagte sie und zwinkerte ihm zu.

Der Amerikaner nickte lächelnd. Nachdem er sich erhoben hatte, nahm er sie fest in die Arme: »Take care, my Darling!«

Ira nickte ebenfalls und hatte schon wieder ihr koboldmäßiges Grinsen drauf. Mit ihren großen blauen Augen sah sie ihn an: »Gefahr erkannt, Gefahr gebannt. Ich bin schon groß.«

Durch den vermeintlichen »Unfall« wusste sie, dass ihr tatsächlich jemand auf den Fersen war, der es nicht gut mit ihr meinte. Doch sie war gewiss niemand, der sich einschüchtern ließ. »Ich halte meine Augen offen. Der kriegt mich nicht klein«, sagte sie mit trotzigem Gesichtsausdruck. Sie sorgte sich mehr um ihre verletzte Nachbarin im Krankenhaus. »Hoffentlich kommt sie schnell wieder auf die Beine. Ich werde sie besuchen gehen«, nahm sie sich vor.

Jim legte den Kopf ein wenig schief und lächelte. Ja, so kannte er Ira. Sie war eine Kämpfernatur. Aber genau diese Eigenschaft machte ihm auch Sorgen.

»Peter wird das schon in den Griff kriegen«, beruhigte er sich aber gleich wieder. Alle würden auf der Hut sein und ein Auge auf Ira haben. Dessen war er sich sicher.

Ira löste sich aus der Umarmung, gab ihm noch ein Küsschen auf die Nasenspitze und ging.

Bereits wenige Minuten später stand sie in ihrem Schlafzimmer mit der neuen weißen Jeans in der Hand und betrachtete die Hose zufrieden. Sie wollte sie schon in den Schrank legen, da blieb ihr Blick am Bund haften.

»Ach, die Etiketten«, murmelte sie und riss diese kurzerhand weg. Jeder andere hätte zur Schere gegriffen, nicht so Ira. Selbst wenn sie eine feine Bluse kaufte, riss sie die Etiketten weg. Da war es schon vorgekommen, dass der Stoff dadurch beschädigt worden war. Wenn sie die Bluse dann zu einem späteren Zeitpunkt erstmals anzog, machte Peter sie darauf aufmerksam, dass ihre neue Bluse einen Riss im Stoff habe. Und legte ihr dann immer nahe, die Etiketten doch mit einer Schere behutsam zu entfernen. Aber sie war eben unbelehrbar.

Schließlich legte sie die Jeans in den Kleiderschrank auf einen höchst windschiefen Stapel. Ordnung war für sie nicht das halbe Leben. Eher das viertel. Und wenn sie die Schranktür nicht blitzschnell wieder schloss, konnte es durchaus geschehen, dass ein schiefer Stapel Kleidung nicht mehr die Balance halten konnte und die Klamotten sich auf den Boden ergossen. Aber diesmal war die Journalistin schneller als die Schwerkraft – der Boden blieb unbehelligt.

Dann ging sie zu ihrem Schreibtisch, setzte sich und ermunterte sich selbst: »Los geht's!«

Lange Zeit hörte man nur das leise »klack, klack« der Tastatur. Ira kam gut voran. Sie musste zwar immer wieder einen Blick in die Unterlagen werfen, damit sie die Adelstitel und Jahreszahlen aus dem Leben des Barons richtig wiedergab. Aber es lief wie am Schnürchen.

Als sie über die Geburten der drei Kinder schrieb, stutzte sie plötzlich. »Mist, jetzt fehlt mir das Geburtsdatum des Sohnes. Verdammt. Das brauch' ich natürlich. Er ist ja schließlich der Stammhalter«, ärgerte sie sich über ihre eigene Nachlässigkeit. Wobei, es war nicht ihre Schuld gewesen. Denn immer wenn es um seinen Sohn ging, wurde der Baron einsilbig und wechselte gern das Thema. Vom Werdegang seiner Töchter etwa berichtete er stets ausführlich und voller Stolz. Gern ging er auch auf die Lebensläufe seiner Enkel ein.

Die Journalistin mutmaßte, dass er sich mit seinem Sohn nicht so gut verstand, wie er es sich gewünscht hätte. Da er das jüngste seiner Kinder war, war er wohl von der Mutter etwas verhätschelt worden.

»Meine Frau war zu gutmütig«, hatte der Baron einmal beiläufig erwähnt, war dann aber sofort dazu übergegangen, die Fakten zu erläutern. Kurz hatte er noch angefügt, dass sein Sohn noch nicht verheiratet sei und keine Kinder habe. Bei dieser Feststellung hatte sie die Unzufriedenheit des Blaublüters über seinen Stammhalter förmlich gespürt.

Ira hatte sich ihren eigenen Reim darauf gemacht. Und betrachtete natürlich auch die andere Seite, wie es sich für eine Journalistin gehörte. »Wer will schon der Sohn eines adligen und erfolgreichen Unternehmers sein, der ab dem Tag der Geburt alle Hoffnungen in einen setzt?« Diese Nummer war schwer, galt es doch, in übergroße Fußstapfen zu treten. Da war eine individuelle Entwicklung der Persönlichkeit kaum möglich. Das konnte sie sich lebhaft vorstellen.

Wie oft hatte sie mit ihrer eigenen Mutter Stress gehabt, weil sie nicht in ihre Fußspuren treten wollte, sondern zur Zeitung gegangen war? Dabei hätte Ira doch baldmöglichst heiraten und viele Kinder bekommen sollen. Ein geruhsames Leben, hübsch abhängig vom Ehegatten. »Du passt nicht zu uns« oder »Du schlägst aus der Art« und »von mir hast du das nicht«, hatte sie immer wieder zu hören bekommen. Und das konnte wirklich nerven.

Irgendwann hatte sich Ira geschworen, niemals zu heiraten. Sie wollte ihre Selbstständigkeit nicht aufgeben. Nicht »Danke« sagen müssen. Sie wollte ihr eigenes Ding machen. Vielleicht hatte sie deshalb sofort eine gewisse Sympathie für den Sohn des Barons gespürt. Dieser hatte gleich fünf Vornamen erhalten und darüber hinaus die schwere Bürde auferlegt bekommen, die Linie weiterzuführen. Sprich, mindestens einen Sohn zu zeugen.

Die Journalistin verstand sich auf Anhieb mit ihm. Und ab und zu, wenn sie von einer Sitzung bei Graf Bobby durch den Schlosspark und das große Tor zu ihrem Wagen ging, sahen sie sich aus der Ferne. Er wohnte in einem Haus an der Straße, die zum Schloss führte, in der er auch sein Büro hatte.

Die beiden Töchter hingegen lebten in anderen Orten. Die eine war eine gute Bekannte von Ira, die andere kannte sie nicht. Der Sohn hatte sich ganz am Anfang bedankt, dass sie die Biografie seines Herrn Vater schreiben würde.

»Ich beneide Sie nicht. Er hat unglaublich hohe Ansprüche und ist pedantisch«, hatte er sie gewarnt. Dabei hatte er sie spitzbübisch angelächelt, und der Journalistin war sofort die große Ähnlichkeit mit seinem Vater aufgefallen. Die braunen Augen, die schmalen Lippen und das ausgeprägte Kinn mit dem kleinen Grübchen in der Mitte. Was ihm natürlich auch immer wieder gesagt wurde – sehr zu seinem Leidwesen. Und unternehmerisch war er ja auch tätig. Wie sein Vater. Also, was hatte der dann solch ein Problem mit dem Sohnemann?

»Hilft ja nichts. Ich brauch' das Geburtsdatum«, ärgerte sich Ira. Es war gerade 18 Uhr. »Da kann ich noch anrufen«, befand sie und wählte die Nummer ihres Auftraggebers.

Bereits nach dem dritten Läuten ging er ran. Ira entschuldigte sich artig für die Störung, wurde aber augenblicklich unterbrochen. Denn der Adlige zeigte sich im höchsten Maße erfreut: »Meine Liebe, das ist aber schön, Ihre Stimme zu hören. Sie werden es nicht glauben, aber gerade hab' ich an Sie gedacht. Sie sind mir wirklich sehr ans Herz gewachsen. Was kann ich für Sie tun?«

Ira war verblüfft über seine Liebenswürdigkeit. Denn sie kamen zwar gut miteinander aus, wahrten aber stets eine gewisse Distanz. Seine Äußerungen gaben ihr manches Mal das Gefühl, dass er durchaus einen Unterschied zwischen adlig und bürgerlich machte. Er war eben vom alten Schlag. Und sie ein Arbeiterkind. Worauf sie allerdings stolz war. Und dies dem Adligen auch gern unter die Nase rieb. Natürlich auf kokette, charmante Weise.

Denn insgeheim hielt Ira vom Adel nicht allzu viel. Die Damen und Herren der Noblesse hatten ihre Titel meist irgendwann von höherer Instanz erhalten, da sie in irgendwelchen Kriegen Menschen abgeschlachtet und viel Kriegsbeute mitgebracht hatten.

Für Ira waren alle Menschen gleich. Es war ihr egal, wen sie vor sich hatte. Sie hatte schon sehr intelligente, aufgeschlossene Putzfrauen, völlig durchgeknallte, arrogante Adlige und absolut sympathische Millionäre, die aus der Arbeiterschicht stammten, kennengelernt. Sie schloss niemals von einem Beruf oder dem sozialen Status auf die Persönlichkeit. Oder von der Kleidung auf den Geldbeutel der Person, die diese trug. Die Journalistin ließ sich selten blenden, sie versuchte stets in die Herzen zu sehen. Und wer seinen Reichtum offen zur Schau stellte, war ihr sofort suspekt. Nicht selten gehörte da die Luxuskarosse nicht dem Fahrer, sondern der Bank. Oder war die Insolvenz eines dem Ruf nach einflussreichen Unternehmers auf dem Fuß gefolgt. Oder hatte sich herausgestellt, dass ein vermeintlich hoch angesehener Bürger einer Gemeinde oder Stadt hohe Summen aus einer Stiftung veruntreute.

Amüsant fand die Journalistin immer, dass gerade die Menschen, die dieser Person am offensichtlichsten in den Hintern gekrochen waren, dann sagten: »Das hab' ich ja gleich gewusst.« In ihrem Berufsleben war ihr schon vieles untergekommen. Daher war Ira eher misstrauisch, wenn es um Adel oder Geldadel ging. Sie glaubte prinzipiell nicht alles. Und ihr ständiges Nachfragen ging da schon manchem Zeitgenossen auf den Senkel. Die Journalistin verließ sich aber auf ihren Instinkt und bildete sich prinzipiell ihre eigene Meinung.

»Ich habe versäumt, das Geburtsdatum Ihres Sohnes aufzuschreiben. Aber ich schreibe gerade an dieser Passage Ihrer Biografie. Würden Sie mir bitte das Datum nennen? Dann kann ich weiterschreiben«, bat Ira.

Graf Bobby räusperte sich kurz. Dann deklamierte er, als würde er aus einem Protokoll vorlesen: »Philipp Julius Nikolaus Ludwig Hubertus wurde am 28. Mai 1979 als drittes Kind geboren.«

Die Journalistin bedankte sich herzlich und wollte noch einen schönen Abend wünschen. Überraschend kam da die Frage ihres Gesprächspartners: »Ich hätte morgen früh einen Termin gehabt, aber der wurde abgesagt. Hätten Sie Zeit und Lust zu kommen? Schließlich soll die Biografie ja bald fertiggestellt sein. Das dürfte auch in Ihrem Interesse sein.«

Wie immer hatte die Journalistin genau hingehört. Er klang nicht so kraftvoll wie gewöhnlich. Seine Frage war fast schon eine Bitte gewesen. Sie überlegte, was den Adligen wohl bedrückte. Ihr war in letzter Zeit ohnehin aufgefallen, dass er nicht mehr so unternehmungslustig war wie zu Beginn ihrer Treffen. Er wirkte von Mal zu Mal müder und irgendwie lustlos. Da sie ohnehin keinen Termin am nächsten Tag hatte, sagte sie spontan zu.

»Ich habe Zeit und komme gern«, versicherte sie. Schließlich mochte sie den alten Herrn. Seine Reaktion war überschwänglich: »Oh, wie mich das freut! Sie sind meine Sonne. Herzlichen Dank. Also um neun Uhr, wie immer? Bis morgen. Und einen schönen Abend noch, meine Liebe.« Er hatte aufgelegt.

Ira blickte verblüfft auf ihr Handy. »Der freut sich wirklich. Dann soll es mir recht sein. Die Biografie kann ja auch nicht zur unendlichen Geschichte werden. Auch wenn ich ihn und das Schloss mag«, überlegte sie.

Ob sie sich wohl nach der Veröffentlichung des Werks nochmal treffen würden? Sie hatte langsam das Gefühl, als sehe er in ihr eine weitere Tochter. Nicht nur einmal hatte er sie für einen Artikel gelobt, starkes Interesse an ihrer Arbeit gezeigt. Und an ihrem Leben. Er sparte nicht mit Lob für ihr Streben nach Selbstständigkeit und Unabhängigkeit. Und hatte immer wieder festgestellt: »Sie machen etwas aus Ihrem Leben. Das ist sehr gut.« Zudem bescheinigte er ihr einen exquisiten Geschmack bei Antiquitäten. Und staunte über ihr Fachwissen in Sachen Denkmalschutz.

Zeitgleich war auch der Adlige in Gedanken versunken. Er saß in seinem hohen Lehnsessel am Kamin mit einem Glas guten Rotwein in der Hand. Vor seinem inneren Auge sah er Ira. Die blonde Journalistin, die sein Leben mehr bereicherte, als sie ahnte.

Am meisten gefiel ihm, dass sie das Schloss liebte. Er beobachtete sie gern, wenn sie mit ihren zarten Fingern verspielt über die Möbel strich. Sie wusste alles zu schätzen. Das Silber, die Gobelins, die Heiligenfiguren und Teppiche. Sie kannte ihren Wert – auch den ideellen – und hatte Hochachtung vor dem Kunsthandwerk. Und das, obwohl sie eine Bürgerliche war. Aber ihr Stolz war geradezu adlig. Doch das Beste an ihr waren ihre Begeisterungsfähigkeit und ihre Neugier. Sie war so lebendig und voller Lebensfreude. Und dabei hatte sie wohl eine sehr gute Erziehung genossen. Sie benahm sich nie daneben. Bewahrte perfekt die Contenance, wenn er wieder einmal übers Ziel hinausschoss. Etwa munter über die Verfehlungen von Familienangehörigen berichtete. Sie schrieb so, wie er es sagen, aber niemals über die Lippen bringen könnte.

»Sie wurde mir vom Herrgott gesandt«, war sich der strenggläubige Katholik sicher. Und er freute sich auf den Tag, an dem er seine Biografie in Händen halten würde. Dies würde auch der Tag werden, an dem er Ira Sander ein großes Geschenk machen würde. Mit dem sie mit Sicherheit nicht rechnete. Es war bereits alles dafür vorbereitet.

Dieser Gedanke zauberte dem alten Herrn ein liebevolles, zufriedenes Lächeln ins Gesicht. Und vorsichtshalber hatte er sich diesbezüglich bereits an seinen Anwalt gewandt. Man konnte ja nie wissen …

Keineswegs zufrieden und überhaupt nicht liebevoll schlug sich Ira mit der flachen Hand auf die Stirn. Auch von Contenance war nichts zu spüren, als sie laut feststellte: »Ich bin doch ein Trottel.«

Gerade war ihr eingefallen, dass sie gar kein Auto hatte. Der Chevy war schließlich hin! Aber sie wollte Graf Bobby auf keinen Fall absagen.

»Ich hab's«, rief sie, griff zum Handy und rief Viktoria an. Nach wenigen Sekunden war das Gespräch bereits beendet, und Ira konnte wieder lächeln. Denn sie würde am kommenden Morgen mit dem alten Golf der Freundin bei Graf Bobby vorfahren.

Kapitel 17

Das Schreiben ging Ira jetzt leicht von der Hand. Dadurch, dass sie nun alle Geburtsdaten der Kinder hatte, war das Kapitel über den Nachwuchs zügig abgeschlossen.

Als sie gerade den letzten Satz fertiggeschrieben hatte, kam Peter nach Hause. Unüberhörbar, denn in der Diele hatte er sich in gewohnter Manier mit seinen übergroßen Füßen an der Kommode gestoßen. Zugegeben, zwischen Garderobe und Kommode ging es eng her. Aber man musste ja auch nicht Schuhgröße 48 haben. Und so war oft das erste, was dem Kommissar beim Betreten der Wohnung über die Lippen kam, ein herzhafter Fluch. So auch heute. Und wie immer in dieser Situation rief dann Ira in die Diele: »Auch dir einen wunderschönen guten Abend, mein Schatz!«

Gemeinsam mit Malte und Hermann hatte sich der Kommissar einen Schlachtplan ausgedacht: So lange sie nicht wussten, wer Ira verfolgte, wollten sie abwechselnd ein Auge auf sie haben, wenn sie zu ihren Terminen fuhr.

Peter wusste, dass momentan ohnehin nicht viel los war. Die wenigen Termine, die es gab, wurden von den Redakteuren erledigt. Das verschaffte den Herren Kommissaren etwas Luft, um herauszufinden, wer es auf die Journalistin abgesehen hatte. Dass Iras Auto nicht mehr einsatzfähig war, kam ihnen ebenfalls entgegen. So konnte sie keine Last-Minute-Termine annehmen. Denn so schnell würde sie weder ein Auto leihen, noch kaufen können. Das gab ihnen mehr Zeit, dem Übeltäter auf die Schliche zu kommen.

Gerade, als der Kommissar sich zum wiederholten Mal den Fuß an dieser vermaledeiten Kommode gestoßen hatte, war er den Schlachtplan im Kopf nochmal durchgegangen. Ira würde die nächsten Tage sicher sein. So zumindest seine irrige Annahme.

Wenige Augenblicke später stand er bei ihr und nahm sie fest in die Arme. »Na, mein Schatz. Warst du auch fleißig?«

Ira nickte und berichtete, dass sie ein weiteres Kapitel der Adelsbiografie fertig hatte. »Soll ich uns jetzt Maultaschen rösten und einen Salat dazu machen?«, erkundigte sie sich.

»Das wäre fein«, freute sich der Kommissar. »Ich hätte nicht gedacht, dass du bei all dem Einkaufsstress mit Viktoria auch noch so aufwändig kochen würdest«, schob er schelmisch grinsend nach.

Die Journalistin baute sich vor ihm auf und hob dabei den Zeigefinger. »Nicht frech werden, Herr Kommissar!« Die Szene sah lustig aus, denn Ira war um einen ganzen Kopf kleiner als Peter.

»Huh, jetzt krieg ich aber Angst«, lachte Peter laut auf und zog sie abermals an sich. Er flüsterte ihr ins Ohr: »Du weißt schon, dass du heute verdammtes Glück hattest?«

Die Journalistin nickte und schmiegte sich an ihn. Sie genoss es, ihn so nah zu spüren und drückte sich an ihn, als wollte sie in ihn hineinschlüpfen.

»Mein Mädel«, sagte Peter leise und küsste sie zärtlich auf den Hals. Ira genoss es in vollen Zügen.

»Du warst sooo lange weg«, spielte sie auf seine Fortbildung an. Vor allem aber wollte sie das Thema wechseln. Im Moment war ihr völlig schnuppe, wer es auf sie abgesehen hatte. Ihr stand der Sinn eher nach etwas anderem. Sie sog Peters Geruch ein, stellte sich auf die Zehenspitzen und ihre Lippen fanden sich. Sie küssten sich leidenschaftlich.

»Du hast mir auch gefehlt, mein Mausi«, gab der Kommissar etwas atemlos zurück, als der innige Kuss beendet war.

Ira löste sich von ihm und blickte ihn an wie eine strenge Gouvernante. »Hast du gerade Mausi gesagt, alter Mann?«, erkundigte sie sich lauernd.

Statt einer Antwort hob Peter sie einfach hoch. »Ja. Außerdem hast du eh keine Lust zum Kochen und ich jetzt keinen Hunger mehr. Mein Appetit geht in eine andere Richtung«, stellte er grinsend fest und trug sie kurzerhand in Richtung Schlafzimmer.

»Frechheit, du weißt, wie leidenschaftlich gern ich koche«, rief Ira und kicherte.

»Bring deine Leidenschaft lieber woanders ein. Und das mit dem alten Mann wollen wir doch mal sehen, Mausi«, frotzelte der Kommissar, als sie im Schlafzimmer angekommen waren.

Die Küche blieb an diesem Abend verwaist und die Maultaschen im Kühlschrank.

»Bist du heute für die Zeitung unterwegs?«, erkundigte sich Peter am nächsten Morgen.

Ira schüttelte den Kopf. »Nein«, kam es etwas undeutlich aus ihrem Mund. Kein Wunder, ab 200 Gramm wurde es undeutlich – und sie hatte gerade einen besonders großen Löffel Haferflocken aus ihrer Müslischüssel zu sich genommen. Ja, Haferflocken. Denn immer, wenn sie vor dem großen Regal mit den sogenannten Frühstücks-Cerealien stand, war sie überfordert. Was es da nicht alles gab. Dinkel-Cranberry-Honig-Müsli, Cornflakes mit und ohne Schokolade, Zimt oder irgendwelchen seltsamen Farben, die als Frucht angepriesen wurden. Natürlich auch Schokolinsen, Zimtnuggets und weiß Gott was noch alles. Da besann sich Ira gern ihrer Kindertage und griff zu Haferflocken. In manchen Dingen war sie einfach altmodisch.

Der Kommissar blickte auf die Uhr. »So, mein Schatz, dann geh' ich jetzt mal arbeiten. Könntest du mir bitte immer Bescheid geben, wenn du aus dem Haus gehst?

»Ja«, kam Iras knappe Antwort.

»Und sag auch gleich, wo du hinfährst«, bat Peter.

»Jaha«, murmelte Ira.

»Dann bist du heute Abend daheim, wenn ich wiederkomme?«, rief Peter, der bereits in der Diele war.

»Ja«, brummte Ira und verdrehte die Augen; sie hatte sich gerade in einen Zeitungsartikel vertieft.

»Liebst du mich?«, erkundigte sich Peter, mittlerweile im Schlafzimmer.

»Jaaa«, antwortete die Journalistin schmunzelnd.

»Wenn du heute Wäsche machst, denkst du an meine dunkle Jeans?«, bat Peter.

»Jahaaa«, grinste Ira immer noch.

»Hast du heute deinen Ja-Tag?«, wollte Peter wissen, der jetzt wieder hinter ihr stand, um ihr ein Abschiedsküsschen zu geben.

»Ja«, schmunzelte die Journalistin.

»Willst du mich heiraten?«, fragte Peter listig.

Stille.

Die Journalistin legte ihren Kopf an die Stuhllehne und blickte zu ihm hoch. Sie sagte immer noch nichts.

Da fing Peter an, wie Rumpelstilzchen herumzuhopsen. »Du hast nicht Nein gesagt, jetzt hab' ich dich!«

Ira antwortete immer noch nicht, sondern schaute ihm amüsiert bei seinem Tänzchen zu. Ja, sie hatte diesmal nicht abgelehnt. Denn längst war ihre Abwehr bezüglich einer Heirat gebrochen. Insgeheim bewunderte sie die Hartnäckigkeit des Kommissars, der in regelmäßigen Abständen um ihre Hand anhielt. Seit Jahren allerdings umsonst.

Nun blieb sie still. Es sprach eigentlich nichts gegen eine Heirat. Sie machte ohnehin seine Wäsche, kochte ab und zu, kümmerte sich auch so mehr oder weniger um den gemeinsamen Haushalt – und konnte sich ein Leben ohne ihn sowieso nicht mehr vorstellen.

»Wir werden dieses Thema heute Abend vertiefen. Jetzt geh' ich ins Büro und lade das ganze Polizeirevier ein«, kündigte der Kommissar übermütig an. Dabei hatte er starke Ähnlichkeit mit einem kleinen Jungen, der gerade seinen Lieblingswunsch zu Weihnachten erfüllt bekommen hatte.

Ira blickte ihn warnend an: »Ich habe nicht Ja gesagt«, erinnerte sie ihn.

Peter küsste sie stürmisch und stellte fest: »Aber auch nicht Nein, mein Mausi!«

Bevor sie ihm ihren Kugelschreiber nachwerfen konnte, der fürs Lösen des Kreuzworträtsels parat lag, war der Kommissar bereits kichernd in die Küche entwischt.

»Tschüss, meine künftige Ehefrau«, rief er über die Schulter und verließ glückselig das Haus.

Ira blieb am Tisch sitzen und überlegte, ob sie ihm jetzt tatsächlich indirekt das »Ja« zur Heirat gegeben hatte.

Dann zuckte sie mit den Achseln, stand auf und machte sich einen Kaffee. Dabei fiel ihr ein, dass sie Peter nichts von ihrem Termin beim Baron gesagt hatte. Der war ihr glatt entfallen.

»Macht nichts. Er hat ja auch nur gefragt, ob ich für die Zeitung unterwegs bin«, plapperte sie munter vor sich hin. Und dass sie ihm jedes Mal, wenn sie das Haus verlassen würde, Bescheid gab, das konnte er doch wirklich nicht ernst gemeint haben? Sie war doch kein Baby mehr. Sie konnte sehr wohl auf sich selbst aufpassen.

Ira bekam einen trotzigen Gesichtsausdruck. »Ich werde allein dahinterkommen, wer es auf mich abgesehen hat. Der kriegt mich nicht. Da muss er schon früher aufstehen«, war sie sich sicher. Dabei nickte sie bekräftigend und schnappte sich ihren Kaffeebecher.

Wie sehr sie sich mit dieser Annahme allerdings irren sollte, war ihr zu diesem Zeitpunkt noch nicht bewusst.

»Du brauchst keine Rücksicht auf die Karre zu nehmen. Die ist eh schon ziemlich im Eimer. Ich hoffe, dass du gut ankommen wirst. Du weißt, sie hat so ihre Mucken«, warnte Viktoria ihre Freundin. Sie überreichte Ira die Schlüssel für den Golf. »Viel Spaß bei deinem Graf Bobby«, wünschte sie.

»Vielen Dank fürs Auto. Sonst hätte ich ja laufen müssen. Und das sind ein paar Kilometer zu viel«, lächelte Ira die Freundin dankbar an. »Heute Mittag hast du ihn wieder vor der Tür stehen.«

Viktoria winkte ab: »Eilt nicht. Mach' dir da keinen Kopf.«

Die Journalistin stieg in den Golf ein und winkte Viktoria zum Abschied. Die drehte sich um, setzte sich in ihren Sportwagen und brauste zur Arbeit.

»Ich muss in der Redaktion anrufen wegen der Wochenendtermine. Ich brauch' noch die Unterlagen«, ermahnte sich Ira, das Telefonat nicht zu vergessen. Gesagt, getan, rief sie an, als sie von Viktorias Haus zu ihrem fuhr, um ihr Notizbuch für den Baron zu holen.

Ihr Anruf wurde nicht von Annegret, sondern von Mara entgegengenommen: »Hey Ira, kann ich dir helfen? Annegret ist gerade hoch in die Sportredaktion.«

Die Journalistin foppte die junge Frau sogleich. »Na, was macht die Liebe?«, spielte sie auf die innige Umarmung der Kollegin mit dem attraktiven Mann an, von der sie Zeugin geworden war.

Mara kicherte. »Ganz gut.«

Die Journalistin meinte jedoch, einen zögerlichen Unterton gehört zu haben.

»Ganz gut nur?«, hakte sie nach.

Die junge Kollegin lachte etwas verschämt und meinte: »Ich bin wohl etwas zu ungeduldig. Er ist so lieb und galant. Aber eben auch sehr, sehr zurückhaltend. Du weißt, was ich meine ...«

Ira grinste, stieg aus und marschierte mit dem Handy am Ohr zum Haus. Dabei stellte sie fest: »Du meinst, küssen allein ist auch nicht alles?«

»Genau«, antwortete Mara. »Aber er interessiert sich sehr für meine Arbeit. Das freut mich. Er will immer alles genau wissen. Mit den Terminen und so«, berichtete Mara.

»Aber das ist doch schon die halbe Miete. Wer hält es schon mit Journalisten und ihren komischen Arbeitszeiten aus«, ergriff Ira für den Mann Partei, und schloss währenddessen die Haustür auf. Dabei klemmte sie das Handy zwischen Ohr und Schulter.

»Du hast Recht. Ich muss halt ein wenig reizvoller werden, dann wird das schon«, kicherte die Kollegin. »Und was kann ich jetzt für dich tun?«

Ira machte ihr klar, dass ihr Anliegen warten konnte und dass sie nur Unterlagen fürs Wochenende brauche. »Ich erwisch' Annegret nachher. Lass mal gut sein. Und jetzt Marsch, an die Arbeit«, motivierte sie die Kollegin. Dabei eilte sie die Treppe zu ihrer Wohnung hoch, öffnete die Tür und sauste wie der Blitz zum Schreibtisch.

»Okay, dir einen schönen Tag. Ich muss jetzt zu einem Pressegespräch ins Rathaus«, verabschiedete sich Mara.

Ira grüßte, beendete das Gespräch und legte das Handy auf den Schreibtisch. Sie griff sich das Biografie-Notizbuch. Angesichts der längeren Fahrzeit zum Baron beschloss sie, nochmals kurz die Toilette aufzusuchen. Ira ging mit dem Notizbuch zurück in die Diele, legte es dort auf die Kommode und verschwand im Bad. Kurz darauf kam sie zurück, nahm das Buch und verließ das Haus.

Wenige Augenblicke später war sie bereits in Viktorias altem Golf auf dem Weg zum Schloss. Sie freute sich auf den Blaublüter. Und das Wetter war herrlich. Ein strahlend blauer Himmel kündete von einem sonnigen Tag. Sie blickte auf die Uhr. »Oh, schon bald halb neun. Jetzt muss ich mich aber sputen. Denn eine halbe Stunde Fahrt muss ich schon einkalkulieren.« Ira drückte auf die Tube.

Der Baron blickte zeitgleich auf die Uhr. »Noch eine halbe Stunde, dann ist Ira Sander bei mir. Wie schön«, freute er sich auf seine Biografin. Er schlenderte in die Küche und setzte langsam den Kaffee auf. Er wusste, dass Ira eine Kaffeetante war. Sie sollte sich bei ihm so wohl wie möglich fühlen.

Längst hatte er sie mit ihrer unkonventionellen, herzlichen Art ins Herz geschlossen. Sie war eine, die anpacken konnte. Ihr Ideenreichtum war sensationell und ihr Schreibstil hervorragend.

»Sie würde eine gute Baroness abgeben«, überlegte er. Denn sie hatte Anstand im Leib, wusste die passenden Worte zu wählen. Ja, es war auch ihr gewitzter Charme, der ihn so einnahm. Gegen Ira waren seine beiden Töchter eher einfach gestrickt. Die beiden wussten zwar, wo ihr Platz im Leben war, aber gegen die Journalistin wirkten sie langweilig. Und Langeweile war etwas, das der Adlige überhaupt nicht leiden konnte.

Seit er nicht mehr in seinem Unternehmen tätig war und alles verkauft hatte, waren seine Tage sehr gleichförmig. Einer glich dem anderen. Er hatte zwar jede Menge Geld, aber wofür sollte er es ausgeben? Die ewigen Bittgesuche der Kirche und der Vereine kosteten ihm den letzten Nerv. Bettelei ging ihm gegen den Strich. Natürlich half er hie und da mal mit einer Summe aus. Spendete für die Sanierung des Kirchendachs oder auch für neue Uniformen eines Musikvereins. Brauchtum und Glauben waren wichtig. Aber eben nicht die Würze seines Lebens. Er wollte die letzten Jahre noch etwas erleben. Endlich einmal an sich selbst denken. Vielleicht auch mal etwas Verrücktes tun. Zu gern lauschte er Iras Erzählungen von ihren Urlauben mit ihrem Cousin. Es hatte den Anschein, als hätten die beiden schon manches Abenteuer erlebt.

Er hörte ihr überhaupt gern zu. Sie sprühte immer vor Energie. Und konnte sich so herrlich über Ungerechtigkeiten aufregen. Er würde die Biografie absichtlich in die Länge ziehen, damit er diese Frau noch einige Zeit um sich hatte. Wenn sie das Schloss betrat, brachte sie ihre Vitalität mit. Und das Beste an ihr war, dass Geld für sie keine Rolle spielte. Amüsiert hörte er ihr zu, wenn sie ganz begeistert über Schnäppchen redete, die sie gerade ergattert hatte. Sie war kein Geizhals, wusste jedoch, wie man mit Geld umging. Das war sehr gut. Sie war keine Verschwenderin; Luxus lag ihr fern. Das sah man auch ihrer Kleidung an. Ira war eher praktisch veranlagt. Trat aber auch den Beweis an, dass man mit einfacher Kleidung gut aussehen konnte.

Wobei, kürzlich hatte sie sogar einmal ein Kleid getragen, das ihre Figur umschmeichelte, ihre Zartgliedrigkeit voll zur Geltung brachte. Der Baron befand, dass Ira von Haus aus etwas Edles an sich hatte. So richtig beschreiben konnte er nicht, wie er es meinte. Vielleicht war es ihre weibliche Aura. Er konnte sie sich sehr wohl in schicker Kleidung und mit passendem Schmuck vorstellen. Und diese großen blauen Augen, überlegte er schwärmerisch. Ja, sie hatte es verdient, dass sie es ein wenig leichter im Leben haben würde. Einfach ein Polster auf der Bank, sodass sie nicht tagtäglich für den Stauferboten unterwegs sein musste. Und auch mal an sich denken konnte.

Dieser Kommissar taugte wohl nicht zum Heiraten, sonst hätte Ira ihn längst geehelicht. Da war sich der Baron sicher. Und so musste sie wohl viel arbeiten, damit sie ihr Leben meistern konnte, mutmaßte er. Zudem hatte sie einmal erzählt, dass das Haus, in dem sie wohnten, ihr gehörte. Also nicht dem Polizisten.

Ira sprach kaum über ihr Privatleben. Sie pflegte bei seinen Fragen stets zwinkernd zu sagen: »Wir wollen doch Ihre Biografie schreiben, nicht meine.« Dafür hatte ihm seine Tochter einiges aus Iras Leben erzählt, schließlich kannte sie sie. Und was der Baron da gehört hatte, gefiel ihm. Ira war eine selbstständige Frau mit einem messerscharfen Verstand und jeder Menge Selbstdisziplin. Ganz nach seinem Gusto. Das, was er mit ihr bei ihren Treffen erlebte, war vor allem jede Menge Abwechslung. Lichtblicke für seinen sonst eher monotonen Alltag.

»Und dafür werde ich dich fürstlich entlohnen, meine kleine Prinzessin«, flüsterte er vor sich hin. Dabei blitzten seine Augen vor Vergnügen. Ira war sein Licht am Horizont. Sein kleiner Sonnenschein.

Er trat von der Kaffeemaschine weg und ans Fenster. Von dieser Warte aus überblickte er nicht nur den Schlosshof, sondern auch die lange Straße, die vom Dorf zu seinem Anwesen führte. Ganz hinten rechts sah er gerade, wie sein Sohn sich ins Auto setzte.

»Aus dir wird nie etwas. Du bist die Enttäuschung meines Lebens. Du bist schwach«, sagte der Baron unwirsch vor sich hin. Das kurze Gespräch mit Philipp vorhin am Schlosstor hatte ihm wieder absolut gereicht. Der Vater war hochgradig erzürnt. Sein Sohn hatte einfach keinen Mumm. Ergriff keine Initiative, sondern ließ sich von anderen Menschen lenken. Furchtbar.

»Du bist genauso schwach, wie es deine Mutter war«, hatte er vor wenigen Minuten zu seinem Filius gesagt. Zudem war der Sohn für seine Begriffe verschwendungssüchtig. Er gab prinzipiell mehr Geld aus, als er mit seinem Unternehmen verdiente. Und wenn das Geld dann wieder ausgegangen war, stand er beim Vater. Ja, diese Bettelei musste ein Ende haben. Und dies hatte er dem Sohn vorhin ohne Umschweife zu verstehen gegeben. Nämlich, dass er seine Konsequenzen ziehen würde. Und sich der Sohn nicht unbedingt auf sein volles Erbe verlassen sollte.

Andeutungen hatte er in der Vergangenheit diesbezüglich bereits öfters gemacht, aber scheinbar hatte der Sohn diese heute erst richtig kapiert. Zumindest konnte man dies aus seinem erstarrten Gesichtsausdruck deuten. Ohne Gruß hatte sich der Sohn umgedreht und war in Richtung seines Hauses gegangen.

Und hatte seinen Vater respektlos einfach am Schlosstor stehengelassen.

Wütend hatte der Baron ihm noch nachgerufen: »Und deine Abartigkeit kann und will ich nicht akzeptieren. Du bist nicht normal!« Dabei hatte er über lange Jahre als Vater alles gegeben, um ihm diese Perversion aus dem Leib zu prügeln. Immer und immer wieder. Auch im Verlies des Schlosses hatte er ihn, als er in der Pubertät war, tagelang mutterseelenallein eingesperrt, damit er endlich zur Vernunft kommen würde. Diese Abart, die des Teufels war, wollte er ausmerzen. Aber es war ihm nicht gelungen. Wie oft betete er, dass die Leute im Dorf nicht mitbekamen, was wirklich mit seinem Sohn los war. Warum er nicht standesgemäß heiraten und den für ihr Geschlecht so wichtigen Stammhalter zeugen wollte. Philipp war eine einzige Enttäuschung für ihn. Sein Blut geriet in Wallung beim Anblick seines Sohnes, der gut 300 Meter entfernt ins Auto stieg.

»Du wirst dich noch wundern. Ich kann mir jetzt schon vorstellen, wie du wie ein Mädchen an meinem Grab weinen wirst. Du hattest dich noch nie im Griff. Hart wie Kruppstahl war immer meine Devise. Du aber, du bist schwach und abartig. Ich werde dich noch aus dem Grab heraus tief treffen, du Versager. An deiner Zeugung habe ich mein Sperma vergeudet.« Mit diesen, mit tiefster Verachtung ausgesprochenen Worten wandte sich der Adlige angewidert vom Fenster ab.

Die Kaffeemaschine hatte ihren Dienst verrichtet. Er füllte die braune Flüssigkeit in eine Thermoskanne. Zugegeben, etwas unbeholfen, denn das war keine alltägliche Handlung für ihn. Doch wie immer, wenn Ira kam, wollte er sie für sich allein haben. Das Personal musste sich dann Tätigkeiten außerhalb des Schlosses suchen. Oder zumindest auf einem anderen Stockwerk. Bei Iras Besuchen duldete er die Anwesenheit anderer nicht – und die Domestiken waren das Gehorchen gewöhnt. »Gleich wird sie da sein«, freute sich der Baron.

Doch mit dieser Annahme ging er fehl. Ira stand gerade gut vier Kilometer entfernt ratlos vor Viktorias Golf. Das Auto hatte kurz vor der Kurve plötzlich geruckelt und war ausgegangen. Zahlreiche Startversuche waren fehlgeschlagen.

»Hier kann ich nicht stehenbleiben«, überlegte sie. Daher löste sie die Handbremse, kuppelte aus und begann mit aller Kraft das Auto von der Straße auf die Wiese zu schieben. Sie schob den Golf bis zu einer kleinen Baumgruppe.

»So, jetzt ist er nicht mehr im Weg«, war sie beruhigt. Dann angelte sie ihre Tasche aus dem Auto. »Ich muss gleich Graf Bobby anrufen, damit er weiß, dass ich später komme«, ging ihr durch den Kopf. So sehr sie allerdings in der Tasche auch herumkramte, das Handy war unauffindbar. »Das gibt's doch nicht. Vorhin hatte ich es doch noch«, stieß sie verzweifelt aus. Ira wusste, wie wichtig dem Baron Pünktlichkeit war. Und jetzt das!

Da kam ihr eine Idee: Sie eilte ums Auto herum und öffnete die Beifahrertür. Während einer Kurvenfahrt war ihre Handtasche auf dem Sitz umgefallen. »Vielleicht ist das Handy rausgerutscht und liegt nun in der Ritze zwischen Sitz und Tür?«, überlegte sie.

Aber ihre Suche blieb erfolglos. Kein Handy weit und breit. »Verdammter Mist, wo ist das blöde Ding denn?«, ärgerte sich die Journalistin laut. Und plötzlich fiel es ihr ein: Sie hatte das Handy auf dem Schreibtisch abgelegt, als sie das Notizbuch nahm. Dann war sie zur Toilette gegangen und hatte das Haus verlassen. »Und das Handy liegt immer noch auf dem Schreibtisch«, schlussfolgerte sie jammernd. Hilflos blickte sie sich um. Bis zum Schloss waren es noch gut vier Kilometer, und es ging den Berg hoch.

»Da brauch ich mindestens 40 Minuten. Und so steil wie das ist, müsste oben ein Sauerstoffzelt für mich bereitstehen«, quengelte sie. Aber es half nichts. »Oh lieber Gott, warum hast du mich verlassen?«, klagte sie vor sich hin. Ihr Stoßgebet wurde erhört. Denn in diesem Moment hielt ein Sportwagen neben ihr. Ira blickte auf und erkannte das Auto. Es gehörte Philipp, dem Sohn des Barons. Oft genug hatte sie ihn aus der Ferne winkend in dieses einsteigen sehen. Der Adelsspross saß jetzt tatsächlich auch am Steuer und starrte sie an, als hätte er einen Geist gesehen. Er stotterte los: »Oh, Fffrau Sander. Wwwas ist das denn fffür ein Auto?«

Ira wunderte sich über seine unbeholfene Art. Er war doch sonst so selbstbewusst. Plötzlich schien er sich gefasst zu haben und fragte liebenswürdig lächelnd: »Kann ich irgendwie helfen?«

Ira nickte heftig und erklärte, dass sie einen Termin bei seinem Vater habe. Und sie ihn nicht einmal anrufen könne, dass es später werden würde, da sie ihr Handy nicht dabei habe.

»Sie schickt der Himmel. Könnten Sie mich kurz hochfahren? Dann bin ich noch pünktlich. Um das

Auto kümmere ich mich später«, bat Ira den jungen Adligen.

Der nickte sofort und machte eine einladende Bewegung neben sich auf den Beifahrersitz.

Ira ging rasch ums Auto, öffnete mit einem freudig ausgerufenen »Juchuu« die Tür und ließ sich auf den Beifahrersitz fallen. »Bin ich froh«, strahlte sie Philipp dankbar an.

»Was ist mit Ihrem Auto? Sie haben doch einen Pickup?«, erkundigte er sich. Ira erzählte ihm von dem Unfall. Und dass sie der Nachbarin das Auto geliehen habe.

Der junge Adlige nickte bedächtig: »Jetzt versteh' ich.«

Die Journalistin plapperte munter weiter. Sie mochte Philipp. Und jetzt zeigte sich auch noch, wie hilfsbereit er war. Klasse. Sie sog die Luft ein und entspannte sich.

»Ich muss vom Baron aus gleich Jim Bescheid geben. Dann kann er den Golf abschleppen«, ging es ihr durch den Kopf, während der Blaublüter den Berg hochfuhr.

»Blöd, wenn man sein Handy nicht dabei hat«, stellte er plötzlich fest.

Ira nickte. »Ich weiß gar nicht, wie wir noch vor zehn Jahren überleben konnten«, lachte sie.

Philipp lachte mit.

»Ist das okay, wenn ich Sie bei meinem Büro rauslasse?«, erkundigte er sich.

Die Journalistin nickte. »Klar, dann ist es ja nicht mehr weit. Nur noch die Straße runter. Ich bin Ihnen so dankbar.«

Philipp fuhr ins Dorf ein. Keine Menschenseele war zu sehen. Nicht einmal eine Katze streunte herum.

»Hier ist es schon sehr ruhig«, befand Ira.

Der Fahrer nickte. »Ja, es ist mittlerweile ein klassisches Schlafdorf geworden. Tagsüber ist hier tote Hose. Alle arbeiten auswärts. Und die wenigen Kinder sind im Hauptort in der Schule. Hat aber auch Vorteile«, fügte er fies grinsend hinzu, während er in seine großzügige Doppelgarage fuhr, die unters Haus in den Hang hinein gebaut worden war.

Ira sah seinen Gesichtsausdruck nicht. Sie wunderte sich nur, dass er sie nicht oben an der Straße rausgelassen hatte. Ein bisschen ärgerte sie sich, denn jetzt musste sie wieder die lange Einfahrt vor seinem Haus zurück zur Straße hochgehen, um dann zum Schloss zu eilen. Dabei würde sie wertvolle Zeit verlieren.

Aber sie beschloss, nichts zu sagen. Es war wohl die Macht der Gewohnheit, die den Adligen dazu bewogen hatte, in die Garage zu fahren. Er schaltete den Motor aus und kündigte an: »So, da wären wir.«

Ira stieg aus. Dabei hörte sie, wie sich das ferngesteuerte Garagentor hinter ihnen plötzlich leise quietschend in Bewegung setzte. Mit einem dumpfen »Plopp« verschloss es in Sekundenschnelle die Garage.

Völlig verblüfft fragte Ira ins Dunkle hinein: »Was soll das denn? Ich muss doch zum Schloss und hab's eilig!« Ihre Augen mussten sich erst an die Dunkelheit gewöhnen.

Das letzte, was sie hörte, war ein Geräusch hinter sich. Sie drehte sich reflexartig um. In diesem Moment schlug ihr Philipp mit aller Macht eine Eisenstange auf den Kopf.

Er traf sie über der Schläfe. Ira durchzuckte ein glühender Schmerz, bevor sie ohnmächtig zusammenbrach und reglos auf dem kalten Betonboden liegen blieb. »Du gehst nirgends mehr hin, du bürgerliche Schlampe«, kommentierte Philipp ihre letzte Äußerung und grinste teuflisch. Dabei fiel auf, wie sehr er seinem Vater glich. Dieselben harten Gesichtszüge, dieselben schmalen Lippen. Nur das völlig irre Flackern in seinen Augen, das war seine persönliche Eigenheit.

Kapitel 19

»Du bist mein großer Schatz«, tippte Peter in sein Handy und sandte die Nachricht an Ira. Dabei huschte ein Lächeln über sein Gesicht. »Und die Hochzeit wird nicht auf die lange Bank geschoben«, nahm er sich vor.

Malte musterte ihn. »Hab' ich was verpasst?«, erkundigte er sich bei seinem Gegenüber.

»Wieso?« Peter schaute ihn verblüfft an.

»Na, du kuckst doch sonst so miesepetrig, wenn du eine Nachricht tippst. Weil du dich normalerweise fünfmal vertippst. Und dann kommt ein finales Fluchen, bevor du die Nachricht sendest. Aber jetzt hast du hochkonzentriert getippt und dabei gelächelt!«, kommentierte der Kollege grinsend.

Kommissar Brand stellte beeindruckt fest: »Du bist aber ein guter Beobachter. Aber sag' mal, hast du nichts Besseres zu tun, als deinen Kollegen zu beobachten?«

»Ich freu' mich, dass ihr beide eine so tolle Kommunikation habt. Aber ihr stört mich gerade beim Verfassen eines Berichts. Könntet ihr eure Nettigkeiten nicht woanders austauschen?«, warf Hermann grantig dazwischen. Er hasste es, Einsatzberichte zu schreiben. Für seine Begriffe gab es viel zu viel Bürokratie bei der Polizei. Genervt zog er die mittlere Schublade seines Schreibtisches heraus und beförderte einen Schokoriegel mit den Worten »Ich brauch' Nervennahrung« ans Tageslicht.

Peter beobachtete seine Handbewegung, und das Lächeln verschwand sofort aus seinem Gesicht. Stattdessen raunzte er den Kollegen an: »Du sollst den Bericht schreiben und nicht Kalorien in dich reinstopfen. Das ist einfach unerträglich!« Peter musste immer wieder gereizt feststellen, dass er bereits vom bloßen Anblick der Süßigkeit zunahm.

»Du bist doch nur neidisch, Dickerchen«, frotzelte Hermann und gönnte sich einen herzhaften Bissen. Genießerisch kommentierte er: »Mhhh …«

»Ihr seid wie ein altes Ehepaar. Das wisst ihr hoffentlich?«, warf Malte amüsiert ein. Und stellte angesichts des hohen Papierstapels auf seinem Tisch fest, dass er jetzt die Protokolle der letzten zehn Verhaftungen bei Kapitalverbrechen durchgegangen war, aber keiner der Verurteilten Rachegelüste gegenüber Ira geäußert hatte. Die naseweise Journalistin hatte bereits mehrfach dazu beigetragen, dass Mörder hinter Gitter gelandet waren. Und die waren davon natürlich nicht gerade angetan gewesen.

Er seufzte: »Von denen ist es keiner. Die sitzen sowieso alle noch im Bau. Bis auf den einen, der zu einem radelnden John Lennon mutiert ist.«

Peter nickte und stellte fest: »Es wird nicht einfach, herauszubekommen, wer Ira ans Leder will.« Dennoch dürfe man nicht lockerlassen, mahnte er die Kollegen.

»Natürlich nicht«, pflichtete ihm Hermann bei.

Malte setzte einen grübelnden Gesichtsausdruck auf und dachte laut nach: »Was ist, wenn es jemand aus ihrem beruflichen Umfeld ist? Da kommen wir dann nicht weiter. Ira muss selbst überlegen, wen sie so geärgert hat, dass er ihr nach dem Leben trachtet.«

Peter schaute ihn an und hob die Schultern. »Kann ich mir ehrlich gesagt überhaupt nicht vorstellen. Ira schreibt nichts Brisantes. Sie macht vor allem Gemeinderatssitzungen, Richtfeste, Ausstellungseröffnungen oder auch Ehrungen und Spatenstiche. Was soll da schiefgegangen sein? Wer sollte da einen so großen Groll gegen sie hegen?« Zumindest habe sie in letzter Zeit nichts Besorgniserregendes erwähnt, schob er nach. Dabei strich sich Peter über seinen kleinen Bauchansatz. Und nahm aus den Augenwinkeln wahr, wie Hermann schon wieder von seinem Schokoriegel abbiss. Er warf ihm einen vernichtenden Blick zu. Hermann konterte mit einem breiten Grinsen, das von einem Ohr zum anderen reichte.

»Lasst uns doch heute Abend alle zusammensitzen und nachforschen«, schlug Malte vor. Die Kollegen nickten. »Guter Plan. Ich gebe Ira Bescheid«, kündigte Peter an. Er griff erneut zum Handy und blickte drauf. Dabei zeichneten sich leichte Falten auf seiner Stirn ab, die sich sekündlich tiefer eingruben.

Hermann, dem das nicht entgangen war, erkundigte sich: »Was ist los?«

»Ich habe Ira vorhin eine Nachricht geschickt. Normalerweise antwortet sie immer sofort. Und heute hat sie doch keinen Termin. Sie müsste also zuhause sein. Auto hat sie ja auch keines«, sprach Peter gedehnt.

»Na, vielleicht putzt sie gerade Fenster und hat das Handy nicht bei sich«, witzelte Malte. Wohl wissend, dass die Journalistin nicht die fleißigste Hausfrau war.

»Oder sie steht unter der Dusche. Da ist es ratsam, das Handy nicht mitzunehmen«, bot Hermann eine andere Variante. »Außerdem soll sie sich ja bei dir melden, wenn sie das Haus verlässt. Also kein Grund zur Panik«, schob er nach.

Doch Peter hatte auf einmal ein seltsames Gefühl in der Magengrube. Er konnte es nicht beschreiben.

»Wo bist du nur?«, überlegte er. Die Blicke von Hermann und Malte trafen sich. Ihnen war der sorgenvolle Blick von Peter nicht entgangen. Der blickte derweil wieder auf sein Handy. Ira hatte seine erste Nachricht immer noch nicht gelesen. Geschweige denn geantwortet.

Da flog die Tür auf, und der Chef kam rein. Das Thema »Ira« war damit zumindest für den Moment auf Eis gelegt, denn der Chef schimpfte wie ein Rohrspatz darüber, dass die Masche mit dem Enkeltrick wieder einmal erfolgreich gewesen war. Eine Seniorin in der Weststadt war um 20 000 Euro gebracht worden. Kollegen von der Streife waren von einer misstrauisch gewordenen Bankangestellten alarmiert worden.

Die Kommissare standen auf, griffen sich ihre Jacken und machten sich auf den Weg. »Sauerei«, regte sich Peter auf, während sie die Treppe hinunter zum Auto liefen. »Was soll man denn noch alles an Präventionsarbeit leisten? Immer wieder fällt jemand darauf rein. Ich versteh' das nicht!«

Hermann warf ihm einen rügenden Blick zu: »Du weißt, wie die arbeiten. Die Alten sind dann so geschockt, dass sie gar nicht mehr klar denken können!«

Malte meldete sich hinter ihnen: »Eben. Die Verbrecher sind die reinsten Psychologen.«

Hermann stellte beim Öffnen des Autos mit lauerndem Blick zu Peter fest: »Du kannst dir das eh nicht vorstellen, weil du keine 20 000 Euro auf der Bank hast.« Und erntete von seinem Kollegen ein hervorgezischtes »Grasdaggel!«

Das Trio brauste davon. Malte hatte auf dem Rücksitz Platz genommen.

»Außerdem hab' ich durchaus Geld auf dem Konto. Aber das brauch' ich für meine Hochzeit«, erklärte der Kommissar.

Hermann und Malte lachten gleichzeitig los. »Das wird der Sankt-Nimmerleins-Tag«, mutmaßten sie. Denn sie kannten Iras Aversion gegen den Traualtar. Und ihnen war auch bekannt, dass Kommissar Brand in den vergangenen Jahren immer wieder eine krasse Abfuhr auf seine Anträge erhalten hatte.

»Lacht ihr nur. Dann werdet ihr eben nicht eingeladen.« Er blickte zu Hermann und drohte: »Ich find' locker auch einen anderen Trauzeugen!«

Hermann staunte. »Aber sie hat doch nicht etwa endlich Ja gesagt?«, hakte er nach.

»Sie hat gestern Abend zumindest nicht Nein gesagt. Also, ja«, stellte Peter klar. Jetzt war es an den Kollegen, verblüfft dreinzublicken.

»Wo bleibt nur meine Prinzessin?«, grübelte der Baron und blickte dabei aus dem Fenster.

Sowohl unten auf dem Schlosshof als auch auf der Straße war keine Menschenseele zu sehen. Ira war noch nie unpünktlich gewesen. Sie hatte doch hoffentlich keinen Unfall gehabt? Der Adlige machte sich große Sorgen um die Journalistin. Gerade heute wollte er ihr von seinem Vorhaben erzählen. Dass er für sie sorgen würde, auch wenn er einmal nicht mehr war. Er war doch so gespannt auf ihr Gesicht, wenn er ihr eröffnete, dass sie durch seinen letzten Willen zu einer wohlhabenden Frau werden würde.

»Und jetzt bist du nicht da, mein Engel. Was ist los?«, murmelte der Baron. Schließlich griff er zum

Telefon und wählte ihre Nummer. Doch er strandete erneut an ihrer Mailbox. Resigniert legte er wieder auf. Abermals blickte er aus seinem Küchenfenster auf den Hof hinunter. Dabei fiel ihm sein Gärtner auf, der scheinbar einen jüngeren Angestellten anschrie.

»Was ist denn da los?«, wunderte er sich, und beschloss, nach unten zu gehen, um nach dem Rechten zu sehen.

Bei den beiden Streithähnen angekommen, ließ er sich erklären, was das Problem war.

Der Gärtner behauptete steif und fest, dass der junge Mitarbeiter den Schubkarren nicht ordnungsgemäß an die Mauer gelehnt, sondern ihn wohl anderweitig abgestellt habe. Dabei brauche er die Karre, um den Grünschnitt wegzufahren.

»Aber ich war auf der anderen Seite des Parks. Ich hab' die Schubkarre nicht angerührt«, antwortete der Beschuldigte erzürnt.

Der Gärtner dagegen schwor Stein und Bein, dass die Karre noch vor 15 Minuten an der äußeren Schlossmauer, am Ende des Parks, gelehnt habe. »Dann hab' ich Pause gemacht, und jetzt ist sie weg«, schnaubte er.

Der Baron schüttelte den Kopf. Er hatte genug gehört. »Wir werden ja nicht nur eine Schubkarre haben«, donnerte er.

Die Streithähne schauten betreten zu Boden. Der Ältere nickte und machte sich auch schon auf den Weg zur Scheune am anderen Ende des Schlossparks. Der jüngere Angestellte murmelte eine Entschuldigung und verschwand ebenfalls eilig.

Wenn der Herr Baron nicht gut drauf war, sollte man einen weiten Bogen um ihn machen. Und dass er schlechte Laune hatte, war ihm überdeutlich anzusehen.

Kopfschüttelnd blickte der Adlige den beiden Angestellten nach. »Was für ein Kindergarten«, kommentierte er. Dann drehte er sich langsam um und ging zurück ins Schloss.

Er hatte die Hoffnung aufgegeben, dass er Ira heute sehen würde. Die Sorge, dass ihr etwas passiert war, wuchs sekündlich. Er hatte ein ungutes Gefühl.

Ira schlug die Augen auf. Sie war aus ihrer tiefen Ohnmacht erwacht und hatte jegliches Zeitgefühl verloren. Wusste nicht, wie lange sie außer Gefecht gewesen war. Um sie herum herrschte tiefe Dunkelheit. Sie lag bäuchlings auf einem sehr kalten Boden, in ihrem Kopf pochte es wie wild. Vorsichtig tastete sie in der Dunkelheit nach ihrem Kopf und befühlte ihn. Er tat höllisch weh. Ebenso wie der Bereich unter ihrem linken Auge. Ihre Finger tasteten über die Stelle, die besonders schmerzte. »Das ist viel getrocknetes Blut«, diagnostizierte sie. Dann glitten ihre Finger unter das brennende Auge. »Und das ist mächtig geschwollen«, befand sie.

Vorsichtig stützte sie sich mit den Händen auf dem kalten Boden ab und setzte sich mit ihrem Hinterteil auf die angewinkelten Beine. Sofort wurde ihr schwindelig, aber sie riss sich zusammen. Ganz ruhig blieb sie sitzen und wartete, bis der Schwindelanfall nachließ.

Es vergingen wohl Minuten, bis sie schließlich mit den Händen ganz vorsichtig zur Seite tastete, sich auf dem Boden abstützte, ihre Beine nach vorne schwang und schließlich auf ihrem Po saß, die Beine weit von sich gestreckt. Das Pochen in ihrem Kopf war fast unerträglich. Doch was noch viel schlimmer war, war die tiefe Dunkelheit um sie herum.

»Wo bin ich hier? Und wie bin ich hierhergekommen?«, überlegte sie angestrengt. Sie wusste nur noch, dass sie in der Garage bei Philipp zu Boden geschlagen wurde. »Na, wenigstens mein Gedächtnis funktioniert«, sprach sie sich Mut zu und versuchte zu grinsen. Aber das Jochbein tat ihr so weh, dass es beim Versuch blieb. Abermals tastete sie den Bereich um das Auge ab. »Mein Auge ist wirklich komplett zugeschwollen«, stellte sie verblüfft fest. »Mit was auch immer der mich niedergestreckt hat, es hat nicht nur den Kopf erwischt, sondern auch das Jochbein«, überlegte sie. Wie immer, wenn sie in einer brenzligen Situation war, bewies Ira analytischen Verstand.

»Ich brauch' Licht«, dachte sie, und tastete mit ihren Fingern ihre Hosentasche ab. »Gott sei Dank bin ich Raucherin«, ging es ihr durch den Kopf, während sie ein Feuerzeug aus der Tasche zog. Ihr Kopf reagierte auf die Bewegungen mit einer Verstärkung des Pochens; der Schmerz war fies. Doch die Journalistin ignorierte ihn und konzentrierte sich auf das Feuerzeug.

»Hoffentlich ist genug Gas drin«, wünschte sie in die Dunkelheit hinein und machte das Feuerzeug an. Es gelang. Endlich einen kleinen Lichtschein vor Augen, wurde es ihr leichter ums Herz. Dunkelheit hasste sie seit ihrer Kindheit. Doch jetzt konnte sie anhand der kleinen, züngelnden Flamme zumindest ein bisschen von dem Raum sehen, in dem sie sich befand.

Langsam bewegte sie ihre Hand mit dem Daumen am Feuerzeug im Halbkreis, um etwas zu erkennen.

Doch es gab nicht viel zu sehen. Der Raum schien leer zu sein. Diesen Vorgang wiederholte sie auch auf ihrer linken Seite. Es gab kein Mobiliar. Nur den nackten Boden. Da entdeckte sie einige gusseiserne Ringe, die in gleichen Abständen in der Wand befestigt waren. »Wozu soll das dienen?«, überlegte sie. »Man könnte ja meinen, dass ich in einem Verlies bin«, ging es ihr durch den Kopf.

Und plötzlich kam ihr die Erkenntnis: Sie war in einem Verlies. Langsam leuchtete sie mit dem kleinen Lichtschein den Boden ab. Nein, ihre Handtasche war nirgends zu sehen.

»Und mein Handy liegt daheim. Niemand weiß, wo ich bin«, ging es ihr durch den Kopf.

Ihr Mut sank – dafür wuchs ihre Verzweiflung.

Kapitel 20

Die Seniorin saß wie ein Häufchen Elend auf ihrem Sofa. Der Stoff war zerschlissen, das Modell stammte wohl noch aus den Nachkriegsjahren. Auf dem kleinen Tischchen vor ihr, dessen Holz so poliert war, dass man sich fast drin spiegeln konnte, lag eine kleine weiße Tischdecke, die mit Kreuzstichen verziert war. In ihrer faltigen, kleinen Hand, die von Altersflecken übersät war, hielt die Dame ein zerknülltes Taschentuch. Immer wieder führte sie es an ihre Augen und tupfte verschämt die Tränen ab. Die Verzweiflung war ihr aus dem Gesicht abzulesen.

»Diese Ganoven haben ihr alles genommen. Wenn ich die in die Finger kriege«, ärgerte sich Malte.

Hermann blickte ihn von der Seite an und nickte nur. Er hatte die Gedanken des Kollegen offensichtlich gelesen – und gab ihm Recht.

Peter unterhielt sich in sanftem, beruhigendem Ton mit der Betrogenen. Wieder einmal wunderte sich Hermann über die sanften Töne, die der sonst eher raubeinige Kollege anschlagen konnte.

Die Frau hatte berichtet, was geschehen war: von dem Anruf ihres vermeintlichen Enkels im Ausland und wie sie schnell zur Bank geeilt war, um die 20 000 Euro abzuheben. Es hatte lange gedauert, bis sie endlich begriffen hatte, dass ihr Enkel nicht in Not, sondern dass sie gemeinen Betrügern aufgesessen war. Und was tat sie? Anstatt sich lautstark über die Ganoven aufzuregen, schämte sie sich. Wieder führte sie das bereits durchnässte Taschentuch zu ihren Augen. Peter strich ihr behutsam über den Arm.

»Wir setzen alles dran, um diese Betrüger zu schnappen«, versprach er ihr. Wohl wissend, dass diese organisiert waren und meist vom Ausland aus agierten. Die Geldabholer vor Ort waren nur kleine Fische. Aber es brach dem hartgesottenen Kommissar fast das Herz, die Frau so vor sich zu sehen. Die alte Wohnungseinrichtung ließ darauf schließlich, dass sie für sich selbst kaum Geld ausgab.

»Das Geld spar' ich für meine Enkel. Die brauchen das doch«, hatte sie argumentiert, als die Kommissare sie gefragt hatten, warum sie einen so hohen Betrag auf der Bank liegen hatte.

»Die Angestellte hat mich noch gewarnt, aber ich wollte nicht hören«, sagte sie mit brüchiger Stimme. »Ich bin also selbst schuld«, schob sie flüsternd nach. Und tupfte sich erneut die Augen mit dem Taschentuch ab.

Sie hatte eine erstaunlich genaue Beschreibung von dem seriös wirkenden Mann abgegeben, dem sie schließlich das Geld an ihrer Haustür übergeben hatte. Die Kommissare hatten augenblicklich die Beschreibung herausgegeben; nach dem Mann wurde bereits gefahndet.

»Mit ein bisschen Glück schnappen wir ihn. Es ist noch nicht viel Zeit vergangen«, hoffte Peter inständig. Erneut strich er der Seniorin sanft über den Arm. Dankbar hob sie den Kopf und blickte ihn aus wässrigen Augen an.

Hermann stand schließlich auf und sagte: »Wir machen uns jetzt an die Arbeit. Haben Sie jemanden, den wir für Sie anrufen können, damit Sie hier nicht so allein sind?«, erkundigte er sich fürsorglich.

Aber die Alte schüttelte den Kopf. »Nein. Mein Julius ist schon lange tot. Und meine Tochter lebt in Osnabrück. Außerdem möchte ich nicht, dass sie etwas davon erfährt. Sie würde sehr mit mir schimpfen«, erklärte sie. »Ich schaff' das schon. Ich habe einen Krieg erlebt. Vergessen Sie das nicht«, stellte sie mit fester Stimme klar. »Die Konsequenz muss ich tragen. Ich bin doch selbst schuld.« Sie blickte hoch zu Hermann. Dabei korrigierte sie ihre Haltung und saß nun auf dem Sofa, als hätte sie einen Stock verschluckt.

»Genug gejammert. Meine Herren, wenn Sie diese Kerle erwischen, backe ich für Sie meinen Apfelkuchen. Einmal im Monat. Versprochen. Und die Nachbarn zumindest behaupten, dass er sehr gut schmeckt«, schob sie mit einem kleinen Lächeln nach. Es war offensichtlich, dass sie ihren Mut wiedergefunden hatte. »Und wissen Sie, es ist nur Geld. Ich muss nicht hungern, mein Julius hat mich gut versorgt. Also, alles in Ordnung. Ich spar' einfach weiter. Und dazu bete ich. Das hat mir immer geholfen – und das wird es auch jetzt tun«, versicherte sie. »Ich mach' mich gleich auf den Weg zum Münster. Da werde ich eine Kerze für Sie drei anzünden. Und wer weiß, vielleicht hat der liebe Gott ja etwas Zeit und hört mir zu …«, lächelte sie. Dabei nickte sie mit ihrem Kopf so heftig, dass ihre weißen Locken vor und zurückflogen.

Kommissar Brand blickte sie an und staunte. Wieder einmal stolperte er über einen unerschütterlichen Glauben. Er selbst hielt nicht viel von der Kirche. Hatte er nie getan. Er hatte so seine Probleme mit dem Bodenpersonal, das Demut und Bescheidenheit predigte und sich dabei die Juwelen an den Fingern küssen ließ.

Aber er wusste, dass Ira gläubig war. Ja, sie hatte einen außergewöhnlichen Glauben, der ihn immer wieder verblüffte. Niemand traute ihr das zu. Dafür waren ihre Sprüche über die Kirche manchmal zu locker. Doch wann immer sie an einem Gotteshaus vorbeikamen, ging die Journalistin schnurstracks hinein, um eine Kerze anzuzünden. Als er sie belustigt gefragt hatte, warum sie dies tue, hatte sie ihn mit ihren großen blauen Augen ernst angeschaut und schließlich geantwortet: »Ich bedanke mich beim lieben Gott.«

Da er sehr wohl wusste, dass sie keine Kirchgängerin war, frotzelte er damals ohne darüber nachzudenken: »Warum solltest du dich bedanken? Für was denn?«

Ira hatte ihn völlig irritiert angeschaut und sich erkundigt, ob diese Frage ernst gemeint sei. Nachdem er genickt hatte, gab sie ihm die Antwort auf seine Frage. »Ich kann sehen, hören, fühlen, gehen, lieben und habe Freunde. Ich lebe in keinem Kriegsgebiet, weiß nicht, was Hunger oder Durst ist, habe ein Dach über dem Kopf und gehe einer Arbeit nach, die mich erfüllt. Außerdem hab' ich dich kennengelernt. Reicht das?«

Nie würde Peter diese Antwort vergessen. Damals war ihm bewusst geworden, wie wenig er Ira eigentlich kannte. Hinter ihrer oft ironischen Fassade war sie eine tief im Glauben verwurzelte Frau. Auch wenn sie gern ihre Scherze über die Kirche machte, Geistliche nur zu gern auf den Arm nahm und scheinbar immer die Frage im Kopf hatte, was denn wohl die Welt koste. Damals waren sie noch nicht lange zusammen gewesen, aber seit diesem Zeitpunkt wusste er, dass er genau diese verrückte und durchgeknallte, manchmal schlampige und launische Journalistin heiraten würde. Und vor allem nie aufgeben würde, bis sie schließlich Ja zu seinem Antrag sagen würde.

»Gut, wir melden uns bei Ihnen. Und das mit dem Apfelkuchen ist notiert«, drang plötzlich Hermanns Stimme an sein Ohr, die Peter aus seinen Gedanken riss. Gemeinsam verließen sie die Wohnung; Malte ging vor. Hermann schaute Peter von der Seite an, als sie zum Auto zurückliefen.

»Was ist denn auf einmal los mit dir? Wo warst du plötzlich mit deinen Gedanken?«

Kommissar Brand blieb die Antwort vorerst schuldig und zog stattdessen sein Handy aus der Tasche. Ein kurzer Blick darauf genügte, um zu erkennen, dass Ira seine Nachrichten immer noch nicht gesehen hatte. Das ungute Gefühl in seiner Magengrube wuchs. Kurzerhand wählte er Jims Nummer, der auch gleich ranging.

Peter erkundigte sich, ob Ira zuhause sei. Der Amerikaner verneinte und berichtete: »Ich war heute Vormittag ein Ersatzteil in Gmünd abholen. Als ich wieder zurück war, wollte ich mit Ira einen Kaffee trinken, aber sie war nicht da. Keine Ahnung, wo sie ist.« Der Kommissar bedankte sich für die Auskunft und beendete das Gespräch.

Hermann und er waren mittlerweile beim Auto angekommen, in dem Malte bereits auf sie wartete. Während Peter die Beifahrertür und Hermann die gegenüberliegende, hintere Autotür öffnete, sagte Peter leise über das Autodach zu ihm: »Ich will wissen, wo Ira ist. Ich mach' mir Sorgen. Sie antwortet seit Stunden nicht auf meine Nachricht und Jim weiß auch nicht, wo sie ist – jedenfalls nicht zuhause.«

Kollege Wöllnert nickte bedächtig, während sich auch auf seiner Stirn Falten bildeten. »Du hast Recht. Da stimmt was nicht. Lass uns gleich zu euch nach Hause fahren. Dann kannst du schauen, ob sie vielleicht einen Zettel dagelassen hat oder irgendwas. Sie hat doch kein Auto. Da wird sie ja nicht weit gekommen sein.«

Peter nickte ihm dankbar zu und stieg ein. Hermann tat es ihm gleich. Malte startete den Motor und fuhr los. »Zu dir nach Hause?«, fragte er kurz und knapp, während er beim Arbeitsamt schon die entsprechende Abbiegespur in Richtung Bahnhof gewählt hatte, um über die Remsstraße und den Modepark-Kreisel den Mutlanger Berg hoch nach Heckenbach zu gelangen.

Um diese Zeit wäre es sinnlos gewesen, sich die Königsturmstraße hochzuquälen. Da Schulschluss war, war in dieser Ecke mit Stau zu rechnen. Das Hans-Baldung-Gymnasium, die Schiller-Realschule, das Parler-Gymnasium und die Klösterle-Schule lagen schließlich auf dieser Strecke. Was bedeutete, dass sich Eltern, die ihre Kinder vom Unterricht abholten, mit gefühlt tausend Schulbussen ein Stelldichein gaben. Das mündete quasi täglich im schieren Verkehrschaos. Zumal oben vor dem Baldungkreisel auch noch die Straße eingeengt war. Dort entstanden momentan Mikro-Appartements, und es gab eine Riesenbaustelle.

Verblüfft schaute Peter Malte an. »Woher weißt du, wo ich hinwill?«, fragte er den jungen Kollegen.

Der grinste nur dezent und stellte fest: »Unbefriedigendes Telefonat, fahle Gesichtsfarbe, Sorgenfalten auf der Stirn und kurzes Gespräch mit Kollege Hermann, der daraufhin genauso aussieht. Es kann nur um Ira gehen. Und ich will auch wissen, was los ist.«

»Kompliment. Gut kombiniert. Wenn du mal groß bist, solltest du zur Polizei gehen«, lobte Kommissar Brand.

Kommissar Malte Tennemann schüttelte jedoch energisch den Kopf und argumentierte: »Nein, da verdient man zu wenig.«

Kapitel 21

Iras Gesichtshaut brannte wie Feuer. Vor allem auf der linken Hälfte rund um das Auge. Ihr war klar, dass es wohl nicht förderlich war, dass sie weinte. Aber im Moment ging es eben nicht anders. Die salzigen Tränen schienen sich tief in ihre Haut einzuätzen. Das war aber längst nicht das Schlimmste. Ihr Kopf schien doppelt so dick wie gewöhnlich zu sein. Unaufhörlich pochte es im Schädel. Sobald sie eine kleine Bewegung machte, wurde ihr sterbensschlecht.

Vorsichtig tastete sie nach der offenen Wunde über der Schläfe. Diese hatte wohl endlich aufgehört zu bluten. Der ganze Bereich rund um die Wunde war blutverkrustet. Die Journalistin war verzweifelt. Würde sie irgendwann jemand finden? Es war beängstigend, wie ruhig es in dem Verlies war. Graf Bobby hatte ihr erst kürzlich erzählt, dass er seit langer Zeit nicht mehr dort unten gewesen sei. Warum auch?

An den modrigen Geruch hatte sich Ira längst gewöhnt. Wäre sie in einem Film gewesen, wären ihr wohl auch noch Ratten über die Beine gehuscht. Gott sei Dank – oder leider – war es aber kein Film. Sie war allein in diesem Verlies und hatte fürchterliche Angst. Kalt war es zudem. Und diese unglaubliche Stille machte sie verrückt.

Plötzlich sagte eine innere Stimme zu ihr: »Hör auf, in Selbstmitleid zu versinken. Du musst dir selbst helfen. Tu was!« Ihre Tränen versiegten. Ira holte tief Luft und versuchte, die Schmerzen zu vergessen.

»Peter weiß nicht, wo ich bin. Nur Viktoria kann helfen. Sie wird ihr Auto vermissen. Ich hab' ja gesagt, dass es mittags wieder vor ihrer Tür stehen wird. Folglich wird es nicht lange dauern, bis sie Alarm schlägt. Sie wird bei Peter anrufen«, überlegte Ira und sprach sich selbst Mut zu.

»Ich muss jetzt einfach warten. Die finden mich schon!«, sagte sie mit fester Stimme in die Stille hinein. Es war wohltuend, die eigene Stimme zu hören. Und so begann Ira munter vor sich hin zu plappern.

Sie führte ein imaginäres Gespräch mit dem Landrat, mit dem sie vor wenigen Wochen in Italien gewesen war. Mit von der Partie waren fast alle Kreisräte gewesen. Der Besuch diverser Partnerstädte von Ostalb-Kommunen in der Provinz Ravenna hatte auf dem Programm gestanden. Immer wieder mussten allerdings geplante Veranstaltungen aufgrund des Regens abgesagt werden. Und so war man dann in jeder Partnerstadt gleich zum gemeinsamen Essen übergegangen, nach wohlfeilen Reden. Was zur Folge hatte, dass die Delegation aus dem Ostalbkreis quasi rund um die Uhr liebevoll angerichtete Speisen aß.

Am Abend vor der Heimreise hatte schließlich die letzte Partnergemeinde kulinarische Köstlichkeiten aufgefahren. Allerdings waren alle Kreisräte inklusive der Presse pappsatt gewesen. Was man auch im Bus auf der Fahrt lautstark kundgetan hatte. So viel Grappa hätte es im Leben nicht gegeben, um die Verdauung jemals wieder in die richtige Spur zu bekommen. Doch Landrat Klaus Pavel hatte deutlich gemacht, dass man die italienische Gastfreundschaft nicht mit Füßen treten dürfe. Daher appellierte er an alle Kreisräte samt Presse, nochmals tüchtig bei den Speisen zuzulangen. Ansonsten wären die Italiener beleidigt gewesen. Und tatsächlich, alle bewiesen großartiges Durchhaltevermögen und aßen. Es wurde nicht mit Komplimenten gespart, und die Italiener waren selig. Auf der Fahrt von der Halle zum Hotel herrschte dann Schweigen. Der Grund war, dass keiner mehr »papp« sagen konnte. Inklusive des Landrats.

Bei diesen Erinnerungen huschte ein Grinsen über Iras Gesicht, doch die Inanspruchnahme ihrer Gesichtsmuskeln wurde sofort mit Schmerzen bestraft. Ungeachtet dessen sagte die Journalistin laut vor sich hin: »Deshalb halte ich hier durch, bis ich gefunden werde. Ich hab' damals so viel gegessen, das reicht noch bis heute.«

Hunger hatte sie ohnehin keinen. Aber Durst dafür umso mehr. Was hätte sie jetzt für die halbe Flasche abgestandenes Mineralwasser gegeben, die schon seit Wochen im Getränkehalter ihres Wagens schlummerte!

»Dumme Kuh, dein Chevy ist doch im Eimer«, rief sie aus. Dabei versuchte sie, ihre trockenen Lippen mit der Zunge zu benetzen. Es misslang. Ihr Mundraum schien genauso trocken zu sein wie die Sahelzone. Sie spürte, wie ihr Mut wieder sinken wollte.

»So, es ist wieder an der Zeit, Licht in die Dunkelheit zu bringen«, beschloss Ira. Sie knipste erneut das Feuerzeug an. Die ganze Zeit über hatte sie es in der Hand gehalten. Sie wollte es nicht weglegen, aus Angst, es in der Dunkelheit nicht mehr zu finden. Immer noch saß sie auf dem kalten Boden. Aufzustehen traute sie sich nicht. Sobald sie den Versuch wagte, wurde ihr so schwindlig, dass sie sich gleich wieder setzen musste.

Ira streckte den Arm über ihren Kopf und leuchtete mit der kleinen Flamme die Wand ab. »Nichts«, stellte sie ernüchtert fest. »Nur Mauer. Da muss doch aber auch eine Tür sein. Irgendwie muss ich doch hier hereingebracht worden sein.«

Ganz langsam drehte sie sich um und leuchtete an die Stelle hinter sich, die sie bislang noch nicht erkundet hatte. Da entdeckte sie eine kleine Tür. Sie war höchstens eineinhalb Meter hoch. Aber durch diese war sie wohl hereingekommen. Da dies die einzige Öffnung im Raum war, rutschte Ira langsam auf ihrem Hinterteil dorthin. Dabei nutzte sie ihre Füße zum Abstoßen. Es schien eine Ewigkeit zu vergehen. Zentimeter für Zentimeter kam sie voran. Ihr Kopf quittierte jede minimale Bewegung mit Verstärkung des Pochens und der Schmerzen. Ihr linkes Auge war so geschwollen, dass sie damit nichts sehen konnte. Um Gas zu sparen, machte Ira das Feuerzeug wieder aus.

Nach gut zehn Minuten war sie an der Tür angekommen. Sie tastete mit den Fingern deren Umrisse ab. Wie erwartet, war sie verschlossen. »Wenn ich hier reingebracht wurde, werde ich durch diese Tür auch wieder rausgehen«, nahm sich Ira vor. Ganz kurz machte sie nochmals das Feuerzeug an und leuchtete die Tür ab. Dabei entdeckte sie darüber ein kleines, quer verlaufendes Rohr.

»Was auch immer das dort macht, es wurde wohl nachträglich angebracht. Hat das vielleicht etwas mit der Heizung zu tun?«, überlegte sie laut. Sie sprach mittlerweile nur noch laut, das lenkte sie von der Tatsache ab, dass sie allein, verletzt und eingesperrt war. Sie ließ die Flamme des Feuerzeugs wieder erlöschen.

Langsam tastete sie zu ihren Füßen. Ja, die Absätze der Stiefeletten waren schön hart.

»Gott sei Dank hab' ich keine Turnschuhe an«, dachte sie und verspürte für einen kurzen Moment ein richtiges Glücksgefühl. Langsam zog sie den rechten Schuh aus.

»Jetzt muss ich mich nur noch zusammenreißen, dass ich zumindest knien kann. Das müsste gehen«, wendete sie all ihre Kraft auf. Sie winkelte ganz langsam ihre Beine ab, hob ihren Oberkörper an und saß schließlich mit dem Hinterteil auf den angewinkelten Beinen.

»So, Mädel, jetzt hoch mit dir«, gab sie sich selbst den Befehl. Das Feuerzeug steckte sie in die Hosentasche, dafür nahm sie die ausgezogene Stiefelette in die Hand und tastete sich ganz langsam an der Tür hoch. Ein heftiger Schmerz durchzuckte sie, ihr Kopf fühlte sich an, als hätte jemand ein Messer hineingestochen.

Ira wurde furchtbar übel. Vom Schmerz überwältigt, sackte sie seitlich weg, und eine neuerliche Ohnmacht übermannte sie. Die Stiefelette hielt sie dennoch mit den Fingern fest umklammert. Die Wunde am Kopf hatte wieder angefangen zu bluten.

Wum Schneider saß im Streifenwagen. Er hatte so Position bezogen, dass er den gesamten Vorplatz des Bahnhofs überblicken konnte. Sie fahndeten nach einem Mann mittleren Alters mit kurzen, braunen Haaren und bekleidet mit einem grauen Anzug. Zudem trug der Mann einen silbernen Aktenkoffer bei sich.

Kollege Balusch war kurz zum Bäcker gegangen, um zwei Kaffee zu holen. Schneider war sich sicher, dass sie diesen Enkeltrick-Betrüger nie fassen würden. »Der ist bestimmt schon auf der Autobahn«, hatte er noch vor wenigen Minuten zu seinem Kollegen gesagt. Gerade, als der Polizist seinen Schnupftabak aus der Tasche gezogen hatte, um sich genüsslich eine Prise zu gönnen, stutzte er. Er beobachtete, wie sich ein Mann vom Omnibusbahnhof herkommend schnellen Schrittes dem Eingang des Bahnhofs näherte.

»I glaub's ja net«, entfuhr es Wum Schneider. Rasch stieg er aus, kontaktierte den Kollegen über Funk, wies ihn an, am Bahnhofseingang Stellung zu beziehen und folgte dem Mann im grauen Anzug.

Gerade als dieser den Bahnhof betrat, stand Schneider hinter und Kollege Balusch vor ihm. Völlig überrumpelt, ließ sich der Mann in den seitlichen Trakt des Bahnhofs führen. Nein, Ausweis hatte er keinen bei sich. Dafür eine Zugfahrkarte nach Stuttgart. Und als die Kollegen ihn anwiesen, den silbernen Aktenkoffer zu öffnen, erzeugte der Blick auf dessen Inhalt ein zufriedenes Kopfnicken bei den Polizisten. Ihnen präsentierte sich eine große Menge Geldscheine. Der Mann verweigerte die Aussage und wurde unter den neugierigen Blicken der übrigen Menschen, die sich in und vor dem Bahnhofsgebäude befanden, abgeführt.

»Tja, Freundchen, heute ist nicht dein Glückstag. Man klaut alten Frauen eben kein Geld«, schnauzte Wum Schneider den Ganoven an, während er ihn anwies, auf der Rückbank des Streifenwagens Platz zu nehmen. Kollege Balusch setzte sich neben ihn. Schneider schlug die Tür zu.

»So viel Zeit muss sein«, grinste er vor sich hin und zog seinen Schnupftabak aus der Tasche. Er schüttete ein kleines Häufchen auf seinen Handrücken und sog den Tabak genießerisch mit der Nase ein. Dann schwang er sich vergnügt hinters Steuer und brauste in Richtung Polizeirevier los.

Peter war mit den Kollegen in Heckenbach angekommen. Er stand an Iras Schreibtisch und ließ seinen Blick schweifen über das, was sich darauf befand. Es herrschte für seine Begriffe das übliche Chaos: Unzählige gestapelte DIN A5-Blöcke, zwei Fotoapparate, Unmengen von Kugelschreibern, Taschentücher, Bonbon-Papier, Büroklammern, Nagellack, Lippenstifte und vieles mehr waren vereint auf der Tischplatte. Iras Aufräumaktion vor kurzem war wohl nicht so erfolgreich gewesen wie gedacht.

»Wie kann man nur so arbeiten?«, fragte sich der Kommissar zum gefühlt tausendsten Mal. Auch hier fand er keine Nachricht an ihn.

»Verdammt, das ist die Erklärung«, schoss es ihm durch den Kopf, als sein Blick schließlich an Iras Handy haften blieb. Dieses lag zwischen Büroklammern und Lesebrille. Er schaltete es an und entdeckte diverse ungelesene Nachrichten sowie Anrufe.

»Mist. Und jetzt?«, überlegte er laut und sah dabei Malte an. Der stand vor einer Fingeraralie, und es hatte den Anschein, als wollte er gerade ein Trauerlied anstimmen. Denn die Zimmerpflanze hatte offensichtlich seit Wochen kein Wasser mehr erhalten. Von Peters Frage aber davon abgehalten, drehte er sich um.

»Fällt dir irgendwas auf, fehlt was?«, fragte er und deutete auf das Chaos auf dem Schreibtisch.

Kommissar Brand nahm nochmals die Ablage und die Tischplatte unter die Lupe. »Nein«, seufzte er und schüttelte den Kopf. Dass Ira nicht für die Redaktion unterwegs war, wusste er von Annegret. Sie hatte ihm lediglich berichtet, dass die Journalistin zwar die Unterlagen fürs Wochenende abholen wollte, dies aber nicht getan hatte.

Die Tür ging auf, und Jim trat ins Wohnzimmer. Er hatte von seiner Garage aus gesehen, dass die Kommissare ins Haus gegangen waren und war ihnen gefolgt. »Gibt's was Neues?«, erkundigte er sich.

Peter schüttelte den Kopf. »Wir wissen immer noch nicht, wo sie ist. Und ihr Handy ist hier.« Er streckte es dem Amerikaner entgegen. Der kratzte sich am Kopf.

»Seit wann wird sie vermisst?«, fragte er.

»Seit heute Morgen. Und jetzt ist schon später Nachmittag«, antwortete Peter. Ein besorgter Unterton schwang mit.

»Hast du schon Viktoria gefragt, ob sie vielleicht eine Ahnung hat?«, wollte Jim wissen und sah Peter fragend an.

»Nein. Auf die Idee bin ich noch gar nicht gekommen«, gab der Kommissar zu und rief sofort bei Viktoria an. Doch die ging nicht ans Handy. Er startete einen weiteren Versuch und rief schließlich ihren Mann Friedrich an. Peter war sich sicher, dass beide noch in ihrem Unternehmen waren. Oder auf dem Weg nach Hause. Nach kurzem Klingeln ging Friedrich dran.

»Hey, Peter, was gibt's?«, meldete er sich.

»Sorry, dass ich bei der Arbeit störe, aber ich versuche Viktoria zu erreichen. Sie geht nicht ran«, erklärte sich Peter.

»Wir haben gerade eine Zertifizierung und sie ist mit dem Prüfer irgendwo in der Produktion unterwegs. Ich such' sie. Sie wird sich bei dir melden«, versprach Friedrich und legte auf.

»Mist. Das dauert mir alles viel zu lange«, ärgerte sich Kommissar Brand. »Wir können nur hoffen, dass Viktoria etwas weiß. Hoffentlich meldet sie sich schnell.« Da klingelte sein Handy. Blitzschnell ging er ran. Doch es war nicht die erwünschte Anruferin, sondern sein Chef, der ihm frohlockend berichtete, dass man den Ganoven geschnappt habe, der die freundliche Seniorin um ihr Geld gebracht hatte.

»Das ist ja klasse«, freute sich Peter. Dann erkundigte sich der Chef, ob sie Ira mittlerweile gefunden hätten. Peter hatte ihm während der Fahrt nach Heckenbach berichtet, dass sie nicht aufzufinden sei und sie sich auf die Suche begeben würden. Der Chef hatte sofort sein OK gegeben.

»Und bitte geben Sie mir Bescheid, wenn es etwas Neues gibt«, bat er noch, bevor er auflegte. Peter sagte zu und beendete das Gespräch. Gerade rechtzeitig, denn jetzt rief Viktoria zurück.

»Hey, was ist los?«, erkundigte sie sich.

Peter fragte sie, ob sie wisse, wo Ira sei. Die Freundin erzählte, dass sie Ira ihren Golf geliehen habe, da die zu ihrem Grafen Bobby wollte.

»Sie ist also mit deinem alten Golf unterwegs«, hakte Peter nach.

»Genau«, bestätigte Viktoria.

»Ich danke dir. Viel Erfolg mit eurer Zertifizierung. Wir hören uns«, verabschiedete er sich, bevor Viktoria sich erkundigen konnte, warum er so besorgt klang.

Der Kommissar steckte das Handy in die Tasche. »Okay, jetzt wissen wir, was los ist. Ira ist mit dem grauen Golf von Viktoria unterwegs. Sie hatte wohl einen Termin beim Grafen Bobby«, klärte er die Kollegen auf.

Hermann blickte ihn verblüfft an und sagte: »Ich wusste nicht, dass Ira Peter Alexander kennt. Und außerdem ist der doch bereits gestorben?«

Unwirsch antwortete Peter: »So nennt sie den Adligen, dessen Biografie sie schreibt. Lange Geschichte. Ich muss jetzt nachdenken, wo der wohnt. Ira macht um ihn und seinen Wohnort ein großes Geheimnis. Er will diese Diskretion.«

Kommissar Brand überflog die Utensilien auf dem Schreibtisch. »Klar, das Notizbuch, das sie immer benutzt, wenn sie zu ihm geht, fehlt. Hätte mir auffallen müssen«, schimpfte er und schlug sich verärgert auf die Stirn.

Da kam ihm eine Idee. Er ging zu dem großen Kalender, den Ira in der Küche aufgehängt hatte. Darin trug sie jeden Tag ein, wo sie auf Termin war. Sodass Peter, wenn er vor ihr nach Hause kam, gleich wusste, wo sie unterwegs war. Er erinnerte sich, dass Ira vergangene Woche bei dem Adligen gewesen war. Rasch überflog er die Wochentage samt zugehöriger Termine und blieb schließlich an einem Ortsnamen hängen.

»Ja, genau. Das war's. Also los!«, rief er und war schon mit großen Schritten in Richtung Wohnungstür unterwegs. Hermann und Malte, der mit dem Gießen der Fingeraralie gerade fertig wurde, eilten ihm hinterher.

Wenige Minuten später waren sie bereits auf dem Weg durchs Kochertal. Peter fuhr wie der Henker. Hermann wollte ihn auf andere Gedanken bringen und fragte plötzlich: »Ihr heiratet also? Wann denn?«

Diese Frage kam so unvermittelt, dass Kommissar Brand zuerst keine Antwort gab. Dann bekannte er, dass sie noch nicht über einen Termin gesprochen hätten.

»Hat sie wirklich Ja gesagt?«, erkundigte sich Malte erstaunt, der auf der Rückbank saß.

»Nun, sie hat nicht Nein gesagt«, brummelte Peter, konzentrierte sich jedoch aufs Fahren, denn die Straße entlang des Flusses war sehr kurvig. Dann bog er ab auf die Straße, die hoch zum Dorf führte, wo das Schloss stand. Für eine Strecke, für die eigentlich 30 Minuten Fahrtzeit eingeplant werden muss, hatte er gerade mal 20 Minuten gebraucht.

Kurz bevor es den Berg hinaufging, trat er plötzlich auf die Bremse. Er hatte den silbernen Golf von Viktoria auf der Wiese entdeckt.

Gleichzeitig rief Hermann aus: »Da ist er!« Peter stellte den Wagen neben dem Golf ab, und alle drei stiegen aus. Das Auto war ordnungsgemäß abgeschlossen. Während die beiden älteren Kommissare durch die Seitenfenster ins Wageninnere lugten, kniete Malte nieder, schaute unter den Wagen und stellte fest: »Da tropft Öl raus.«

Peter und Hermann blickten unter die Motorhaube. »Stimmt. Ich schätze mal, der hat seinen Geist aufgegeben. Ira muss zu Fuß weitergegangen sein. Handy hatte sie ja keines, um Hilfe zu holen«, vermutete Hermann.

Peter nickte. »Oder es hat sie jemand mitgenommen«, mutmaßte er.

»Also, dann los zu Graf Bobby«, sagte Hermann und deutete hinter sich den Berg hoch, wo sie hinter den Bäumen schon das Schloss ausmachen konnten.

Alle drei stiegen wieder ins Auto, und Peter brauste los. Von unterwegs rief er Jim an und bat ihn, den Golf abzuschleppen. Jim sagte zu und beschloss, sich Hilfe bei Lucky Luke, seinem jungen Freund, zu holen. Zu zweit würde das Abschleppen kein Problem sein.

Wenige Minuten später parkte Peter vor dem Schlosstor. Der Baron, der sie bereits gesehen hatte, war hinausgeeilt und erwartete sie an der äußeren Mauer. Peter stellte sich vor und erkundigte sich, ob Ira da sei.

Doch der Adlige blickte ihn traurig an und schüttelte den Kopf. »Wir hatten heute Morgen einen Termin, aber sie ist nicht gekommen. Erreicht habe ich sie auch nicht. An ihrem Handy geht immer die Mailbox an. Ich muss Ihnen ehrlich sagen, ich bin in großer Sorge um sie. Frau Sander hat mich noch nie versetzt.«

Die Kommissare blickten sich an. Peter bedankte sich artig für die Auskunft. Aber seine Stimme verriet, wie enttäuscht er war. Der Baron wandte sich ab, um zum Schloss zu gehen, blieb dann aber stehen, drehte sich nochmals um und kam zurück zu den Polizisten. »Würden Sie mir bitte Bescheid geben, wenn Sie wissen, wo sie ist?«, bat er mit fast flehendem Blick.

Kommissar Brand nickte: »Selbstverständlich.« Und dachte bei sich: »Der Alte mag Ira sehr. Das sieht und spürt man. Außerdem hat er wirklich große Ähnlichkeit mit Peter Alexander.«

Der Baron ging mit hängenden Schultern zurück ins Schloss, und die Kommissare stiegen wieder ins Auto. »Was jetzt?«, durchbrach Hermann die Stille.

Peter schaute ihn von der Seite an und antwortete: »Du kannst mich auslachen, aber ich weiß, dass Ira hier irgendwo ist. Ich spüre es ganz deutlich. Ehrlich.« Dabei legte er unbewusst seine Hand auf den Bauch.

Er wusste nicht, wie recht er hatte. Ira war nur unweit entfernt von ihnen, im Verlies des Schlosses, genau in diesem Moment aus ihrer Ohnmacht erwacht und sandte ihre Gedanken an ihn: »Peter, du wirst mich finden. Und dann werden wir heiraten. Lieber Gott, das verspreche ich dir!«

Peter Brand starrte aufs Lenkrad. Er schien der Welt entrückt. »Ira, mein Schatz, wo bist du?«, sagte er, ohne dass ein Wort über seine Lippen kam.

Irgendetwas musste passierte sein, als sie ihren Wagen auf der Wiese abgestellt hatte. Aber was? Hatte sie jemand mitgenommen? War sie zum Schloss hochgelaufen? Hatte sie irgendjemand gesehen? Er riss sich aus seinen Gedanken: »Okay, wir starten mit einer Haus-zu-Haus-Befragung. Jemand muss sie gesehen haben.« Malte und Hermann waren einverstanden.

»Also los, so groß ist das Dorf ja nicht«, schob Peter nach. Er nahm ein Bild von Ira aus seinem Geldbeutel, und die Kollegen fotografierten es mit ihren Handys ab.

»Wir finden sie«, beruhigte Hermann Peter.

»Bestimmt«, kam es auch von der Rückbank.

Peter Brand holte tief Luft und sagte leise: »Ihr seid die Besten. Danke.«

Iras Kopf fühlte sich an, als würde die Brandung des Meeres unaufhörlich an Klippen zerschellen. Ständiges Brausen. Aber dafür hatte das schmerzhafte Pochen an der Schläfe nachgelassen.

»So, Frrrau Sanderrr, gell, jetzt dem'rrr uns a bissale zammareissa«, hörte sie plötzlich die Stimme des Waldstetter Bürgermeisters Michel Rimbald im Ohr. »Jetz' machad Se des, was Se vorghabt hend«, ermunterte sie die Stimme. Die Journalistin musste unweigerlich grinsen. Auch wenn diese Muskelbewegung sogleich mit einem ziehenden Schmerz unter dem zugeschwollenen Auge quittiert wurde. »Ach ja, der Herr Rimbald«, sagte sie laut.

Plötzlich hatte sie die Bilder des Empfangs für seinen 50. Geburtstag vor Augen. Die Veranstaltung in der Waldstetter Stuifenhalle hatte mit einer halben Stunde Verspätung begonnen. Grund war, dass Michel Rimbald persönlich jedem Gast die Hand geschüttelt und mit jedem ein paar Worte gewechselt hatte. Er war nicht müde geworden, sich für die vielen Glückwünsche zu bedanken. Ira hatte damals sein Durchhaltevermögen mehr als bewundert. Und nie würde sie den Moment vergessen, als sich der Vorhang am anderen Teil der Halle erhoben hatte und ihm alle Musikerinnen und Musiker aus der Gemeinde ein fulminantes Geburtstagsständchen gespielt hatten. Es war ein wundervoller Moment gewesen.

Ira hatte ihre Sinne voll beisammen, war klarer als vor der erneuten Ohnmacht. Fakt war, sie saß mutterseelenallein und verletzt in einem stockfinsteren Verlies. Sie realisierte, dass sie immer noch ihre Stiefelette in den Händen hatte. Und die sollten ihr nun gute Dienste leisten.

Iras Überlebenswille war mächtig, und langsam fühlte sie Zorn in sich aufsteigen. Zorn auf diesen adligen jungen Snob, der sie in diese Lage gebracht hatte. Ihr Verstand arbeitete wie ein Schweizer Uhrwerk. Wie Filmszenen schossen ihr plötzlich Erinnerungen durch den Kopf. Sie beobachtete, wie ihre neue Kollegin Mara im Hof der Redaktion einen Mann umarmte, den sie selbst nur von hinten sehen konnte. Ihr stieg der Geruch des Männerparfums in die Nase, das sie damals wahrgenommen hatte. In der nächsten Szene sah sie sich in das Auto von Philipp einsteigen und tief Luft holen. »Natürlich, dasselbe Parfum!«, überlegte sie.

Dann sah sie Peter vor sich, der sich wunderte, dass ihr Verfolger immer wusste, wo sie auf Termin war. Und sogar die passende Uhrzeit kannte.

»Oh Gott, jetzt ergibt alles einen Sinn«, nickte Ira. Die Puzzleteile setzten sich in ihrem Gehirn zusammen und ergaben ein Gesamtbild. Sofort dröhnte es in ihrem Kopf, der Schmerz wurde stärker.

»Ja, ja, ich weiß. Ich hab' eine Platzwunde und eine starke Gehirnerschütterung«, analysierte Ira gelassen die Situation. »Schädelbruch ist das keiner. Dafür hab' ich einen zu starken Dickschädel! Aber ich muss jetzt weiter nachdenken«, befahl sie sich und ignorierte den Schmerz.

Sie sah den Baron vor sich, wie er enttäuscht über seinen einzigen Sohn sprach. Er hatte bezweifelt, dass er jemals einen Stammhalter für sein Geschlecht bekommen würde. In der nächsten Szene sah sie sich am

Handy, im Gespräch mit Mara. Die erzählte ihr, dass ihr Stenz zwar galant, aber doch sehr zurückhaltend sei. Da fiel es Ira wie Schuppen von den Augen.

»Der junge Baron ist schwul! Das ist des Rätsels Lösung. Er hat sich nur an Mara rangemacht, damit er an den digitalen Terminkalender der Redaktion kommt. Mara hat doch erzählt, dass er sich sehr für ihre Arbeit und die Termine interessiert. Logo. Das ist es«, rief Ira ins Dunkel. Bestimmt war Philipp an Maras Passwort herangekommen – und konnte sich so beliebig in den Kalender einloggen. Jetzt war auch klar, warum es dem sonst so redegewandten Herren fast die Sprache verschlagen hatte, als er sie mit dem liegengebliebenen Golf gesehen hatte.

»Klar, der dachte, er hätte mich am Vortag von der Straße ins Gelände geschoben und wähnte mich schwerverletzt oder tot«, überlegte Ira. Schließlich hatte ihre Nachbarin dieselbe Statur und Haarfarbe wie sie – aus Versehen hatte er die falsche Frau erwischt. Aber dann hatte ihm der Zufall doch noch in die Hände gespielt, als Viktorias Golf seinen Dienst quittiert hatte. Der junge Adlige hatte die Gunst der Stunde am frühen Vormittag genutzt und sie geschnappt.

»Und jetzt bin ich hier«, beendete die Journalistin ihren Gedankengang. Sie hätte was darum gegeben, wenn sie gewusst hätte, wie spät es war. Das Zeitgefühl war ihr während der ersten Ohnmacht abhanden gekommen. Da der Kerker kein Fenster besaß, konnte sie nicht einmal erkennen, ob es draußen dunkel oder hell war.

»Aber jetzt werde ich dafür sorgen, dass ich hier rauskomme«, nahm sie sich vor. Ira spürte, wie ihre

Kraft zurückkam. Ihr starker Wille hatte die Oberhand über Verzweiflung und Angst gewonnen.

»Ja, das krieg ich hin. Und dann ist der dran«, drohte sie ins Dunkel. »Der Knabe hat Angst, dass sein Vater mir was vererbt und er deshalb vielleicht weniger erhält«, war sie sich über Philipps niederträchtiges Motiv völlig im Klaren. Schließlich waren ihr die Andeutungen des Barons bei ihren vergangenen Treffen nicht entgangen. Durch die Blume wollte er ihr vermitteln, dass sie wohl in seinem Testament erwähnt sei. Denn Philipp wirkte auf sie zwar sympathisch, aber von Arbeit hatte sein Sohn wohl nie viel gehalten, wie sie den Ausführungen des Barons entnehmen konnte. »Es geht doch immer nur ums Geld«, sah sie auch hier Habgier am Werk.

Was Ira allerdings wirklich schockierte, war Philipps Verhalten, das sich urplötzlich um 180 Grad gewendet hatte. Aus Dr. Jekyll war im Auto plötzlich Mr. Hyde geworden. Ohne Vorwarnung. Die bösartigen Blicke, diese Gewalt, die von ihm ausgegangen war. Als wäre er eine gespaltene Persönlichkeit ... Da ging Ira plötzlich ein Licht auf. Ihr kam ein Gespräch mit dem Baron in den Sinn, das sich um Erbkrankheiten im Adelsgeschlecht drehte.

Mit Bedauern hatte er ihr von seinem Großvater und einer Urgroßmutter erzählt, die beide entmündigt worden waren und in eine Anstalt eingeliefert werden mussten. Mit der Diagnose »Dissoziative Identitätsstörung«. Erbkrankheiten waren beim Adel nichts Seltenes. Auch wenn es bei dieser speziellen Krankheit nur eine 20-prozentige Wahrscheinlichkeit gab, dass diese vererbt würde. Eheschließungen innerhalb der eigenen Verwandtschaft musste Tribut gezollt werden. Das war schon immer der Preis für Inzucht gewesen. Die einen waren Bluter, die anderen hatten seltsame Merkmale, etwa das Habsburger Geschlecht mit seiner dicken Unterlippe.

Graf Bobby hatte noch seine Witze darüber gemacht, dass er selbst hoffentlich von dieser üblen Krankheit verschont bleibt: »Seit mehr als 80 Jahren hat es sich nicht bemerkbar gemacht, hoffentlich bleibt das auch so«, hatte er sich in ihrem Gespräch vor wenigen Wochen gewünscht. Und Ira gebeten, auf diese Krankheit nicht in seiner Biografie einzugehen. Er hatte es ihr nur erzählen wollen. Wie so vieles andere, was nicht im Buch landen sollte.

»Die Krankheit hat offensichtlich eine Generation übersprungen, anders ist dieser Gegensatz nicht zu erklären. Entweder mir freundlich zuwinken und charmant grüßen oder bösartig sein und zuschlagen – was für ein krankes Hirn«, überschlugen sich Iras Gedanken. »Allemal gefährlich, denn wenn es ums Erben geht, müssen einige Mitmenschen nicht einmal schizophren sein, um Mordgedanken zu hegen.« Aber diese Krankheit gab den Umständen ihres momentanen Daseins noch eine besonders gefährliche Würze. »Ich muss hier auf jeden Fall raus. Wer weiß, was dem noch einfällt«, sorgte sie sich. Falls es ihm beliebte, schaute er womöglich nach, ob sie noch am Leben war, oder ob der Schlag auf den Kopf ihr Lebenslicht ausgeblasen hatte. Kurz wollte die Angst über einen erneuten Angriff in ihr hochsteigen, aber Ira ließ es nicht zu. »Angst hilft mir nicht weiter«, rügte sie sich. Sie bekam einen trotzigen Gesichtsausdruck, den ihre Freunde allzu gut kannten.

Wie sie in dieses Verlies gelangt war, war das einzige, was sie sich nicht erklären konnte. Sie war sich sicher, dass es zum Schloss gehörte. Ein gewöhnliches Wohnhaus hatte doch keinen Kerker! Aber das Letzte, an das sie sich erinnern konnte, war, dass sie in Philipps Garage aus dem Wagen gestiegen war und gehört hatte, wie sich das Tor automatisch schloss. Dann hatte sie einen unbeschreiblichen Schmerz am Kopf verspürt, und es war Nacht um sie geworden.

Ira erinnerte sich an die Worte des Barons, als er über das Dorf und das Schloss gesprochen hatte. Und darüber, dass die meisten Häuser an der Straße zum Schloss einst von Gesinde bewohnt waren. »Und war da nicht auch die Rede von unterirdischen Gängen? Durch die der Adel fliehen konnte, wenn der Pöbel im Schlosshof rebellierte?«, überlegte sie. »So muss es sein!«, sagte Ira und nickte heftig. Der Schmerz in ihrem Kopf steigerte sich augenblicklich um ein Vielfaches.

»Der hat mich über einen unterirdischen Gang von seinem Keller aus hierher ins Schloss gebracht«, sagte sie laut. In Gedanken schob sie noch nach: »Und das hat keiner mitgekriegt …«

Malte, Peter und Hermann trafen sich an der Kreuzung im Dorf. Alle drei waren ziemlich desillusioniert. Denn die Polizisten hatten bislang tatsächlich niemanden in den Häusern angetroffen. Die Umgebung wirkte wie ein Geisterdorf.

»Die kommen wirklich nur zum Schlafen her. Das gibt's doch nicht«, ärgerte sich Peter.

Malte schüttelte den Kopf und schlug vor: »Dann müssen wir bis abends warten und nochmal überall klingeln.« Für diesen Vorschlag erntete er vernichtende Blicke seiner Kollegen.

»Jetzt bleibt nur noch die Straße zum Schloss. Also, auf geht's. Irgendjemand muss doch zuhause sein«, forderte Peter die Kollegen auf. Die nickten.

Plötzlich winkte der Baron vom Schlosstor aus zu ihnen herüber. Malte bemerkte es und machte Peter und Hermann darauf aufmerksam. Neugierig geworden, eilten sie zu ihm.

»Haben Sie jemanden angetroffen? Hat jemand etwas gesehen?«, erkundigte sich der Adlige mit besorgter Stimme. Peter schüttelte den Kopf. Der Baron tat ihm leid. Es war offensichtlich, dass Ira ihm sehr am Herzen lag und ihr Verschwinden ihm sehr zusetzte. Fast schüchtern blickte ihn Graf Bobby an und erklärte, dass Ira von ihm erzählt habe.

»Sie wissen, dass diese Frau etwas ganz Besonderes ist«, stellte der Baron leise fest.

Peter nickte.

»Aber Sie sind doch schon so lange zusammen, warum sind Sie denn nicht verheiratet?«, kam es fast vorwurfsvoll aus dem Mund des Barons.

Kommissar Brand blickte ihm in die Augen und sagte mit traurigem Unterton: »Bislang hat sie nicht Ja gesagt.«

Hermann, der aufmerksam gelauscht hatte, ergänzte diese Aussage: »Aber gestern hat sie immerhin nicht Nein gesagt.«

Da strahlten die Augen von Graf Bobby, und er gab seiner Hoffnung Ausdruck: »Dann gibt's eine Hochzeit. Und die feiern wir hier auf dem Schloss. Ist das eine Idee? Und Sie erlauben mir, das Fest auszurichten. Ira ist für mich in den vergangenen Monaten fast zu einer Tochter geworden. Bitte machen Sie mir die Freude«, bat er Peter.

Der Kommissar war völlig überrumpelt. Barscher als gewollt, antwortete er: »Zuerst muss Ira gefunden werden.«

Sofort entschuldigte sich der Adlige für seine Impertinenz. »Oh, das ist natürlich Ihre Privatangelegenheit. Ich bitte vielmals um Entschuldigung. Wie konnte ich mich nur so erdreisten. Ich habe kurz die Contenance verloren. Das ist dieser schwierigen Lage geschuldet. Aber dennoch keine Entschuldigung ... «

Kommissar Brand musste trotz der angespannten Situation ein wenig lächeln. Es war einfach herrlich, wie geschwollen dieser Baron sprach. Ira hatte ihm nicht nur einmal davon erzählt und sich dabei stets köstlich amüsiert.

»Meine Herren, ich kann Ihnen bei der Suche zwar nicht helfen, aber ich kann Ihnen einen kleinen Imbiss anbieten. Bestimmt sieht die Welt nach einer kleinen Stärkung wieder freundlicher aus. Darf ich Sie kurz ins Schloss bitten?«, bot der Baron mit einer einladenden Handbewegung an.

Hermann, der bereits von Anfang an sehnsüchtig zu dem historischen Gemäuer geblickt hatte, da er sich sehr für den Adel und seine Bauten interessierte, sagte spontan: »Das ist wirklich aufmerksam. Wir nehmen gerne an.«

Peter schaute ihn von der Seite an, sagte aber nichts. Ihm fiel ein Zitat von Friedrich, einem Kumpel aus Heckenbach, ein: »Ohne Mampf kein Kampf!« Es war vielleicht keine schlechte Idee, das Schloss unter die Lupe zu nehmen. Vielleicht entdeckten sie irgendetwas, das sie auf der Suche nach Ira weiterbrachte.

»Aber ich möchte noch kurz die letzten vier Häuser in dieser Straße aufsuchen. Vielleicht hat jemand etwas gesehen«, sagte Kommissar Brand.

»Gut, dann lasse ich den Imbiss vorbereiten, und Sie kommen, wenn Sie fertig sind«, schlug der Baron vor.

Zehn Minuten später standen die drei Polizisten vor Philipps Haus. Die anderen Gebäude waren menschenleer, niemand hatte die Tür geöffnet.

»So, letzter Versuch«, motivierte sich Peter und wollte auf die Klingel drücken. Doch in diesem Moment wurde die Haustür aufgerissen.

»Hallo, meine Herren, was kann ich für Sie tun?«, erkundigte sich Philipp mit charmantem Lächeln bei den Polizisten. »Ich habe Sie bereits beim Haus gegenüber gesehen«, erklärte er. »Und jetzt bin ich wirklich gespannt, warum Sie hier sind.«

Die Kommissare sahen ihn an, und Peter antwortete: »Wir sind auf der Suche nach dieser Frau.« Dabei zeigte er ihm das Foto von Ira.

Der adlige Spross warf einen kurzen Blick darauf und stellte fest: »Ah, Frau Sander. Klar, die kenne ich. Sie schreibt die Biografie meines Vaters.« Dabei deutete er auf die Straße hinunter zum Schloss. »Was ist mit ihr?«, erkundigte er sich.

Kommissar Wöllnert ergriff das Wort und erklärte, dass die Journalistin wie vom Erdboden verschluckt sei, sie sich aber sicher waren, dass sie hier in diesem Ort irgendwo sein müsse.

Beflissen nickte Philipp und erklärte: »Heute Morgen hab' ich sie unten am Berg aufgelesen. Ihr Auto hat wohl den Geist aufgegeben. Sie hatte einen Termin bei meinem Vater und ich hab' sie schnell raufgefahren. Es war reiner Zufall, dass ich gerade vorbeifuhr. Oben hab' ich sie rausgelassen und bin dann zur Post in den Nachbarort gefahren.«

»Wo genau haben Sie sie rausgelassen?«, hakte Peter nach.

»Nun, an der Kreuzung. Sie musste dann nur die Straße runterlaufen zum Schloss. Sind ja nur etwa zweihundert Meter. Ich konnte somit gleich an der Kreuzung bequem umdrehen und wieder den Berg hinunterfahren. Ich hatte noch angeboten, sie bis zum Schlosstor zu bringen, aber das wollte sie nicht. Dort geht es sehr eng her, und sie hatte wohl Angst um meinen Sportwagen«, amüsierte sich der Unternehmer mit einem Zwinkern. »Aber ich verstehe nicht, warum sie gesucht wird. Sie ist doch nur zu meinem Vater gegangen. Der ist ganz vernarrt in sie. Der alte Herr schwärmt geradezu für diese Journalistin«, schob er mit verständnislosem Blick nach. »Er muss doch wissen, wo sie ist!« Er fuhr sich durchs blonde Haar und wirkte dabei sehr jungenhaft. »Aber kommen Sie doch bitte rein«, bat er dann, öffnete die Tür und machte eine einladende Handbewegung ins Innere. Er lächelte gewinnend.

»Einer, dem man nichts abschlagen kann«, ging es Peter durch den Kopf. Er hatte kein gutes Gefühl. Sein Blick wanderte zu Hermann. Der dachte offensichtlich dasselbe. War das hier nur eine perfekte Theaterinszenierung? »Irgendwas ist hier faul«, wurde Kommissar Brand von seinem Instinkt gewarnt.

Doch bevor er oder Hermann etwas sagen konnten, ergriff Malte die Initiative. »Sehr freundlich«, sagte er, drückte sich an den Kollegen vorbei und schlüpfte in die Wohnung. Sogleich begann er ein lockeres Gespräch mit Philipp übers Segeln, denn er hatte im Eingangsbereich ein Foto von dem jungen Adligen auf einem Dreimaster entdeckt. Prompt berichtete dieser begeistert von seinem Segeltörn an der Küste von Mallorca bei Sa Dragonera.

»Die Königsfamilie segelt auch immer mit. Wir sind wohl irgendwie um tausend Ecken verwandt. Daher bekomm' ich auch immer eine Einladung«, erzählte Philipp und schien dabei ein paar Zentimeter zu wachsen. Kommissar Tennemann, der selbst ein begeisterter Segler war, zeigte gebührende Bewunderung. »Wow, das würde mir auch gefallen.«

Philipp reagierte sofort und sagte gönnerhaft: »Kein Problem, kommen Sie doch einfach nächstes Jahr mit. Sie sind mein Gast.«

Malte schien begeistert und strahlte ihn an. »Das wäre ja wunderbar.« Während er dies sagte, schlenderte er entspannt durch die Wohnung und stand auch schon im Büro des jungen Adligen. In Sekundenschnelle ließ er seine Blicke über die Einrichtung schweifen und blieb an einem Blatt Papier im Papierkorb hängen. Während Peter und Hermann mit Philipp ins Büro folgten, legte Malte seinen Kopf zur Seite und versuchte, die Wörter auf dem Formular zu entziffern. Eines davon lautete »Entmündigung«. Er drehte sich sofort wieder zu den drei anderen um, die jetzt hinter ihm standen, und plapperte scheinbar belangloses Zeug übers Segeln. Die beiden älteren

Kommissare beobachteten ihn aufmerksam. Malte hatte den jungen Adligen komplett um den Finger gewickelt. Und dies war offensichtlich auch sein Ansinnen. Peter und Hermann erkannten am Tonfall des Kollegen, dass er gerade eine Rolle spielte. Nur welche?

Ohne dass Philipp es mitbekam, deutete Malte kurz auf den Papierkorb. Hermann reagierte sofort und spähte unauffällig hinein.

»Darf ich fragen, was Sie für einen Wagen fahren?«, erkundigte sich Malte im Plauderton beim Hausbesitzer.

»Oh, ich fahre einen weißen Mustang. Mein ganzer Stolz«, kam sofort die Antwort.

Kommissar Tennemann schien entzückt und fragte fast schüchtern: »Dürfte ich den mal sehen? Ich liebe Mustangs.«

»Selbstverständlich. Einfach folgen«, kam die Antwort von Philipp. Und schon drehte er sich um und ging eine Treppe hinunter. »Meine Garage ist quasi im Keller«, lachte er, als hätte er eben einen tollen Witz gemacht. Die drei Kommissare folgten ihm; Peter zog die Augenbraue hoch. Wenig später betraten sie die peinlichst aufgeräumte Garage.

»Oh mein Gott, was für eine Schönheit«, entfuhr es Malte. Langsam umrundete er den Sportwagen und stieß dabei immer wieder begeisterte Laute aus. Hermann und Peter sahen sich an und fragten sich, ob Malte noch alle Tassen im Schrank hatte. Doch der junge Stenz suhlte sich hörbar in den anerkennenden Worten von Malte.

»Ja, es ist eine Sonderanfertigung. Nicht nur der Lack ist ein Unikat«, gab der Autobesitzer an. Dabei reckte sich seine Nase etwas in die Höhe. Peter nahm es wahr und dachte bei sich: »Eingebildeter Lackaffe.«

Hermann blickte sich unauffällig in der Garage um. Alles war peinlichst genau in die Regale eingeordnet, Werkzeug, Putzmittel, Motoröl und Co. Nichts ließ darauf schließen, dass Ira hier gewesen war.

»Dürfte ich ein paar Fotos von Ihrem wundervollen Auto machen?«, erkundigte sich Malte mit dem flehenden Blick eines Schuljungen.

»Selbstverständlich«, nickte Philipp eifrig. Er war sichtlich erfreut, dass sein Statussymbol auf vier Rädern so großen Anklang fand.

»Der junge Kommissar ist in Ordnung. Bei den beiden anderen weiß ich nicht so recht«, ging es ihm durch den Kopf.

Während Malte ums Auto ging und dabei Unmengen von Fotos mit seinem Handy schoss, standen Peter und Hermann etwas abseits. Der junge Baron berichtete über den Verbrauch des Sportwagens, den getunten Motor, die Spezialfelgen und mehr. Hermann unterdrückte ein Gähnen. Aber Malte schien begeistert und knipste unaufhörlich. Allerdings fiel Peter auf, dass der junge Kollege längst nicht nur das Auto, sondern vor allem auch eines der Regale in der Garage fotografierte.

»Was macht der da?«, überlegte Peter. Sein Gedankengang wurde unterbrochen, als Malte sagte: »Toll, jetzt hab' ich auch ein Bild von den Sportfelgen. Herrlich. Ich danke Ihnen von Herzen. Schätze mal, wir können gehen?«, fragte er und blickte Peter und Hermann herausfordernd an. Beide nickten. Sie spürten, dass Malte etwas entdeckt hatte und wollten natürlich sofort wissen, was das war. Sie verabschiedeten sich von dem jungen Adelsspross und verließen das Haus.

»Gehen Sie jetzt zu meinem Vater?«, erkundigte sich Philipp.

»Ja«, kam die knappe Antwort von Peter.

Zufrieden nickend, wollte der Hausherr die Tür schon schließen, bemerkte dann aber noch: »Ja, mein alter Herr ist kein so guter Fahrer wie ich. Gestern Vormittag kam er mit seinem Wagen zurück und hatte die vordere Stoßstange mächtig verbeult.«

Die Kommissare drehten sich alle gleichzeitig um. »Was fährt Ihr Vater für ein Auto?«, erkundigte sich Peter. Er hatte Mühe zu verbergen, dass ihm kurz der Atem gestockt hatte, als Philipp die kaputte Stoßstange erwähnt hatte.

»Er hat einen dunklen Geländewagen. Steht in der Scheune beim Schloss«, antwortete Philipp scheinbar arglos, ging ins Haus und schloss die Tür.

Während sich die Polizisten draußen Blicke zuwarfen und sich auf den Weg zum Schloss machten, begann Philipp im Haus wie Rumpelstilzchen zu tanzen. Dabei hatte er ein teuflisches Grinsen aufgelegt, und aus seinen Augen blitzte der pure Wahnsinn. Sein Gesicht wurde mehr und mehr zur hässlichen Fratze. Schließlich bleckte er die Zähne und stieß aus: »Die sind mir voll auf den Leim gegangen. Ich bin viel zu raffiniert für diese drei Möchtegern-Kommissare. Da kommen die mit ihrem bürgerlichen Gehirn überhaupt nicht mit!«

»Was sollte das alles, Malte?«, wollte Peter wissen, als sie gemeinsam zum Schloss zurückgingen.

»Nicht hier. Der wird uns nachschauen. Weitergehen, nichts anmerken lassen«, antwortete Malte knapp.

Sein Gehirn arbeitete auf Hochtouren.

Kapitel 23

Einige Meter gingen die Kommissare schweigend nebeneinander her in Richtung Schloss. Malte holte gerade tief Luft, um die Kollegen an seinen Entdeckungen und Vermutungen teilhaben zu lassen, als sie auf einen Mann stießen. Er arbeitete außerhalb der Schlossmauer und entfernte Unkraut, das in dem Spalt zwischen Straßenbelag und Mauer wucherte. Dabei schimpfte er laut vor sich hin. »Natürlich, ich bin an allem schuld und für alles verantwortlich. Ich hab' die Nase gestrichen voll. So was ist mir in den ganzen 50 Jahren hier nicht untergekommen. So eine Unverschämtheit!« Dabei rupfte er zornig einen hoch gewachsenen Löwenzahn raus.

»Guten Tag«, hörte er eine Stimme hinter sich. Er drehte sich verblüfft um, offensichtlich nicht daran gewöhnt, vor dem Schlosstor auf Passanten zu treffen. Er hatte gedacht, er wäre allein mit seinen Schimpftiraden. Sonst hätte er sich niemals getraut, seine Wut so laut rauszuposaunen.

Der Gärtner blickte Peter Brand fragend an. Dabei wischte er sich den Schweiß von der Stirn. Er sah grobschlächtig, aber gutmütig aus. Ein echter Schaffer.

Die Kommissare stellten sich vor, und Peter hielt ihm Iras Bild unter die Nase. Sofort rief der Gärtner strahlend: »Ah, das ist die Frau, die immer den Baron besucht. Sehr freundlich ist sie. Grüßt immer und hat stets ein nettes Wort für mich übrig.«

Peter nickte und erkundigte sich beim Gärtner, ob dieser sie auch heute am Morgen gesehen habe. Der verneinte. »Ich war den ganzen Tag im Schlosspark und vor allem hier an der Mauer. Das hätte ich mitbekommen, denke ich.« Doch dann griff er sich an den Kopf und überlegte kurz. Um sich dann zu korrigieren: »Moment, ich war etwa zehn Minuten weg, weil ich eine neue Schubkarre holen musste. Meine war plötzlich verschwunden, obwohl ich sie hier abgestellt hatte. Und davor war ich kurz im hinteren Bereich, wo die Scheune ist. Da hab' ich mir einen Anpfiff vom Baron eingehandelt, weil das Auto eine verbeulte Stoßstange hat und er dachte, dass ich den Schaden angerichtet hätte«, erzählte er.

Hermann wurde hellhörig und erkundigte sich nach dem Auto.

»Da steckt immer der Schlüssel, den kann eigentlich jeder hier benutzen. Aber ich war das nicht. Das hab' ich dem Baron auch gesagt. Ich nicht!«, warf sich der Gärtner in die Brust. Es war für ihn offensichtlich nicht alltäglich, dass er seine Unschuld beteuern musste. »Ich weiß wirklich nicht, was das heute für ein Tag ist. Auto kaputt, Schubkarre weg. Ich glaub', wir haben hier Geister!«, schloss er, drehte sich um und machte sich wieder an die Arbeit. Für ihn war die Unterhaltung beendet.

»War der Baron gestern Vormittag zuhause?«, hakte Peter nach.

Bedächtig richtete sich der alte Mann wieder auf und überlegte. »Ja«, bestätigte er schließlich. »Wir hatten im Schloss Probleme mit der Heizung. Die Leitungen haben geklopft. Aber der Installateur hat das Problem gestern Morgen endlich gefunden und behoben. Der Herr war sehr zufrieden. Dann kam er zur mir, hat mir Anweisungen für den Tag gegeben und sich selbst um seine Rosen gekümmert. Da darf ich nämlich nicht hinlangen. Die sind sein Schatz. Ich hab' ihn immer wieder mit seiner Rosenschere gesehen. Der war den ganzen Vormittag da. Ganz bestimmt. Warum?«, fragte er die Polizisten.

Peter blieb die Antwort schuldig und bedankte sich höflich bei dem Gärtner. Dann erkundigte er sich noch, ob die Scheune, die sich etwa 20 Meter von ihnen entfernt befand, der Unterstand des Geländewagens sei.

»Ja«, nickte der Gefragte und widmete sich wieder dem Unkraut.

Ohne sich abgesprochen zu haben, lenkten die Kommissare ihre Schritte zur Scheune. Im vorderen Bereich war der schwarze Geländewagen geparkt. Ein kurzer Blick genügte, um den Schaden an der Stoßstange zu sehen. In der Mitte prangte eine ordentliche Delle.

»Das war die Anhängerkupplung von Iras Chevy. Da brauch ich keinen Sachverständigen. Die Höhe passt«, stellte Peter mit einem Blick zu seinen Kollegen fest. Die nickten einmütig.

»Soll ich gleich die Spusi rufen?«, erkundigte sich Malte und hatte bereits sein Handy in der Hand.

»Das reicht nachher noch«, schüttelte Kommissar Brand den Kopf. »Wir gehen jetzt zum Baron.«

»Es ehrt mich, dass Sie meine Einladung annehmen. Haben Sie jemanden gefunden, der Ira gesehen hat?«, erkundigte sich der Baron mit hoffnungsvollem Blick. Die Polizisten verneinten und traten in die Eingangshalle des Schlosses. Hermann ließ beeindruckt seine

Blicke übers Mobiliar wandern. Dann legte er den Kopf in den Nacken und bestaunte den Stuck an der Decke. Er war begeistert über den erstklassigen Zustand des alten Gemäuers.

»Folgen Sie mir bitte ins Esszimmer«, forderte der Baron das Trio auf. »Ich darf vorausgehen?« ging er zur Tür und öffnete sie.

»Boah eh, das nennt der Esszimmer«, ging es Hermann durch den Kopf, als er eintrat. Eine große Tafel mit vielen mit Hussen verkleideten Stühlen offenbarte sich ihnen. An den Wänden hingen meterhohe Gobelins, vor den bodentiefen Fenstern standen mediterrane Gewächse wie Zitronenbäume, Oliven und Oleander. Auch Peter und Malte hatte es die Sprache verschlagen. Während Tennemann sich fragte, wer hier sauber machte und Ordnung hielt, wunderte sich Peter, wie man in so einem Museum wohnen konnte.

Der Hausherr bat die Kommissare, Platz zu nehmen. Auf der Tafel fanden sich große Etageren mit belegten Sandwiches und süßen Köstlichkeiten. Für jeden Geschmack etwas. Dazu gab es Gedecke mit Tellern, Tassen und Gläsern, alles akkurat angeordnet. In der Mitte der Tafel, auf der eine blütenweiße Damast-Tischdecke lag, präsentierte sich ein wundervolles, üppiges Rosenbouquet.

»Das ist ja wirklich zauberhaft. Und diese Rosen!«, platzte Hermann heraus. Peter warf ihm einen rügenden Blick zu. Für ihn war es ein Museum mit jeder Menge unnützem Grünzeug.

Aber der Hausherr bedankte sich für das Kompliment und erklärte: »Das Schloss ist seit vielen Jahrhunderten im Familienbesitz. Und es ist meine Aufgabe, alles zu erhalten. Die Blumen …« Er unterbrach sich selbst, denn in diesem Moment öffnete sich leise die Tür und eine Frau trat ein. Unscheinbar, aber gütig lächelnd, fragte sie die Herren: »Wer möchte Kaffee?« Alle nickten. Und so goss sie eine Tasse nach der anderen voll. Ein köstlicher Duft stieg den Männern in die Nase.

»Das ist jetzt wirklich genau das Richtige«, bedankte sich Peter Brand überschwänglich.

»Ja, Berta ist die gute Seele im Schloss. Sie brüht nicht nur wundervollen Kaffee und zaubert leckeres Essen auf den Tisch. Nein, sie ist auch für den Blumenschmuck verantwortlich. Dieses Rosenarrangement etwa hat sie gesteckt«, sagte der Adlige und deutete lächelnd auf den floralen Tischschmuck.

Malte strahlte die Frau an. Sie erinnerte ihn sehr an seine Großmutter. Peter und Hermann nickten ihr anerkennend zu. Wobei sich Hermann noch intensiver mit der gedrechselten Kommode ihm gegenüber befasste. Kein Wunder, liebte er doch Antiquitäten. Und dieses Schloss schien vor alten, gut erhaltenen Möbeln nur so zu strotzen. Er kam aus dem Staunen gar nicht mehr raus.

»Das ist wirklich sehr freundlich von Ihnen«, bedankte sich Peter beim Baron. »Das wäre nicht nötig gewesen«, schob er artig nach. Dabei musterte er das Gesicht des Adligen. Es war nicht zu übersehen, dass er in Sorge um Ira war.

Gerade bemerkte er: »Nicht wahr, Sie finden Frau Sander?«

Kommissar Brand nickte. »Ja, das werden wir.«

»Bitte greifen Sie zu«, ermunterte der Gastgeber die Polizisten, sich an den Etageren zu bedienen. Berta wollte sich gerade zurückziehen, da erkundigte sich der Hausherr eher beiläufig bei ihr: »Hat das Klopfen jetzt aufgehört? Es dürfte keine Luft mehr in den Leitungen sein.«

Die Gefragte nickte lächelnd und bejahte. »Endlich Ruhe, das hat mich in der Küche fast verrückt gemacht. Ich dachte schon, wir hätten einen Poltergeist«, witzelte sie. Dann schlüpfte sie so leise durch die Tür hinaus, wie sie hereingekommen war.

Der Baron blickte ihr freundlich nach und bemerkte: »Was würde ich nur ohne sie machen?«

Ira nahm ihre ganze Kraft zusammen. Sie musste irgendwie an dieses Rohr gelangen. Ihr Kopf dröhnte und der Schwindel war übermächtig. Aber ihre Willenskraft ließ sie schließlich doch hinknien. Sie reckte den Arm so hoch sie konnte über ihren Kopf. Dabei hielt sie die Stiefelette fest umklammert. Mit der anderen Hand leuchtete sie mit dem Feuerzeug nach oben.

»Ja, das reicht«, jubelte sie innerlich. Die Kopfwunde hatte wieder zu bluten begonnen. Ob es daran lag, dass sie so angestrengt nach oben schaute, wusste sie nicht. Es war ihr egal. Und die Tatsache, dass sie nur das rechte Auge öffnen konnte, während das linke sich anfühlte, als sei es ein geschwollener Klumpen Fleisch, juckte sie ebenfalls nicht.

»Lieber Gott, mach', dass dieses Rohr zu einer Leitung gehört, die nach oben führt!«, sagte sie laut. Dann begann sie mit dem harten Absatz der Stiefelette so stark sie konnte gegen das Rohr zu klopfen.

Die Anstrengung forderte rasch ihren Tribut. Ihr wurde noch schwindeliger, und das Blut aus der Wunde rann ihr übers Gesicht. Aber Ira klopfte eisern weiter. Aufgeben gehörte nicht zu ihren Lieblingswörtern. Und irgendwie musste sie hier ja schließlich rauskommen.

»Bitte, irgendjemand muss mich hören und rausholen. Ich halte das nicht mehr lange aus«, flüsterte sie in die Dunkelheit und ignorierte die Schmerzen und den höllischen Durst, der ihre Mundhöhle austrocknen ließ. Das Blut aus der Kopfwunde suchte sich derweil den Weg über ihr Gesicht und wurde an den Lippen gestoppt. Ira spürte die Flüssigkeit und leckte mit der Zunge über die Lippen. Als sie ihr eigenes Blut schmeckte, dachte sie nur: »Dann trink' ich halt mein Blut. Hoffentlich werde ich dann nicht zum Vampir.«

Berta war in der Schlossküche angekommen und dachte über die Gäste nach. »Nette Herren«, befand sie. Plötzlich hielt sie inne und lauschte. Gerade hatte sie die Spüle trocken reiben wollen. Da hörte sie wieder das Klopfen. »Oh nein, das darf doch nicht wahr sein«, jammerte sie frustriert. »Schon wieder dieses widerliche Klopfen. Hat der Installateur es gestern doch nicht richtig hinbekommen? Damit werde ich den Baron heute aber nicht belästigen, der hat andere Sorgen. Morgen ist auch noch ein Tag«, brummelte sie und rieb die Spüle vollends trocken. Dabei ignorierte sie das beharrliche Klopfen, so gut sie konnte.

Ira war erschöpft. Das Klopfen mit dem Absatz der Stiefelette gegen das Rohr war sehr anstrengend, da sie über Kopf agieren musste. Sie hatte einfach nicht die Kraft aufzustehen.

»Oh bitte, das muss doch einfach jemand hören«, wünschte sie sich. Ihr Arm fühlte sich an, als würde darin eine glühende Eisenstange stecken. Und der pochende Schmerz im Kopf war unerträglich. Ira ließ den Arm sinken und setzte sich auf ihre angewinkelten Beine.

»Ich brauch' eine Pause. Nur kurz. Aber dann geht's weiter«, nahm sie sich vor. »Was, wenn es jetzt mitten in der Nacht ist und alle schlafen?«, schoss es ihr durch den Kopf. »Dann hört mich keiner. Zumindest ist dann die Chance gefunden zu werden sehr gering.«

Diese Überlegung raubte ihr vollends den Mut. Ira sackte in sich zusammen. Sie hatte einfach keine Kraft mehr. Tränen suchten sich den Weg über ihre Wangen und vermengten sich dort mit dem getrockneten Blut. Sie konnte einfach nicht mehr.

Als der Baron für einen Moment aus dem Speisesaal ging, zückte Malte sofort sein Handy. Gespannt blickten ihn die Kollegen an. Was hatte er ihnen auf dem Weg von Philipp zum Schloss sagen wollen? Statt zu reden, hielt der junge Kommissar den Kollegen ein Bild unter die Nasen. Peter und Hermann schauten es sich an.

»Das Regal in der Garage. Und?« Peter Brand verstand nicht, was Malte so Besonderes entdeckt hatte.

»Schau' genau hin«, forderte Malte ihn auf. Peter tat, wie ihm geheißen.

Doch es war Hermann, der plötzlich stutzte und sagte: »Zoom mal ran!« Malte vergrößerte.

»Ich glaub', ich spinne. Das ist der Beweis«, entfuhr es Hermann.

Peter kapierte es immer noch nicht, betrachtete erneut das Bild und hatte plötzlich die Erleuchtung: »Iras Bonbonpapier!« Und tatsächlich, auf dem Boden nahe des Regals lag ein weiß-blaues Bonbonpapier, das aussah wie eines von denen, die Ira zu verlieren pflegte. Malte griff in seine Hosentasche und präsentierte triumphierend das vorhin fotografierte Bonbonpapier. Er hatte es unauffällig in der Garage gesichert. Die Kommissare beäugten das Corpus Delicti.

»Das ist Iras Lippenstift«, bestätigte Peter. »Sie reißt die Verpackung immer mit den Zähnen auf und nimmt dann das Bonbon raus. Eindeutig!«

Malte hatte große Ähnlichkeit mit Lehrer Lämpel aus Max und Moritz, als er fragte: »Was macht das Bonbonpapier in der Garage von Philipp, wenn er sie doch oben an der Kreuzung rausgelassen hat?«

Hermann nickte und ergänzte: »Und warum hat er ein Formular zur Entmündigung in seinem Papierkorb und betont so beflissen, dass Ira bestimmt hier im Schloss sein muss?«

Peter vervollständigte: »Und macht uns auf die kaputte Stoßstange aufmerksam? Dumm nur, dass der Gärtner dem alten Baron, ohne es zu wissen, ein Alibi für den Vormittag gegeben hat. Er konnte also nicht der Fahrer sein, der Nadine gestern von der Straße geschoben hat.«

Alle drei blickten sich an. »Der will seinen Alten loswerden. So sieht's aus«, umriss Malte trocken die Situation. Und erntete zu diesem Fazit kollektives Nicken der Kollegen.

Kommissar Brand blickte Malte an und erkundigte sich: »Warum wolltest du eigentlich so schnell ins Haus des Sohnes?«

Der grinste und erklärte: »Als wir zu seinem Haus gelaufen sind, hab' ich bemerkt, dass ein Bonbonpapier unten am Tor der Garage eingeklemmt war. Da bin ich misstrauisch geworden. Ich wollte sehen, ob er im Haus solche Bonbons hat. Es hätte ja möglich sein können, dass er die gleiche Sorte wie Ira bevorzugt. Und somit das gleiche Problem mit den kleinen, glatten Verpackungen hat wie Ira.« Malte erzählte von dem Abend, als er in der Wohnung der Journalistin ein Papierchen vom Boden aufgelesen und damals festgestellt hatte, dass es mit Ira wie bei Hänsel und Gretel sei.

»Was hat das mit dem Märchen zu tun?«, fragte Hermann verständnislos.

Der junge Kommissar erklärte: »Na, sie hinterlässt auch ihre Spuren. Zwar nicht mit Brotkrumen, aber mit Bonbonpapierchen!«

In diesem Moment kam der Baron wieder herein. Er wirkte niedergeschlagen. »Ich würde so gerne bei der Suche helfen. Aber ich hab' wirklich keine Idee, wo Frau Sander sein könnte«, bedauerte er und schüttelte langsam den Kopf. Mit hängenden Schultern nahm er auf seinem Stuhl Platz. In dieser mit Sicherheit nicht standesgemäßen Haltung verharrte er.

»Wir werden sie finden, keine Sorge«, ermutigte ihn Peter Brand sofort. Der alte Herr tat ihm leid. Ira hatte ihm erzählt, wie vital der Baron für sein Alter sei. Davon war gerade aber nichts zu spüren.

Hermann wollte den Adligen ablenken und erkundigte sich nach der Geschichte des Schlosses. »Wann wurde es erbaut? Ich interessiere mich sehr für die Historie und bin im Gmünder Geschichtsverein«.

Hermann hatte die richtige Frage gestellt, denn Graf Bobby erwachte aus seiner Lethargie. Er richtete sich auf seinem Stuhl auf und zählte sofort die Fakten des historischen Gemäuers auf. Etwa, dass der ursprüngliche Bau aus dem 16. Jahrhundert stamme, dass das Schloss um die 100 Zimmer besitze und seit seinem Bau im Besitz seiner Familie sei. Der Stolz darüber schwang in seiner Stimme mit.

Malte bewies derweil, dass er eine gute Erziehung genossen hatte, stand auf und griff zu den Tellern. Da man fertig gespeist hatte, konnte er abtragen. Zumal ihn das alte Gemäuer und seine Geschichte nicht die Bohne interessierten. Er lebte im Hier und Heute, nicht in der Vergangenheit.

Doch der Baron wehrte entsetzt ab: »Bitte lassen Sie das Geschirr stehen. Darum kümmert sich Berta!«

Wie aufs Stichwort huschte diese leise zur Tür rein. »Kann ich abtragen?«, erkundigte sie sich bei der Herrenrunde.

Der Hausherr nickte und bemerkte zu Malte: »Sehen Sie?«

Doch der junge Kommissar ließ sich nicht beirren. Denn er hatte seine Gründe: Er wollte allein mit der Haushälterin reden. Und wenn er ihr in der Küche half, war das eine gute Möglichkeit, mit ihr ins Gespräch zu kommen. So wischte er ihre Einwände mit einer lässigen Handbewegung weg und schenkte ihr sein charmantestes Lächeln. »Lassen Sie mich bitte helfen. Ich mach' es gern.«

Bertas Wangen bekamen eine zartrosa Färbung, und sie nickte schüchtern, aber sichtlich angetan. So marschierten die beiden einträchtig und mit den Händen voller Geschirr in die Schlossküche.

Dort angekommen, beäugte Malte neugierig das Inventar. Er war erstaunt, wie modern die Küche ausgestattet war. Neben einem großen Induktionsherd gab es sogar eine Industriespülmaschine. Darauf angesprochen, erklärte die Haushälterin, jetzt voll in ihrem Element, dass sie manchmal große Gesellschaften ausrichte. Etwa für die Kreisjägerschaft oder auch den Schützenverein.

»Der Baron ist jeweils Vorsitzender«, erzählte sie. »Und da braucht man schon die richtigen Gerätschaften in der Küche, sonst wird man ja nie fertig. Wir sind ja nicht mehr im Mittelalter«, schob sie zwinkernd nach. Und verwies darauf, dass ihr bei diesen Veranstaltungen nur eine junge Frau zur Hand ging. »Aber eben keine fünf Mägde.« Berta hatte Vertrauen zu diesem jungen Kommissar gefasst. Er erinnerte sie an ihren Enkel. Und der war ein ganz lieber Junge.

»Feiert der junge Baron auch Familienfeste hier?«, hakte Malte scheinbar beiläufig nach. Sofort verdunkelte sich Bertas Gesicht. Sie wurde wortkarg. »Selten.«

Dem Kommissar entging diese Veränderung nicht. »Volltreffer«, freute er sich innerlich. »Sein Sohn wohnt doch nur ein paar hundert Meter entfernt. Bei ihm waren wir vorhin. Er macht einen freundlichen

Eindruck. Ganz wie sein Vater«, plauderte er drauf los. Und wartete ab. Berta blickte ihn einen Moment an und sagte zuerst nichts. Sie schien ihre Antwort abzuwägen.

»Meinen Sie nicht?«, erkundigte sich Malte mit einem Blick, der dem eines Unschuldsengels glich. »Oder ist Philipp ein böser Junge?«, bohrte er ein wenig nach.

Die Haushälterin holte tief Luft. Malte sah ihr an, dass sie einen inneren Kampf ausfocht. Es war bekannt, dass Hausangestellte zur Verschwiegenheit verpflichtet waren. Vor allem in der aristokratischen Gesellschaft. Doch die Haushälterin wollte diesem jungen Kommissar reinen Wein einschenken. Er war ihr sympathisch.

»Das Gespräch bleibt selbstverständlich unter uns«, stellte der Kommissar klar. Und diese Zusage schien die Schleusen zu öffnen, denn Berta legte plötzlich los: »Der junge Herr lebt über seine Verhältnisse und nutzt seinen Vater aus. Erst heute Morgen gab es wieder einen Riesenkrach. Wie immer drehte er sich um Geld.« Sie seufzte. »Philipp ist unberechenbar. Schon seit seiner Kindheit kann er plötzlich richtig bösartig werden. Ich weiß nicht, was mit dem Jungen los ist. Ich kenne ihn, seit er auf der Welt ist. Er hat uns immer Kummer gemacht. Einmal hat er seinem Kanarienvogel den Hals umgedreht, nur weil der nicht zwitschern wollte. Das war so grausam. Manchmal hab' ich Angst vor ihm. Aber im nächsten Augenblick, wenn er seinen Willen bekommen hat, ist er wieder liebevoll und charmant. Fast so, als hätte er zwei Persönlichkeiten in sich.«

Malte hatte genug gehört. Er bedankte sich bei Berta für ihr Vertrauen, während er das Geschirr routiniert in die Spülmaschine einräumte.

»Das ist selten, dass ein Mann weiß, wie man richtig Geschirr und Besteck einordnet«, staunte die Haushälterin.

»Meine Mutter hat mich zur Ordnung erzogen. Und Wert darauf gelegt, dass ich meinen Haushalt einmal selbst bewältigen kann«, erklärte Malte ihr lächelnd.

»Dann haben Sie eine gute Mutter«, gab sie zurück. Sie hatte ihre Scheu vor ihm völlig verloren und blickte ihn voller Güte an.

Ira saß wie ein Häufchen Elend im Kerker an der kleinen Tür, genau ein Stockwerk unter der Küche. Ihr tat einfach alles weh. Und ihr Durst war mittlerweile fast so unerträglich wie der Schmerz in ihrem Kopf. Ihr Mut sank genauso schnell wie ihr Blutdruck, als sie von einem erneuten Schwindelanfall übermannt wurde.

Da hörte sie plötzlich die Stimme des Landrats in ihrem Kopf: »Frau Sander, Sie können nicht aufgeben. Wir müssen uns doch bald wieder auf einer Veranstaltung treffen. Und dann gehen wir ums Eck und rauchen zusammen eine. Jetzt machen Sie schon weiter, Sie sind doch eine starke Frau! Eine Ostälblerin gibt nie auf. Merken Sie sich das!«

Ira sagte ins Dunkel: »Jetzt krieg' ich schon Halluzinationen.« Aber irgendwie hatte ihr die Stimme von Klaus Pavel neue Kraft eingeflößt. Stöhnend vor Schmerz richtete sie sich erneut auf, kniete an der Tür, reckte den Arm über den Kopf und begann damit, den Schuhabsatz gegen das Leitungsrohr zu hämmern. Diesmal allerdings nicht willkürlich, sondern rhythmisch, im Takt des Triumphmarsches aus der Oper Aida. Es war das Lieblingslied ihres Vaters gewesen und würde ihr vielleicht Glück bringen. So hoffte sie zumindest.

Malte hatte die Spülmaschine fertig bestückt und schloss sie. Berta stand an der Spüle und beobachtete ihn lächelnd. Da hörte sie das Geräusch. »Oh nein, jetzt klopft es wieder!«

Der Kommissar blickte sie fragend an. Berta deutete auf das Rohr, das vom Keller in die Küche führte und direkt neben der Spüle an der Wand zum Heizkörper verlief.

»Hören Sie das? Wegen dieses fürchterlichen Klopfens war gestern der Installateur da. Über Wochen hat es mich fast verrückt gemacht. Ich habe gehofft, dass jetzt Ruhe ist. Tagsüber war alles in Ordnung, aber seit geraumer Zeit klopft es wieder. Nur, dass es jetzt dazwischen Pausen gibt. Das ist doch zum Verrücktwerden!«, klagte die Haushälterin.

Malte näherte sich dem Rohr. Jetzt hörte er es auch. Zwar nicht allzu laut, aber dennoch deutlich. Plötzlich stutzte er und legte sein Ohr direkt auf das Rohr. Dafür musste er sich über die Arbeitsplatte beugen.

Berta fragte ihn belustigt: »Was tun Sie da?« Malte winkte sie her und forderte sie auf, dasselbe zu tun. Und so beugten sich die beiden gemeinsam über die Platte, hatten ihre Köpfe eng zusammen und jeweils ein Ohr an der Leitung. Sie lauschten.

In diesem Moment ging die Tür auf und der Baron erschien mit den beiden Kommissaren in der Schlossküche. Peter und Hermann hatten zum Aufbruch gedrängt und wollten Malte abholen. Die drei trauten ihren Augen nicht. Denn das Bild, das sich ihnen bot, war unerwartet komisch. Peter erkundigte sich amüsiert, ob sie über das Rohr Musik hörten.

»Ja. Und zwar den Triumphmarsch aus Aida. Eines der Lieblingslieder von Ira, wenn sie am Putzen ist, wenn ich nicht irre«, gab Malte sofort zurück. Drei Augenpaare starrten ihn verblüfft an. Peter stürzte zu den beiden Lauschenden. Die Haushälterin und Malte traten zur Seite.

Peter legte sein Ohr ans Rohr. Und tatsächlich, er hörte den geklopften Rhythmus der Hymne aus Aida. Peters Herz hüpfte vor Freude in seiner Brust. Nicht nur einmal hatte Ira ihm erzählt, wie sie gemeinsam am Sonntagnachmittag mit ihrem Vater im Wohnzimmer gesessen hatte, um Musik zu hören. Und beim Triumphmarsch hatte der Vater immer laut aufgedreht. Zu laut, denn die Mutter war dann oft erbost hereingekommen, um ihn zusammenzustauchen, weil er sie aus dem Mittagschlaf gerissen hatte. Klassische Musik konnte sie ohnehin nicht leiden. Kaum war sie wieder aus dem Zimmer gerauscht, hatte der Vater frohlockend festgestellt: »So. Jetzt ist sie fertig mit ihrem Mittagsschläfchen. Dann können wir ja alle einen Sonntagsausflug machen.« Allerdings drehte der Herr Papa nur bei gutem Wetter den Triumphmarsch lauter …

Peter Brand schoss auf den Baron zu und stieß hektisch aus: »Zeigen Sie uns sofort, wo es in den Keller geht.«

Kapitel 25

»Oh mein Gott, die Frau nervt«, ärgerte sich Philipp. Sein Handy klingelte bereits zum dritten Mal. Der Blick aufs Display zeigte ihm, dass es Mara war. »Wie kann man nur so hartnäckig sein«, stieß der Adelsspross aus. »Wann begreift sie endlich, dass ich sie nicht mehr brauchen kann? Das hab' ich ihr doch bereits heute Mittag gesagt. Und die brabbelt was von Liebe. So eine idiotische Frau«, schimpfte er vor sich hin. Aber das Handy klingelte unerbittlich.

Schließlich nahm er den Anruf entgegen und brüllte ins Telefon: »Hör' auf, mich zu belästigen. Ich habe dir gesagt, dass unsere Beziehung beendet ist!«

Am anderen Ende meldete sich eine schluchzende Mara: »Was ist denn auf einmal los? Es war doch so schön. Was hab' ich falsch gemacht?«

»Hör' auf mit deinen Anrufen. Ich werde meine Handynummer wechseln. Du nervst. Schau' in den Spiegel, du hässliche Kuh. Dann weißt du, warum du nicht zu mir passt. Dachtest du im Ernst, dass wir ein Paar sind? Du bist viel zu gewöhnlich. Unter meinem Niveau«, brüllte Philipp.

Er zog den Kosmetikspiegel, der immer griffbereit an der Ecke seiner Schreibtischplatte stand, zu sich her. Er warf einen Blick hinein und lächelte sich selbstverliebt an. Dabei fuhr er sich mit der freien Hand zart übers gestylte Haar und fand sich wunderschön. Das hatte ihm auch sein geliebter Robert nicht nur einmal gesagt in den vergangenen Wochen.

Philipps Gedanken schweiften ab zu seinem Geliebten, der in Stuttgart ein Unternehmen leitete.

»Was für ein Mann!«, dachte er schwärmerisch.

Da drang wieder Maras Schluchzen an sein Ohr. Sie flehte: »Lass es uns doch noch einmal versuchen.«

Das war zu viel für den Blaublüter. Er schnauzte sie an: »Wenn du jetzt nicht aufhörst, werde ich dich bei der Polizei wegen Stalking anzeigen. Geh' unter die Dusche, vielleicht stinkst du dann nicht mehr so. Ach, ich vergaß, alle Frauen stinken! Schneid' dir die Pulsadern auf, nimm' Tabletten, stürz' dich von einem hohen Gebäude oder leg' dich vor den Zug. Egal was, mir ist alles recht. Hauptsache du belästigst mich nicht mehr. Hast du das verstanden? Kapiert? Ruf nie wieder an!« Philipp machte das Handy aus.

Für Mara brach eine Welt zusammen. Sie blieb noch lange zitternd an ihrem Schreibtisch in der Redaktion sitzen.

»Ist diese Tussi tot? Hab' ich fest genug zugeschlagen? Kann ich mir da sicher sein?«, fragte Philipp seinen Spiegel.

Als er unbemerkt vom Gärtner die Schubkarre stibitzt hatte und Ira Sander damit über den Geheimgang rüber zum Verlies gefahren hatte, schien sie tot zu sein. Selbst als er sie aus der Karre gekippt hatte, war sie bewegungslos auf dem Boden liegengeblieben. Ihre Kopfwunde hatte mächtig geblutet.

Aber konnte er wirklich sicher sein? Was, wenn sie noch am Leben war, wenn sie gefunden wurde? Was mit Sicherheit nicht mehr allzu lange dauern würde. Schließlich hatte er der Polizei Steilvorlagen zu seinem Vater als Täter geliefert. Die Kommissare würden nicht lange fackeln, das ganze Schloss auf den Kopf stellen und sie schließlich entdecken. Wenn sie tatsächlich noch am Leben war, würde die blöde Kuh erzählen, dass nicht der Alte, sondern er selbst sie schwer verletzt in den Kerker geworfen hatte.

»Dann wäre mein schöner Plan hin. Das kann ich nicht zulassen«, sagte er laut. »Ich will das Vermögen. Ich lasse mich nicht mit einem Pflichtteil abspeisen, während sie und meine Schwestern die Kohle einheimsen!«

Entschlossen stand er von seinem Stuhl auf und eilte die Treppe hinunter in die Garage. Dort angekommen, ging er zum Regal, schnappte sich das rechte Seitenteil und zog es zu sich her, was mühelos gelang. Ein sehr breiter Durchlass wurde dahinter freigelegt. Philipp trat ein und griff sich mit starrem Gesichtsausdruck die blutverschmierte Eisenstange, die er vor einigen Stunden dort abgelegt hatte. Schließlich hatte er seine Garage nicht schmutzig machen wollen.

»So, Gnädigste, dann schauen wir mal, ob du auch wirklich tot bist. Wenn nicht, sorge ich jetzt dafür«, nahm er sich vor, während er durch den Geheimgang in Richtung Schloss verschwand. Er hatte es nicht eilig, sondern wirkte eher wie ein Spaziergänger – wenn er dabei nicht so hysterisch gelacht hätte, dass niemand seinen Wahnsinn hätte abstreiten können. Er verlor Sekunde für Sekunde mehr von seinem Verstand.

Ira war am Ende ihrer Kräfte angelangt. Ihre Muskeln verweigerten den Dienst. Die Stiefelette war ihr aus der Hand gefallen. Schwerverletzt und mit stark blutender Kopfwunde lehnte sie seitlich an der Tür. Ihre Arme hingen seitlich schlaff auf den Boden. Sie saß auf ihren angewinkelten Beinen und spürte, wie die nächste Ohnmacht sie zu übermannen drohte.

Das Rauschen und Pochen in ihrem Kopf war so stark, dass sie nicht mitbekam, wie jemand von außen die Tür aufschloss. Plötzlich wurde diese mit einem Ruck nach Innen aufgestoßen. Dadurch wurde Iras daran lehnender Oberkörper nach hinten katapultiert, und sie knallte ungebremst mit dem Hinterkopf auf den Boden.

»Was ist denn da los, die Tür muss doch aufgehen«, wunderte sich Philipp und drückte kräftig gegen die Tür. Dadurch schob er Iras Körper Stück für Stück von der massiven Holztür weg ins Innere des Verlieses. Schließlich konnte der Wahnsinnige sich an der Tür vorbeiquetschen und eintreten. Er griff noch kurz in den Gang hinter sich und knipste von außen eine Deckenleuchte im Kerker an.

Mit einem Blick erkannte er, dass Ira noch am Leben war. Wie sonst hätte sie es bis zur Tür schaffen können, wo er sie doch in der hinteren Ecke des Raumes aus der Schubkarre gekippt hatte. Eben so, wie man es mit Kartoffelsäcken oder Kohlen macht. Nur, dass diese Dame nicht so schwer gewesen war. Außerdem lag einer ihrer Schuhe unweit der Tür, und daneben ein Feuerzeug.

Er trat näher und betrachtete ihr blutüberströmtes Gesicht mit dem geschwollenen Auge. Eigentlich erkannte man sie nicht mehr, denn die linke Gesichtshälfte war komplett eingeschwollen. Die blonden Haare lagen strähnig und blutverkrustet auf dem Gesicht.

»Ja, meine Liebe, mit der Schönheit ist es vorbei«, flüsterte er ihr ins Ohr, nachdem er sich zu ihr heruntergebeugt hatte. »Und mit deinem Leben hoffentlich auch.« Philipp beobachtete sie aufmerksam. Er wollte gerade an ihrem Hals den Puls fühlen, als Ira ihr gesundes Auge aufmachte und »Peter« hauchte. Laut reden konnte sie nicht mehr, sie war zu schwach und mehr tot als lebendig. Philipp erschrak. »Verdammt, du Miststück. Jetzt geb' ich dir den Rest«, schrie er und holte mit der Eisenstange weit aus, um ihr den finalen Schlag auf den Kopf zu geben.

»Hier, meine Herren, schnell«, rief der Baron kurze Zeit vorher ein Stockwerk weiter oben, öffnete eine Tür neben der Küche und schaltete das Licht an. Für sein Alter erstaunlich agil, eilte er die Treppe hinunter, gefolgt von den drei Kommissaren.

Unterwegs erkundigte sich Hermann ziemlich außer Atem, ob es im Schloss eine Art Kerker gebe. Dies bejahte der Adlige und erklärte, dass sich dieser direkt unter der Küche befinde.

»Dann sofort dorthin«, orderte Kommissar Peter Brand an.

Nachdem sie die lange Treppe hinter sich gelassen hatten, bog der Baron nach rechts ab und ging noch wenige Schritte. Plötzlich blieb er wie vom Blitz getroffen stehen. Peter war direkt hinter ihm und erfasste die Situation im Bruchteil einer Sekunde.

Durch die niedere, offenstehende Kerkertür konnte man in leicht gebückter Haltung sehen, wie der Sohn des Barons gerade zum Schlag ausholte. Der Kommissar bewies die Geschmeidigkeit eines Panthers, als er den Hausherren grob zur Seite stieß, durch die niedere Tür in den Kerker hechtete und sich auf den Wahnsinnigen stürzte. Er wirkte wie ein durchtrainierter American-Football-Spieler. Peter griff sich die Eisenstange, die gerade mit voller Wucht in Richtung Boden auf Iras Kopf zuraste – nur kurz bevor sie ihr Ziel erreichte.

»Neiiiiin«, schrie Philipp aus vollem Hals. Seine Augen blickten Peter irre an, der Wahnsinn hatte nun komplett von ihm Besitz ergriffen.

»Doch«, stieß Peter trocken aus, warf die Eisenstange weg und versetzte dem Adligen einen so harten Kinnhaken mit seiner geballten Faust, dass ihn dieser sofort zu Boden gehen ließ. Philipp rührte sich nicht mehr. Neben seinem Kopf schimmerten auf dem Boden zwei frisch ausgeschlagene Zähne.

»K.o. in der ersten Runde«, moderierte Hermann, der hinter Peter ins Verlies eingetreten war. Malte blieb draußen und alarmierte die Kollegen, Notarzt und Rettungswagen. Denn dass Ira dringend ärztlich versorgt werden musste, war nicht zu übersehen.

Sie lag seitlich in gekrümmter Haltung auf dem Boden und bewegte sich nicht. Peter kniete neben ihr nieder, und es zerriss ihm fast das Herz. Er war als Polizist viel gewöhnt, aber als er behutsam Iras blutverkrusteten Kopf in seine Hände nahm und ihn leicht in seine Richtung drehte, stockte ihm fast der Atem. Er fühlte ihren Puls. Der war sehr langsam und kaum fühlbar. Peters Herz klopfte wie wild. Er neigte seinen Kopf nach unten und flüsterte ihr ins Ohr: »Sei jetzt tapfer. Der Krankenwagen kommt gleich. Es ist alles gut, du bist in Sicherheit.«

Er drehte sich kurz zu Malte um. Der hob als Antwort nickend sein Handy hoch und bestätigte: »Hilfe ist unterwegs.«

Hermann ließ derweil die Handschellen um Philipps Handgelenke klicken. Man konnte nicht wissen, wann der Wahnsinnige zu sich kommen würde. Dabei schaute er zu Ira und Peter. Er beobachtete, wie der Kollege gerade ganz vorsichtig die blutverkrusteten Haarsträhnen von ihrem Gesicht wegschob. Hermann war erschüttert über das Aussehen der Journalistin. Was hatte der Irre ihr angetan? Er wollte etwas zu Peter sagen, ließ es dann aber. Denn der war offensichtlich nicht ansprechbar. Er hielt Iras Kopf in seinen Händen und weinte. Seine Tränen tropften ihr aufs Gesicht. Hermanns Herz wurde wie von einer eisernen Klammer zusammengedrückt.

»Ist sie tot?«, fragte er sich. Ihm schoss das Blut in den Kopf. »Nein, Ira Sander stirbt in keinem Verlies, sondern mit 99 Jahren an ihrem Schreibtisch sitzend, während sie einen Artikel über einen Hundertjährigen schreibt«, gab er sich selbst die Antwort. Da hörte er die Sanitäter herunterkommen. Ein Notarzt war ebenfalls dabei. Malte hatte sich unbemerkt entfernt und die Helfer im Schlosshof in Empfang genommen.

Peter löste sich von Ira und gab sie für die medizinische Versorgung frei. Er klammerte sich daran, dass er ihren Puls ganz schwach gefühlt hatte. Etwas verschämt wischte er sich die Tränen ab, blickte den Kollegen an. Hermann nickt ihm nur zu. Sie verstanden sich ohne Worte. Auch die Kollegen von der Streife, die Malte ebenfalls angefordert hatte, trafen ein. Er gab ihnen kurze Instruktionen, und der junge Adlige wurde abgeführt. Mittlerweile war Philipp wieder zu sich gekommen und schimpfte lautstark vor sich hin.

Als er an Peter vorbeigeführt wurde, fauchte er ihn an: »Sie haben mir wehgetan. Das hat Konsequenzen. Ich werde Sie verklagen! Ich hetze meine Anwälte auf Sie. Ich habe Kontakte bis ganz oben!« Er stieß wüste Drohungen aus, während er von den Polizisten die Treppe hoch und aus dem Schloss geführt wurde.

Peter beobachtete den Einsatz der Sanitäter und des Notarztes. Letzterer hatte die Vitalfunktionen von Ira geprüft und ihr bereits eine Infusion gelegt. Er spürte Peters Blicke und schaute kurz zu ihm hinüber. Für den Bruchteil einer Sekunde gab er ein Zeichen, das von allen drei Kommissaren ein wenig die Anspannung abfallen ließ; er hielt kurz den Daumen nach oben.

»Gott sei Dank«, flüsterten Peter und Hermann gleichzeitig. Und Malte fügte an: »Amen.« Dabei blickte er sich suchend um und fragte: »Wo ist eigentlich der Baron abgeblieben?« Die Kommissare hatten keine Ahnung.

Dafür kam eine Antwort von oben. Denn am Treppenabsatz stand die Haushälterin. »Er ist vorhin an mir vorbeigehastet. Ich glaube, er ist kurz in sein Büro und dann nach draußen. So einen Gesichtsausdruck hab' ich noch nie an ihm gesehen.«

Peter, Malte und Hermann ließen die Sanitäter mit der Trage, auf der Ira lag, durch. Die Schwerverletzte wurde nach oben gebracht. Der Notarzt blieb kurz bei Peter stehen. »Eventuell hat sie einen Schädelbruch. Das Jochbein könnte auch gebrochen sein. Aber wir müssen in die Stauferklinik für die weiteren Untersuchungen. Sie hat eine gute Kondition. Das schafft sie. Sie scheint viel Blut verloren zu haben – aber auch das kriegen wir in den Griff«, beruhigte er ihn. »Genaueres später«, kündigte er an und eilte schließlich ebenfalls die Treppe hoch. Die Kommissare folgten.

Oben im Schlosshof bot sich ihnen ein gespenstisches Bild: Das Blaulicht von Rettungswagen, Notarztwagen und dem Einsatzfahrzeug der Polizei sorgte für eine unheimliche Atmosphäre im Schlosshof. Hinten an der Mauer beobachteten die Kommissare, wie der Baron gerade seine Haushälterin umarmte, ihren Kopf in seine Hände nahm und ihr einen Kuss auf die Stirn gab. Dann löste er sich von ihr und ging zum Rettungswagen.

Auf der anderen Seite standen die Polizisten mit Philipp. Nach kurzem Gespräch mit einem Sanitäter stieg der Baron in den Rettungswagen zu Ira, die dort versorgt wurde. Kurze Zeit später stieg er schon wieder aus. Peter sagte zu Hermann: »In seinem Mantel erinnert er mich jetzt irgendwie an Clint Eastwood in ›High Noon‹.«

Der Kollege nickte. »Stimmt. Hab' ich gerade auch gedacht.« Sie näherten sich dem Verhafteten, der sich lautstark über die schlechte Behandlung beschwerte. »Die Handschellen sind viel zu eng. Und überhaupt, wissen Sie eigentlich, wer ich bin?«, schnauzte er die Polizisten an. Doch die blieben unberührt von seinen Beschimpfungen. Sie warteten darauf, dass die Kommissare ihnen Anweisungen gaben, wie sie mit dem Festgenommenen zu verfahren hätten. Doch plötzlich verstummte der Adelsspross und starrte seinen Vater an, der langsam auf ihn zuging.

Der Baron begann, mit klarer, harter Stimme zu sprechen: »Philipp, du bist eine Schande für unser

Geschlecht. Möge Gott dir verzeihen, ich kann es nicht. Ich schäme mich für dich!« Dann zog er plötzlich eine Pistole aus der Tasche seines Mantels, zielte und drückte ab. Aus einem Loch, genau in der Mitte von Philipps Stirn, rann sofort ein Blutstrom. Der junge Adlige brach zusammen und blieb tot auf dem Kies des Schlosshofes liegen, der sich rund um seinen Kopf rot färbte. Alle standen da wie gelähmt.

Der Baron hingegen drehte sich zu den drei Kommissaren um, schaute Peter Brand fest in die Augen und begann fast feierlich zu sprechen: »Ira ist eine ganz besondere Frau. Passen Sie auf sie auf. Sie ist eine unter einer Million. Ich bin schuld, dass sie so leiden musste. Aber sie hat mir gerade verziehen. Ich danke Gott, dass sie überlebt hat, und ziehe nun die Konsequenz daraus, dass ich diesen Wahnsinnigen gezeugt habe.« Er verstummte, steckte sich den Lauf der Pistole in den Mund und drückte ab. Dann sackte auch er zu Boden. Er hatte sich selbst gerichtet.

Alle Umstehenden waren in einer Schockstarre gefangen und standen mit weit aufgerissenen Augen da. Das erste, was die Stille im Hof unterbrach, war der langanhaltende Schrei der Haushälterin, die plötzlich herbeigerannt kam.

Sie kniete beim toten Baron nieder und schluchzte: »Er hat sich gerade von mir verabschiedet. Jetzt versteh' ich das erst. Er hat mir für meine treuen Dienste gedankt und mir zugesagt, dass er für meine Zukunft gesorgt habe. Oh Gott, ich hab doch nicht gewusst, was er vorhat!« Sie war so geschockt, dass sogleich ein Sanitäter zu ihr rannte und leise auf sie einredete. Sie bebte am ganzen Körper.

Peter drehte sich wortlos um und ging kopfschüttelnd zum Rettungswagen. Er wollte nur noch zu Ira. Alles andere hier war ihm für den Augenblick zu viel. Sollten sich Malte und Hermann um das Chaos kümmern. Er war dazu nicht in der Lage. Sein Limit war überschritten.

Er stieg in den Wagen. Der Sanitäter nickte ihm zu, und der Notarzt sagte: »Eine Minute. Dann raus.« Der Kommissar nickte. Beide verließen den Wagen, während Peter zu Ira trat.

Sie lag im Wageninneren mit einem großen Pflaster über der linken Schläfe. Peter erschrak erneut, als er ihr Gesicht sah. Jetzt im hellen Licht des Rettungswagens konnte er alle ihre Blessuren sehen. Es gab ihm einen Stich ins Herz, sie so daliegen zu sehen. Regungslos, verletzt und an Infusionen angeschlossen. Ihr linkes Auge war so zugeschwollen, dass er seinen Blick auf ihr rechtes konzentrierte. Es war geschlossen. Da sie an Geräte angeschlossen war, die ihren Blutdruck überwachten, sah er, dass sie einen regelmäßigen Puls hatte.

Vorsichtig kniete er neben der Trage und umfasste ihre Hand. Sie war eiskalt. Er begann, sie zu streicheln. Etwas unbeholfen, denn ihre Hand war fast halb so groß wie seine. Plötzlich schluchzte er laut auf und heulte wie ein kleiner Junge. Der Schock saß einfach zu tief. Er konnte sich nicht mehr zurückhalten. Doch dann holte er tief Luft. Eigentlich zum ersten Mal, seit er Ira gefunden hatte. Er riss sich zusammen. »Mein Liebstes, du musst jetzt tapfer sein, dann wird alles gut. Versprochen.« Er streichelte weiter ihre Hand und legte seine Wange darauf. »Ach Mausi, ich hab' dich ganz arg lieb«, flüsterte er liebevoll.

»Du weißt, dass du mich nicht Mausi nennen sollst!«, hörte er plötzlich leise, undeutlich gemurmelte Worte. Er hob den Kopf.

Ira blickte ihn aus ihrem gesunden Auge an. Das Blau ihrer Iris stach aus dem rot unterlaufenen Auge heraus. Ihr waren wohl einige Äderchen beim Schlag auf den Kopf geplatzt.

Peter hüpfte das Herz vor Freude. »Du bist wieder unter den Lebenden. Wunderbar!«, stieß er aus.

»Ja, aber ich bin völlig benommen von den Schmerzmitteln«, gab die Journalistin kläglich flüsternd zu. »Und mein Schädel brummt.«

»Macht nichts, du musst mir auch nur zwei Buchstaben zur Antwort geben«, sagte Peter und nahm seinen ganzen Mut zusammen. »Willst du mich jetzt heiraten?«

Iras Antwort kam prompt: »Nein.« Der Kommissar schaute sie entgeistert an. Doch Ira war noch nicht fertig. Denn sie flüsterte völlig entkräftet: »Nein. Nicht jetzt. Erst, wenn meine Blessuren verheilt sind. Ich will eine hübsche Braut sein.«

Peter beugte sich über sie und gab ihr einen zärtlichen Kuss auf die Stirn. Ira spürte, wie seine Tränen auf ihr Gesicht tropften.

»Weißt du, warum ich dich liebe?«, fragte sie. Der Kommissar verneinte.

»Weil du die männlichste Heulsuse der Welt bist«, antwortete die Journalistin. Dann schloss sie ihr gesundes Auge und murmelte grob, aber hörbar benommen: »Raus jetzt. Ich muss schlafen.« Was sie auch sofort in die Tat umsetzte; ihre Hand in Peters Pranke wurde fast augenblicklich schlaff.

Malte und Hermann kümmerten sich tatsächlich um das Chaos im Schlosshof und gaben alle nötigen Anweisungen. Die Leichenwagen waren unterwegs; langsam wurde es ruhig im Schlosshof. Noch immer sorgten die angeschalteten Blaulichter für gespenstische Atmosphäre.

Der Notarzt und die Sanitäter gingen zum Rettungswagen zurück, aus dem Peter gerade leise herauskletterte. Dabei streifte ihn der Schein eines Blaulichts. Malte beobachtete die Szene und stellte verwundert fest: »Hermann, kuck mal. Peter umarmt die Sanitäter und den Arzt. Der strahlt doch aus jedem Knopfloch, seh' ich richtig?«

Sein Kollege hatte ebenfalls zum Rettungswagen geschaut. Ein glückliches Lächeln huschte ihm übers Gesicht, als er schlussfolgerte: »Ira hat gerade Ja gesagt.«

Malte sah ihn von der Seite ungläubig an. »Meinst du wirklich?«

Hermann nickte. »Jede Wette!«

Malte reichte ihm die Hand und forderte ihn auf: »Um was?«

Der Kollege überlegte kurz und verkündete feierlich: »Eine Flasche Glenmorangie.« Dabei handelte es sich um den Lieblingswhisky von Ira und Hermann. »Und eine ganze Box voller Schokoriegel«, fügte er an.

Malte grinste und nickte: »Abgemacht.«

»Was ist abgemacht?«, erkundigte sich Kommissar Peter Brand neugierig, der gerade bei dem Duo angekommen war und den letzten Satz noch mitbekommen hatte.

»Nimm du die Blumen, ich fahre.« Peter wollte Malte den Rosenstrauß in den Arm drücken.

Doch der schüttelte energisch den Kopf. »Nein, ich fahre. Du bist viel zu aufgeregt. Du musst dein Alter bedenken. Vor lauter Freude kriegst du noch einen Herzkasper!«

Statt einer Antwort warf Peter einen vernichtenden Blick zu seinem jungen Kollegen. »Wir können jetzt auch noch eine halbe Stunde streiten. Wäre aber Quatsch, schließlich wollen wir so schnell wie möglich zu Ira«, argumentierte Kommissar Brand und wollte sich umdrehen, um die Fahrertür zu öffnen.

In diesem Augenblick sprang allerdings Hermann herbei, öffnete die Tür und schwang sich auf den Sitz. Dabei bemerkte er trocken: »Wer jetzt nicht einsteigt, bleibt da. Ich hol' auf jeden Fall Ira ab! Ihr benehmt euch wie Kleinkinder.« Er knallte die Tür zu und startete den Motor. Malte und Peter setzten sich schnell in den Wagen, und Hermann gab Gas.

Während der Fahrt hoch zum Stauferklinikum hing jeder seinen Gedanken nach. Peter überlegte, ob er nicht besser ein Päckchen Zigaretten hätte einstecken sollen. Ira hatte ja keine in der Klinik gehabt und würde mit Sicherheit eine rauchen wollen. Malte dachte über seine Badarmaturen nach, die Kalkflecken aufwiesen. »Wo bekomme ich ein gutes Reinigungsmittel her, das den Kalk auch wirklich entfernt?« Hermann hatte den Verkehr im Blick und fragte sich gerade, ob er es wagen könnte, jetzt einen Schokoriegel aus der Tasche zu holen, ohne dass ihn Peter gleich erschoss.

Plötzlich durchbrach Peter die Stille und bemerkte, dass es wohl besser wäre, Ira vorne sitzen zu lassen. »Sie hat ja eine mächtige Gehirnerschütterung gehabt. Nicht, dass ihr schlecht wird, wenn sie auf der Rückbank sitzen muss«, argumentierte er.

Hermann spöttelte: »Du wirst ja zu einer richtigen Glucke.«

Malte erkundigte sich, ob er Ira überhaupt gesagt habe, dass sie zu dritt kommen würden. Peter kratzte sich am Kopf und dachte nach. Schließlich nickte er bedächtig. »Denke schon, dass ich es gesagt habe. Wobei, als ich sie anrufen wollte, kam gerade der Chef herein. So ganz genau weiß ich es nicht.«

Gleichzeitig verdrehten Malte und Hermann die Augen. »Weiß sie überhaupt, dass sie abgeholt wird?«, bohrte Hermann nach.

Kommissar Brand bekam einen verlegenen Gesichtsausdruck. »Sie wird sich denken können, dass sie abgeholt wird. Egal, ob ich es bin oder ihr zwei mitkommt. Was kann ich denn dafür, wenn der Chef reinkommt …«

Als sie an Iras Zimmer in der Klinik angekommen waren, wartete auf das Kriminaltrio eine Überraschung: Iras Zimmertür öffnete sich und Jim trat heraus, bepackt mit einer Reisetasche, die ihre Habseligkeiten beinhaltete.

Ihm auf den Fuß folgte Ira. »Was wollt ihr denn hier?«, fragte sie die Kommissare verblüfft. »Ihr müsst doch arbeiten!«

Peter wurde verlegen und erklärte, dass Mittagspause sei. »Ich hab' doch gesagt, dass ich dich abhole …«, stammelte er und schaute seine Geliebte an.

Doch Ira schüttelte den Kopf: »Du hast nichts gesagt. Unser letztes Telefonat hast du abgebrochen, weil dein Chef reingekommen ist. Weil ich später nichts mehr von dir gehört habe, habe ich Jim gebeten, mich abzuholen. Ihr könnt wieder abdüsen, er bringt mich heim.«

Die drei Kommissare standen da wie begossene Pudel. Die Journalistin stellte sich kurz auf die Zehenspitzen und küsste Peter auf den Mund. Für Malte und Hermann gab's ein Bussi auf die Wange.

»Tja, dann«, brummte Peter und kratzte sich am Hinterkopf. Unverrichteter Dinge fuhren die Kommissare wieder ins Revier. Allerdings hatte Ira ihnen noch dankend den Blumenstrauß abgenommen. Während sie mit Jim zum Auto ging, pfiff dieser vergnügt vor sich hin.

Ira grinste in sich hinein. Vielleicht würde diese Situation endlich mal eine Lehre für Peter sein. Es war eine Unart von ihm, Telefonate plötzlich zu beenden, und sich dann nicht mehr zu melden.

Keine zehn Minuten später schloss die Journalistin ihre Haustür auf. »Home, sweet home«, sagte sie vor sich hin, als sie die Treppenstufen zur Wohnung hoch erklomm. Jim folgte ihr mit der Reisetasche.

»Oh, ich schau' gleich mal in den Briefkasten. Peter hat das bestimmt nicht gemacht«, schoss es Ira durch den Kopf. Jim trat in die Wohnung und stellte die Tasche in der Diele ab, Ira ging nochmals hinunter zum Briefkasten. Der quoll fast über vor Werbung. Ira schnappte sich die Briefe und Prospekte und war wenig später in ihrer Wohnung beim Sortieren. Es waren nur fünf Briefe, der Rest waren Flyer für eine Pizzeria, die nach Hause lieferte, Werbung für Herrenmode und ein Prospekt vom Baumarkt. Die Werbung landete gleich beim Altpapier, die Briefe auf einem Stapel auf dem Esszimmertisch.

»Ich geh' jetzt in die Werkstatt. Ruh' dich aus. Wenn ich was für dich tun kann, lass es mich wissen«, sagte Jim und verabschiedete sich. Die Journalistin nickte und bedankte sich. Der Amerikaner verließ die Wohnung.

Ira ging in die Küche und machte sich einen Kaffee. Sie hatte nur noch leichte Kopfschmerzen und war unendlich glücklich, wieder zuhause zu sein.

Wenig später saß sie bereits auf dem Balkon, genoss den Kaffee und gönnte sich einen tiefen Zug ihrer ersten Zigarette seit den Geschehnissen im Schloss.

Zuhause. Glückselig blickte sie auf das Panorama, das sich ihr bot. Die Kaiserberge grüßten aus der Ferne. Vögel zwitscherten, und ihre Astern bestachen mit rosafarbenen Blütenständen. »Herrlich«, sagte Ira laut.

Ihre Schwärmerei wurde jäh unterbrochen von einem Paar, das auf Fahrrädern vorüberfuhr. »Jetz' tu doch langsam!«, keifte die Frau, die sich fünf Meter hinter ihrem Gatten abstrampelte.

»I han aber Honger ond Durschd. Beeil' di mol«, kam die Antwort von vorne. »'Etz müss' mer da vorne um die Hecke rechts fahra. Auf da Schodderweg. Dann in Richdong Adelstedda. Ond do wardad mei Bier«, freute sich der Gatte.

Die Frau raunzte: »Mir send doch grad mol drei Kilomeder gfahra. Wieso hosch du jetz' scho' Durschd!«

Ira hörte die Antwort nicht mehr, denn das Paar bog mit den Rädern ab auf den Schotterweg.

»Ach, wie schön. Alles beim Alten«, amüsierte sich die Journalistin prächtig. Sie genoss es, die Gespräche der vorüberfahrenden Radler zu belauschen. Da war so manches Gespräch mit großem Unterhaltungswert dabei. Der Grüne Pfad, ein Radweg par excellence, führte schließlich genau an ihrem Balkon vorbei. Da wurde es einem bei gutem Wetter nie langweilig. Und wenn sie ihre Ruhe haben wollte, ging sie einfach hinters Haus auf die Terrasse.

»So, jetzt wird die Tasche ausgeräumt«, nahm sie sich vor, stand auf und ging in die Diele. Dort schnappte sie sich das Ding und ging damit ins Schlafzimmer. Sie hatte nur eine Woche im Krankenhaus ausgeharrt. »Erholen kann ich mich daheim besser«, hatte sie argumentiert. Dort kam schließlich nicht in aller Herrgottsfrüh eine Schwester zum Fiebermessen hereinstolziert.

Ira war sich bewusst, wie viel Glück sie gehabt hatte. Der Schlag mit der Eisenstange hatte zwar eine starke Gehirnerschütterung ausgelöst, und sie hatte viel Blut verloren, aber der Schädelknochen war heil geblieben. Und auch das Jochbein war nur stark geprellt, nicht gebrochen. Das geschwollene Auge hatte sich gut erholt und wurde nun von Hautfärbungen in allen Blau- und mittlerweile auch Grünnuancen geziert. »Ein echter Dickschädel«, hatte der Arzt zufrieden festgestellt, als er die Röntgenbilder betrachtet hatte.

»Und in ein paar Tagen ist alles wieder wie vorher«, sagte Ira vor sich hin, während sie sich im Spiegel ihres Kleiderschranks musterte. Nachdem sie sich um ihre

Schmutzwäsche gekümmert und ihren Kosmetikbeutel verstaut hatte, ging sie zurück zum Esszimmertisch. Beim Durchsehen der Briefe hielt sie plötzlich inne. Neben Honorarabrechnungen und einer Mahnung von der Abfallgesellschaft des Ostalbkreises, der GOA – Ira verpasste stets das Datum der Zahlung –, fand sie einen Brief von einer Anwaltskanzlei. Ira stutzte. Dann riss sie das Kuvert auf und zog ein Schreiben heraus. Bereits am kommenden Tag sollte sie um 14 Uhr in Schwäbisch Gmünd bei einem Anwalt erscheinen. Wegen der Erbangelegenheit von »Baron …«. Der Brief hatte wohl schon einige Tage im Briefkasten gelegen.

Ira legte das Schreiben auf den Tisch und überlegte: »Hat er mir tatsächlich die Silberdose und die Anrichte mit den gedrechselten Beinen vermacht?« Denn das hatte ihr der Baron versprochen, nachdem er erkannt hatte, dass Ira ganz vernarrt in Silberdose und Anrichte war. Allerdings war die Journalistin seinerzeit der Ansicht gewesen, dass er es eher im Scherz gesagt hatte.

»Hm, da bin ich ja mal gespannt«, plapperte sie vor sich hin. Mit der GOA-Mahnung ging sie gleich zu ihrem Schreibtisch und machte eine Online-Überweisung. Die fünf Euro Mahngebühr betrachtete sie als Spende für den Landkreis. Bei diesem Gedanken grinste sie in sich hinein.

Das Kopfweh wurde stärker. So fit war sie doch noch nicht. »Ich leg' mich ein bisschen hin«, beschloss sie. Und war wenige Minuten später bereits auf dem Sofa eingeschlafen. Die Verletzungen von der adligen Attacke würde sie nicht so leicht wegstecken wie erhofft. Noch Wochen später sollten sich immer wieder urplötzlich pochende Kopfschmerzen melden.

»Hallo, mein Schatz, ich bin da!« Mit dieser Begrüßung küsste Peter Ira auf die Stirn. Sie schlug die Augen auf und blickte verblüfft zuerst zu Peter und dann auf die Uhr. Sie hatte fünf Stunden geschlafen!

»Hey«, grüßte sie schläfrig zurück und setzte sich auf. Peter ging in die Küche und holte sich ein Bier aus dem Kühlschrank. Dabei erkundigte er sich, ob Ira fit genug sei, um mit ihm Essen zu gehen. Bei dem Wort »Essen« bekam Ira Hunger. Sie hatte bis auf das Frühstück in der Klinik noch nichts zu sich genommen. »Wohin?«, erkundigte sie sich.

»Lass uns ins Lamm nach Untergröningen fahren«, schlug der Kommissar vor, während er es sich neben Ira auf dem Sofa gemütlich machte.

Die Journalistin nickte. »Gute Idee, ich bekomm' gerade einen Bärenhunger.«

Peter blickte sie treuherzig an und fragte: »Du bist mir nicht böse wegen der misslungenen Abholaktion heute Mittag?«

Ira schüttelte lachend den Kopf. »Nein, ich kenn' dich doch!«

Der Kommissar küsste sie zärtlich. »Mein Mausilein«, raunte er ihr ins Ohr und erntete sofort einen starken Knuff in die Seite. Iras Augen blitzten angriffslustig.

»Ich seh' schon, dir geht es gut«, amüsierte er sich. Und war insgeheim erleichtert, dass Ira die vielen Stunden im Verlies und die Verletzungen so gut wegstecken konnte. Sie lehnte sich kurz an ihn.

»Ach übrigens, ich hab' Hermann und Malte auch ins Lamm beordert«, bemerkte Peter nebenbei.

»Gut. Dann frag' ich Jim, ob er auch mitgeht«, beschloss Ira.

Und so sah man das Quintett gut zwei Stunden später lachend an einem Tisch in der Lamm-Gaststätte in Untergröningen. Ira genoss ihr »Bierappel-Bier« und ihre Braumeister-Lendchen, Peter labte sich an einem »Zeisel« und Rostbraten, Malte und Hermann tranken jeweils einen »Kocherreiter« und aßen Rinderbäckchen in dunkler Biersoße; nur Jim schlürfte ein alkoholfreies Johannisbeersaftschorle zu einem köstlichen Brauerspieß. Er hatte sich als Fahrer angeboten.

Ernst wurde die fröhliche Runde nur, als es um die neueste Kriminalstatistik des Ostalbkreises 2019 ging, die tags zuvor der Stauferbote veröffentlicht hatte. 1176 Anrufe von vermeintlichen Enkeln und falschen Polizeibeamten hatte das Polizeipräsidium Aalen registriert.

»Sauerei!«, machte sich Peter Brand Luft. Dann erzählte er Ira, dass die alte Dame, der sie ihr Erspartes wieder zurückgeben konnten, tatsächlich bereits einen leckeren, selbstgebackenen Apfelkuchen aufs Revier gebracht hatte. »Die hält Wort«, stellte er voller Anerkennung fest. Dann ging er noch darauf ein, dass es immer mehr Übergriffe auf Polizeibeamte gebe. Ira, die sich um die Zeitung des Vortags noch nicht gekümmert hatte, hakte nach.

Malte, ein Freund der Zahlen, spulte die Statistik runter: »Im Fünfjahresvergleich ist nun der Höchststand mit 342 Fällen erreicht. 777 Kolleginnen und Kollegen sind attackiert worden, davon waren 150 Beamte verletzt und zwei schwerverletzt.«

Ira schüttelte den Kopf. »Das ist wirklich eine Sauerei«, ärgerte sie sich.

Ihre Unterhaltung wurde von Brauereichef Andreas unterbrochen, der an den Tisch trat. »Hey, Peter, demnächst ist der Grünhopf trinkbereit«, kündigte er an.

Kommissar Brand strahlte sofort. »Wunderbar, wir werden da sein«, kündigte er an. Gemeinsam mit Ira hatte er an der Hopfenernte im August im Garten der Brauerei teilgenommen. Eine spaßige Aktion – saß man doch mit fremden Leuten auf den Bänken und pflückte die Hopfenblüten von den Stängeln. Dabei wurde gewitzelt und getratscht, was das Zeug hielt. Und aus der Ernte machte der Brauer dann den Grünhopf. Die Journalistin hatte über die außergewöhnliche Aktion berichtet, die langsam, aber sicher zur Tradition der Brauerei zu werden versprach. Hopfenpflanzen aus der Hallertau, die die Drähte im Ostalbkreis hochrankten, waren schließlich nicht alltäglich. Aber Brauereichef Andreas war immer für einen Spaß zu haben und für eine Geschäftsidee gut.

»Ich geb' euch Bescheid«, nickte Andreas dem Quintett zu und verließ die Gaststube wieder.

Schließlich löste sich die Runde auf. Ira kam etwas später zu Jim und Peter hinzu, die vorangegangen waren und im Auto auf sie warteten. Sie selbst hatte noch ein paar Worte mit Wirtin Annette gewechselt. Die hatte ihr gerade angekündigt, dass der Heimatverein Untergröningen wiederbelebt werden soll. Klar, dass Ira darüber berichten würde, wenn es so weit ist.

»Ich bin proppenvoll«, seufzte Ira zufrieden und rieb sich den Bauch, als sie im Auto saß.

»Kein Wunder, du hast in dich reingefuttert wie ein Scheunendrescher«, kommentierte der Kommissar von der Rückbank.

Jim warf Ira einen amüsierten Seitenblick zu. »What about Whisky?«, erkundigte er sich.

Ira strahlte ihn an. »Ja, der perfekte Verdauer nach so einem Festmahl!«

Kaum zuhause angekommen, schmiss der Amerikaner eine Runde und hieß Ira aufs Herzlichste wieder in Heckenbach willkommen. Dann war es Zeit zum Schlafengehen.

Am nächsten Morgen fuhr Peter ins Revier, und Ira bereitete sich auf den Besuch beim Anwalt vor. Sie würde zum ersten Mal bei einer Testamentseröffnung dabei sein.

»Wie das wohl wird?«, überlegte sie, während sie sich anzog. Zur Sicherheit hatte sie sich für eine feinere Garderobe entschieden.

Bereits eine Stunde später saß sie im großen Zimmer des Juristen. Neben den beiden Töchtern des Barons hatten nur noch die Haushälterin Berta und der Gärtner Platz genommen.

»Und so vermache ich Ira Sander …« las der Advokat des Barons vor. Bei seinen folgenden Worten hatte die Journalistin Mühe, nicht vom Stuhl zu fallen.

Kapitel 27

Ira hockte mit angezogenen Beinen auf den Sitzstufen am Klotzbach. Der Park am alten Bahndamm war einer ihrer Lieblingsplätze geworden, seit er für die Remstal-Gartenschau angelegt worden war. Sie musste ihre Gedanken ordnen, und hier war der ideale Platz dafür. Sie schaute ins Wasser und genoss die Stille.

Es war nicht viel los im Park. Nur wenige Spaziergänger waren unterwegs. Mittagszeit. Die Journalistin war direkt vom Termin beim Anwalt hergefahren. Der Hausjurist des Barons hatte darauf aufmerksam gemacht, dass die Formalitäten sich erfahrungsgemäß in die Länge ziehen würden. Frühestens in sechs Wochen könnte man damit rechnen, dass die Erbsache abgewickelt werden würde. Allerdings, so der Anwalt, habe der Baron Wert darauf gelegt, seine Erben nicht im Ungewissen zu lassen. Und daher das Testament zur Verlesung bei seinem Anwalt hinterlegt, mit der Auflage, die Erben frühestmöglich davon in Kenntnis zu setzen – unabhängig vom offiziellen Notartermin.

Ira hatte Peter gebeten, in der Mittagspause ebenfalls herzukommen. Sie hatte ihm nicht beschreiben müssen, wo genau sie sich aufhielt. Er kannte ihren Lieblingsplatz.

»Hallo, mein Schatz, hier bin ich schon. Ich hab' Kaffee mitgebracht«, hörte sie hinter sich die Stimme des Kommissars. Gutgelaunt ließ er sich neben ihr nieder und reichte ihr den Becher.

»Klasse. Genau das hat mir gefehlt«, freute sich Ira und griff sich den Kaffeebecher. Sie nahm einen Schluck, während Peter in seiner Jackentasche herumnestelte. Schließlich zog er eine Bäckertüte heraus und legte sie ihr auf den Schoß. Verblüfft blickte sie darauf.

»Quarktasche«, verkündete Peter stolz.

»Boah eh, kannst du Gedanken lesen?«, fragte Ira, während sie das süße Stückchen auspackte.

»Nein, aber ich kenn' doch mein Mausi«, grinste er unverschämt. Ira hatte bereits einen großen Bissen von der Köstlichkeit im Mund, weshalb es diesmal keine Schimpftirade über den verhassten Kosenamen von ihr zu hören gab.

Genüsslich kaute sie auf der Quarktasche. Doch plötzlich hielt sie inne. Vorsichtig untersuchte sie mit der Zunge in ihrer Mundhöhle einen harten Gegenstand, der so gar nicht in die Füllung einer Quarktasche passen wollte. Schließlich holte sie ihn aus ihrem Mund. »Was zum Henker ist denn …?«

Weiter kam sie nicht, denn sie hatte aus ihrem Mund einen Ring geborgen. Ira legte ihn sich auf die Hand. Die Sonnenstrahlen ließen den kleinen Brillanten funkeln, der in einem Ring aus Weißgold eingebettet war. Dezent, aber wunderschön. Während sie verdutzt auf das Schmuckstück starrte, hatte sich Peter erhoben und kniete nun vor ihr. Treuherzig blickte er sie an. Dann räusperte er sich und stellte die Fragen aller Fragen: »Ira Sander, willst du mich heiraten?«

Hermann sah zu Malte, der an seinem Schreibtisch im Polizeirevier gerade über einem Bericht brütete.

»Meinst du, das klappt? Peter wollte den Ring in die Quarktasche schieben. Was, wenn sie ihn einfach runterschluckt?«

Sein Kollege überlegte kurz und schüttelte den Kopf. »Nein, wird sie nicht. Viel größer ist doch die Gefahr, dass sie wieder Nein sagt. Meinst du nicht?«

Doch jetzt war es an dem älteren Kommissar, seinen Kopf zu schütteln. »Sie wird Ja sagen. Denn Ira hält ihr Wort, das sie im Krankenwagen gegeben hat. Und der Ring ist zu groß, als dass sie ihn unbemerkt herunterschlucken könnte. Pech wäre nur, wenn sie sich an dem Ring eine Plombe rausbeißen würde«, schob er grinsend nach.

»Wir werden sehen, Peter gibt hoffentlich Bescheid. Ich bin schon gespannt«, bemerkte Malte.

Im Park am alten Bahndamm in Böbingen schien für einen kurzen Augenblick die Zeit stillzustehen. Ira sah Peter in die Augen. Dann holte sie tief Luft und sagte »Ja!« Sie beugte sich vor und küsste ihren Kommissar.

»Gott sei Dank. Dann kann ich jetzt wieder aufstehen. Meine Knie tun weh«, sagte Peter in rauem Ton. Er stand übertrieben ächzend auf und setzte sich wieder neben Ira.

»Tja, du bist eben doch ein alter Mann«, flüsterte sie. Und schaute ihn mit ihrem frechen Koboldblick an.

Statt einer Antwort legte er den Arm um sie und zog sie an sich. Behutsam küsste er sie auf die Stirn. »Jetzt hab' ich ja jemanden, der sich mütterlich und fürsorglich um mich kümmert«, stellte er grinsend fest.

»Träum' weiter«, kam die Antwort von Ira.

Sie saßen noch ein ganzes Weilchen Arm in Arm auf den Sitzsteinen und genossen die Idylle. Der Bach plätscherte friedlich vor sich hin, und die Vögel zwitscherten in den Bäumen.

»Ach ja, wie war es eigentlich beim Anwalt? Hast du dein silbernes Döschen vererbt bekommen?«, durchbrach Peter plötzlich die Stille.

Ira nickte. »Die tolle Anrichte auch«, ergänzte sie.

»Klasse, der Baron hat also wirklich Wort gehalten. Find' ich nobel«, befand Peter. Ira hatte ihm davon erzählt, dass der Adlige angekündigt hatte, dass sie die beiden Gegenstände bekommen würde, wenn er nicht mehr auf der Welt wäre. Dass es so schnell gehen würde, hatte sie damals noch nicht geahnt.

»Du siehst aber gar nicht so glücklich aus. Freust du dich nicht?«, wunderte sich der Kommissar und blickte in die ernste Miene seiner zukünftigen Frau. »Ich bin nämlich der glücklichste Mensch der Welt. Unsere Hochzeit wird klasse. Hermann wird mein Trauzeuge. Und bei dir steht bestimmt Jim parat?« Ira nickte.

»Warum kuckst du dann so ernst? Ist doch alles prima. Wir sind uns hoffentlich einig, dass wir keine große Feier machen. Nur der engste Kreis? Das Geld können wir uns echt sparen. Investieren wir es lieber in guten Wein für dich und Bier für mich sowie eine kleine Urlaubsreise?«, schlug Peter vor.

Wieder nickte Ira nur.

Da er eine wortkarge Ira nicht gewöhnt war, wurde Peter ängstlich. »Hast du wieder starke Kopfschmerzen?«, fragte er fürsorglich und strich ihr vorsichtig über die Haare. »Ist dir nicht gut?«

Doch sie schüttelte nur den Kopf.

»Was ist dann los?«, bohrte Peter nach.

»Ich hab' noch was anderes geerbt. Und darüber denke ich gerade nach«, erklärte die Journalistin.

»Ach so? Noch etwas anderes zum Hinstellen?«, erkundigte sich der Kommissar. Und hatte schon ein mit altmodischem Krimskrams vollgestelltes Wohnzimmer in Heckenbach vor Augen.

»Nein, aus Papier«, antwortete Ira.

»Gut, nimmt nicht so viel Platz weg«, lächelte Peter zufrieden.

»Wird nicht im Haus aufbewahrt«, fügte sie an.

»Noch besser«, nickte der Kommissar. »Und, was ist es denn für ein Papierkram?«, fragte er beiläufig, denn sein Blick hing an einem Pärchen, das gerade vorüberschlenderte. Die beiden waren längst im Rentenalter und liefen händchenhaltend durch den Park. »Das möchte ich mit Ira auch einmal machen«, nahm sich der Kommissar vor.

»Eine Million«, beantwortete Ira seine letzte Frage nach längerem Zögern.

»Was sagtest du, ich war gerade abgelenkt«, sagte Peter und konzentrierte sich wieder auf Ira.

»Ich sagte, eine Million«, wiederholte sie.

»Wie, eine Million?« Der Kommissar verstand nicht.

Die Journalistin setzte sich aufrecht hin und verkündete: »Der Baron hat mir eine Million Euro vermacht.«

Peter starrte sie ungläubig an. Doch Iras ernster, fast feierlicher Gesichtsausdruck machte deutlich, dass sie sich keinen Scherz mit ihm erlaubte.

Als Peter endlich seine Stimme wiedergefunden hatte, kam ihm der schwäbischste aller Sätze über die Lippen:

»Leck mich am Arsch!«

Mein besonderer Dank

gilt Menschen, die mich tatkräftig beim Recherchieren unterstützt haben:

Polizeioberrat Gerald Jüngel

Redaktionsleiter Michael Länge, Gmünder Tagespost

Redakteur Wolfgang Fischer, Gmünder Tagespost

Markus Knauß, Bergwacht Schwäbisch Gmünd

Sina Wamsler

Die Autorin Anja Jantschik ist mit Leib und Seele Ostälblerin. Geboren in Mutlangen, ist sie seit 28 Jahren als freie Journalistin im ganzen Ostalbkreis und im Remstal für Berichterstattungen und Reportagen unterwegs. Kommunalpolitik ist ihr Steckenpferd und findet sich daher auf humorige Art und Weise auch in ihrem neunten Regionalkrimi wieder. Die Schriftstellerin liefert in bewährter Manier den Beweis, dass sich Kommunalpolitik, Mord und Humor auf äußerst unterhaltsame Weise vereinen lassen. Dazu gibt's eine große Portion Lokalkolorit in all seinen Facetten.

Blutgarn

Die Vorbereitungen fürs 850. Stadtjubiläum in Schwäbisch Gmünd laufen auf Hochtouren. In der Gewandmeisterei im Unipark wird emsig an den mittelalterlichen Kostümen genäht. Plötzlich geschieht eben an diesem Ort ein mysteriöser Mord. Die Kommissare Brand und Wöllnert haben zwar einen Hauptverdächtigen, kommen aber nicht wirklich weiter, bis sich auf ihre unkonventionelle Art Journalistin Ira Sander in die Ermittlungen einmischt …

Anja Jantschik
Taschenbuch, 12 x 19 cm
240 Seiten, Krimi-Edition
ISBN 978-3-936373-74-5

~~**12,80 €**~~

jetzt für 6,80 €

Im Schatten des Einhorns

Das Festival Europäische Kirchenmusik steht vor der Tür, da reißt ein grausiger Leichenfund an der Johanniskirche die Bürger aus ihrem Alltag heraus. Kurz darauf wird eine zweite, gefolterte Leiche im Marienbrunnen gefunden. Treibt ein Serienmörder mit Hang zu mittelalterlicher Brutalität sein Unwesen? Peter Brand und Hermann Wöllnert ermitteln fieberhaft, doch der Mörder bleibt ihnen einen Schritt voraus …

Anja Jantschik
Taschenbuch, 12 x 19 cm
224 Seiten, Krimi-Edition
ISBN 978-3-936373-47-9

~~**12,80 €**~~

jetzt für 6,80 €